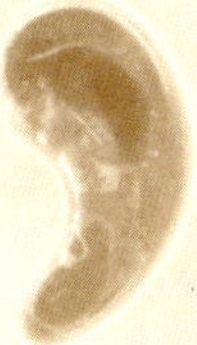

数霊《かずたま》
遷都高天原《せんとたかまがはら》

祝 飛騨神岡大神宮群《ヒダカミオカダイジングウグン》　神検出《カミケンシュツ》

深田剛史
Fukada Takeshi

今日の話題社

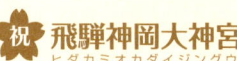

数霊　遷都高天原　　目次

プロローグ…… 5

第１章　あの日、…… 32

第２章　脱神社宣言後、始まる …… 53

第３章　タガーマ・ハランへ …… 82

第４章　解放、未だ成せず …… 115

第５章　蛍の光、杉の戸開けて …… 143

第６章　玉し霊の素材・神の原材料 …… 173

第７章　高天原　神岡へ …… 199

第８章　地球再編成の明と暗 …… 220

第９章　神生み力 …… 245

第10章　コトノスムマデ…… 271

第 11 章　ゆえに日本は二本立て……………… 296

第 12 章　ワレ、剣ナリ…………………………… 321

第 13 章　神界の紀明是正………………………… 347

第 14 章　風、吹き　時、移る…………………… 374

エピローグ…………………………………………… 400

カバーイラスト　中野岳人

数霊　遷都高天原

プロローグ　part Ⅰ

　それは今からおよそ16万年も前のこと。地球では旧石器時代がその後も何万年と続く遙か大昔の話である。
　太陽系から約16万光年の彼方にある大マゼラン銀河で、ひとつの年老いた星が大爆発を起こした。“超新星爆発”という。
　超新星爆発は寿命の尽きた星が最期に大爆発を起こすため、実際は“超老衰爆発”なのだ。
　しかし、昔の人たちはそのような知識を持ち合わせておらず、夜空に突如として現れた明るい星を発見しては、「おぉ、天に新しい星が生まれたのか」と考えた。そんな先人たちの想いが継承されているため、超老衰爆発を現代でも超新星爆発と呼んでいる。
　超新星爆発はすべての星が起こすわけではない。“惑星”と呼ばれる地球や木星のような、自らは光を発しない星は爆発しない。超新星爆発を起こすのは、太陽のように内部の激しい核融合により光り輝く星、“恒星”だけだ。
　しかし、地球をあまねく照らす我れらが太陽は、恒星であっても超新星爆発は起こさない。質量が足りないのだ。
　太陽の場合、数十億年後の晩年期にはブクブクと巨大化して“赤色巨星”というものになる。赤色巨星になる過程では水星も金星も飲み込み、状況いかんでは地球をも胃袋に収めるほどに巨大化したのち、惑星状星雲になる。

惑星状星雲になるとガスがどんどん宇宙空間へと流れ出すため、密度が高い中心部分だけが残り、それを“白色矮星《はくしょくわいせい》”と呼ぶ。

白色矮星は1cm^{3}の重量が1トンにもなり……ということは角砂糖の大きさで1トンもあり、まるでブラックホールの出来損いのような星だ。地球の場合、平均密度が1cm^{3}あたり5.52グラムなので、白色矮星がいかに重いかがよく判る。しかし、ブラックホールになるには1cm^{3}あたり200億トンの密度が必要だ。地球も直径を1.8cmにまで圧縮すればブラックホールになるらしい。

質量が太陽の8倍以上になると超新星爆発を起こすことになり、それは地球からも肉眼で観測できることがある。

残された記録として古くは、1054年に出現した“かに星雲”での超新星爆発が、鎌倉時代の歌人藤原定家著『明月記』に客星との名で登場する。

かに星雲は冬の夜空を見上げると、オリオン座や昴《すばる》（プレアデス星団）からほど近いところに位置している。定家は突如出現したまばゆい星を、天からのお客として眺めていたのかもしれない。

超新星爆発では星が大爆発を起こす直前に、全エネルギーの99%ほどをニュートリノが持ち逃げする。その後数日してから星は木端微塵に吹き飛ぶことになるのだが、16万年前の大マゼラン銀河でもそれが起こった。

大爆発の直前にエネルギーのほとんどを持ち出したニュートリノは、光とほぼ同じ速度で宇宙全方位に飛び散って行った。もちろんその一部は地球方面へも向かっている。

ニュートリノが飛び立ってから数日するといよいよ星が大爆発を起こす。その際にはもの凄く強い光が放たれるので、その光が地球に届けばそこでやっと人類は超新星爆発に気付くことができるのだ。

ニュートリノはどれだけ大量に降り注ごうとも、人の目には見えない。それでも16万年前に大マゼラン銀河を飛び立ったニュートリノの一部は休むことなく地球をめざし、地球では長い長い石器時代が終わって縄文時代を迎えても、弥生時代に移り変わってもただひたすら地球へ向かって飛び続けていた。

時は現代へと移る。

岐阜県の奥飛騨地方に、近年まで鉱山で栄えた神岡という小さな町がある。

町から国道41号線沿いを車で北上すること約20分、今では廃線となってしまった神岡鉄道の茂住駅に着く。ここは現代の素粒子物理学研究においての一大拠点だ。

その原点となるカミオカンデが、標高1369mの池ノ山地下1000mに建設されたのが1983年。そして7月6日、観測が開始された。観測装置の名称は「カミオカンデ」、指揮したのは東京大学理学部教授の小柴昌俊である。

カミオカンデ。妙な名前だ。カミオカは地名の神岡であろうことは容易に推測できるが、残りのンデって何だ、ンデって。

KAMIOKANDEのNDEは

Nucleon＝核子
Decay＝崩壊
Experiment＝実験

の頭文字であり、核子崩壊実験を意味する。

核子とは、各原子の原子核を構成する陽子と中性子のことだ。

“水兵リーベぼくの船”で暗記させられた水素・ヘリウム・リチウム・ベリリウム……など原子の原子核は、水素の原子核のみが陽子1個で他はすべて陽子と中性子が組み合わさってできている。

※水素であっても原子核が陽子1＋中性子1の重水素（デュートリウム）や、陽子1＋中性子2の三重水素（トリチウム）も自然界には存在するが、ここでは一般的な水素のみを考える。

さて、小柴教授の実験についてだが、話が専門的になりすぎると本を閉じられる恐れがあるため、必要なことだけを簡潔かつ面白おかしく解説しておく。

各原子の中心に存在する原子核は、ある特別な物理法則によりくっつき合っているのだが、中性子が何らかの理由で単独になってしまうと887秒で陽子と電子に崩壊してしまう。つまり、中性子は一人身になると約15分で消えてしまうのだ。

かといって中性子の中身が陽子と電子からできているのではなく別の素粒子なのだが、ややこしくなるためここでは触れないことにする。

ややこしい話がもうひとつあって、単独になった中性子が崩壊する際、陽子と電子以外に反ニュートリノと呼ばれる素粒子が出現するが、それもここでは無視するが許してほしい。

中性子は単独になると約15分で崩壊することは実験で明らかになっているが、陽子はどうであろう。

実は陽子の寿命は宇宙の年齢よりもずっとずっと長いとされ

ていて、では実際に崩壊するのかどうかを確かめてやろうと小柴教授が始めたのが、KAMIOKANDE（神岡・核子崩壊実験）なのだ。

しかし、ちょっと待てよ。陽子の寿命が宇宙の年齢よりも長いんだったら、陽子の寿命なんて確かめようがないんじゃねーのか？

その通り。フツーはそう考える。しかし物理学者はそんなことで諦めたりはしない。

当時、陽子の年齢は 10^{30} 年と推測されていた。これは 1 のうしろに 0 が 30 個も並ぶ途方もない大きさで、1 億× 1 億× 1 億× 100 万年である。

日本の数詞で表すと万・億・兆・京・垓《ガイ》・𥝱《ジョ》・穣《ジョウ》。100 穣という単位になる。しかしこれでは本を閉じられるので、陽子の寿命を宇宙年齢と同じ程度と考えてみよう。

現在の宇宙年齢は 138 億年。たったの 1 億× 138 年だ。1 億× 1 億× 1 億× 100 万年と比べれば、ものすごーく短い。

設定が決まれば物理学者はこう考える。

もし陽子の寿命が 138 億年ほどなら、陽子を 138 億個集めて観測すると 1 年に 1 個は陽子が崩壊するだろう。10 倍の 1380 億個集めれば、1 年に 10 個の陽子崩壊が見られるんじゃないのか、と。

もしどこかの住民の平均寿命を調べたければ、生まれたばかりの赤ん坊を死ぬまで観察したりはしない。

その国のその村はおそらく平均寿命が 70 歳ぐらいだと推測したら、任意に老若男女 70 人を選び出して観察していれば、1 年に 1 人のペースで死んでいくであろうし、700 人を選べば 1 年に 10 人のペースで逝くはずだ。

もし1年に7～8人しか死ななければその村の平均寿命は70歳よりも長く、12～13人が逝けば70歳よりも短いことが判り、あとは計算によって正確な数字が出せる。

なので陽子の寿命が10^{30}年ならば、陽子をその数以上集めれば実験が可能なわけで、そのための装置がカミオカンデだ。

ドラム缶を巨大化したような高さが15メートルもある円筒形の水槽そのものがカミオカンデで、それを3000トンの超純水で満たした。水分子は酸素×1＋水素×2（H_2O）で成り立っているため、原子核に含まれる陽子の数は10^{32}個。10^{30}の100倍である。

ということは、カミオカンデ内で1年に100個の陽子が崩壊する計算になり、世紀の大実験が開始された。

して結果は？

大失敗に終わった。待てど暮らせど陽子はひとつも崩壊しなかったのだ。

ただし、判ったこともあり、陽子の寿命は10^{34}年以上であろうということ。1億×1億×1億×100億年以上。日本の数詞だと100溝《こう》年という単位になる。初めて聞いたのではなかろうか、こんな単位。

小柴教授は考えた。5億円もの税金を使って実験をしておきながら、失敗でしたで終わっては国民に申し訳が立たない。何か他にカミオカンデを利用できないだろうか、と。

そこでニュートリノを観測してはどうかと提案したのが、のちに小柴教授の実験を受け継ぐことになる戸塚洋二だった。

改修には大変な苦労が伴ったが、ニュートリノ検出装置に生まれ変わったカミオカンデは、1986年のクリスマスに観測を開始した。

地上には太陽から放出されたニュートリノが大量に降り注いでいて、その数たるや1cm四方に毎秒毎秒660億個とされている。そしてニュートリノはそのほとんどが地上に届いてからわずか0.043秒後に、地球の反対側から飛び出して宇宙の彼方へ飛んで行ってしまう。

たった1cm四方に660億個が降り注ぐということは、人間の体だと少なく見積っても毎秒300兆個のニュートリノが通過していることになる。にわかに信じがたい。実はすべてが嘘かもしれないと思うことさえある。ものすごーく大がかりなドッキリだとか。

まぁそれはさておき、カミオカンデが稼動したことでそれまで謎であった「太陽ニュートリノ問題」も解明ことになるのだが、もっと面白い話がある。

ニュートリノの観測が始まって1週間すると、凍てつく奥飛騨も新たな年を迎えた。

そして小柴教授は、現場を後輩の戸塚教授らに任せて、自らは3月に退官することを決めていたのだが……。

それはカミオカンデが稼動して61日目の1987年2月23日、午後4時35分35秒から約10秒間の出来事だった。

16万年前に大マゼラン銀河で起きた超新星爆発で放たれたニュートリノが、まさにその瞬間地球を通過して行ったのである。

そしてカミオカンデは、普段なら2日に1個程度しか観測できないニュートリノを、この約10秒間には11個も検出した。

しかも太陽からの弱々しいニュートリノとは明らかに異なり、この11個はかなりの高エネルギーだ。

その数日後、大マゼラン銀河から爆発の光が届いたことで、超新星爆発が確認された。

カミオカンデは世界で初めて超新星爆発によるニュートリノを検出したわけで、この功績により2002年、小柴教授にノーベル物理学賞が授与された。

これは奇跡であり、新たな時代の幕明けを象徴してもいる。スピリチュアル・サイエンスの時代を。

観測開始から61日目というのも、「61」は“真理”であり“本質”でもある。ニュートリノこそがスピリチュアル・サイエンスの“鍵”になり“要《かなめ》”であり幕明けの“瞬間”だったのだ。“ ”内はどれも「61」の言霊である。

しかも届けてくれたのは大マゼラン銀河だ。

太陽系を含む天の川銀河には行動を共にする26の銀河があり、それらを伴銀河と呼ぶ。

その中で一番大きなのが天の川銀河なので、27軒（銀河）の町内会長はここ天の川銀河だ。そして次に大きな銀河が……といっても天の川銀河の10分の1ほどしかないが、大マゼラン銀河なので、大マゼランは天の川町の副会長になる。

ちなみに天の川町の隣り町はアンドロメダ町で、町内会長はM31アンドロメダ大銀河。伴銀河16軒を含めて総勢17軒のアンドロメダ町は、天の川町と共におとめ座銀河団に所属しているお隣さん同士なのだ。

両町内会長の天の川銀河とアンドロメダ銀河は時速48万kmもの速度で近づきつつあるため、やがては市町村合併ということになるが、約30億年後のことなので今から心配する必要はない。

ニュートリノを届けてくれたのは天の川町副会長の大マゼラン銀河だが、宇宙船艦ヤマトも地球再生のためのコスモ・リバース・システムを受け取りに大マゼラン銀河内のイスカンダルへ向かった。

イスカンダルは地球から16万8千光年の距離という設定だったが、大マゼランの直径が2万5千光年あるため別に問題はない。

1987年に届いたニュートリノは「(イスカンダル王星女王)スターシャからの贈りもの」と考えるとロマンが広がるが、小柴教授の実験を簡潔に解説するはずだったことを忘れていた。

カミオカンデ内部はスポットライトの王様のような、光電子増倍管と呼ばれる目玉でびっしり埋めつくされている。

光電子増倍管は姿こそスポットライトの王様だが、光を発するのではなく、逆にほんのかすかな光をキャッチして、それを増幅させる装置だ。これがないとニュートリノを検出できない。

光電子増倍管の製作は浜松ホトニクス（当時は浜松テレビ）が一手に引き受けており、それまではもっとも大きなサイズでも直径12.5cm（5インチ）までだった。

ところが、ほぼ同じ時期に実験を開始したアメリカはケタ違いの予算を持っているため、同じサイズの光電子増倍管を使っていては先を越されることなど目に見えている。

そこで小柴教授は、直径50cm（20インチ）のものを製作するよう浜松ホトニクスの社長に懇願し、断わられても諦めることなく頭を下げ、それでも拒否されると仕舞にはこう言い放った。
「目上の者には従うもんだ」と。
浜松ホトニクスの社長は1926年9月20日生まれ。
一方で小柴教授ときたら1926年9月19日生まれ。
たしかに目上である。

カミオカンデの功績が認められ、同じ神岡鉱山内にスーパーカミオカンデが建設されることになった。
スーパーカミオカンデの場合、
Super KAMIOKANDEのNDEは
Neutrino＝ニュートリノ
Detection＝検出
Experiment＝実験
の頭文字に変わる。“スーパー神岡ニュートリノ検出実験”だ。建設費用は104億円。
純水を貯めるタンクの内容量は3000トンから5万トンへと大幅アップで、使用する光電子増倍管もカミオカンデの1050本から11146本へと増えた。そして1996年4月1日、パワーアップしたスーパーカミオカンデが稼動した。
その2年後の1998年、戸塚教授らは「ニュートリノ振動」を確認し、それまでは質量がゼロと考えられていたニュートリノに質量があることが判った。が、そのことについては後に述べる。
それよりも、順調に観測が続いていたスーパーカミオカンデだが、存続さえ危ぶまれる危機に見舞われる事故が発生してしまった。
2001年11月12日の午前11時1分30秒、岐阜県北部

に備え付けられた地震計が小さな揺れをとらえた。震源地は岐阜県飛騨市の神岡町茂住で、地下1000m地点。そう、スーパーカミオカンデそのものが震源だ。
　光電子増倍管を交換するためにすべての水を抜き、夏から続く大がかりな工事はそろそろ終盤をむかえていた。
　高さ41メートルの水槽にはすでに30m近くまで超純水が注がれていたのだが、ちょっとしたはずみで1本の光電子増倍管が破裂した。直径50cmを誇るお化けサイズのガラス管が発した激しい衝撃は次々と連鎖的に他の光電子増倍管を破壊した。そのすさまじい衝撃を地震計がキャッチしたのだ。
　結局11146本中の6779本が破損。
　それだけではない。スーパーカミオカンデには高さ41mの円筒形水槽のまわりを取り囲むように外水槽が設けてある。
　これは外部からの雑音を遮断するため……といってもトラックの騒音や都会の喧噪のことではなく、地中に含まれるウランなどの放射性物質が自然崩壊する際に発する、天然の放射線を内水槽に入り込ませないためのものだ。
　この外水槽にも直径20cmの光電子増倍管が1885本埋め込まれていて、うち1017本が破損した。
　それも含めると13031本中7796本、ほぼ60%を失ったことになり、その光景を目のあたりにした研究者は本気で「スーパーカミオカンデは終わった」と思ったらしい。

　カナダでの国際会議からちょうど帰国したばかりの戸塚教授は、事故の報告を受けその足で神岡へ向かった。
「信じられない」
　無理もない。カミオカンデ時代から現場で指揮をとり、小柴教授退官後のスーパーカミオカンデは設計も建設も戸塚教授が中心になってここまで来たのだから。

　がしかし、事故翌日に戸塚教授が関係者に送ったメールは次のとおりだった。

「我々はスーパーカミオカンデを再建する。そのことに疑問の余地はない」

　その後、戸塚教授のもとには世界中の研究者から応援メッセージが届いた。

　事故から約 11 ヶ月、2002 年の 10 月に入るとスーパーカミオカンデ内に超純水の注入が始まり、戸塚教授は満水を待たずして 10 月 8 日から観測を開始することに決めた。

　10 月 8 日（十月八日）といえば“戸開き”の日。よくぞその日を選んでくださったものだ。

　そして予定通り観測を再開したその日の夜、小柴教授のもとへ一本の電話が掛かってきた。

　再開を報告する戸塚教授からか？

　いや、違う。スウェーデンの王立科学アカデミーからだ。

「Mr. 小柴にノーベル物理学賞を授与することが決定した」と伝えるために。

　本格的な冬が到来し、とうとうあたり一面が雪に埋もれた 12 月 10 日。慎重に注がれてきた超純水が満杯になった。事故から 394 日ぶりにスーパーカミオカンデが本格稼動を始めたちょうどその日のストックホルム。

　タキシードに身を包んだ小柴教授のノーベル賞授与式が盛大におこなわれていた。

　このときにノーベル化学賞を受賞したのが島津製作所の田中耕一氏で、社紋の“⊕”がテレビを通して世界中に発信されたのだった。

プロローグ　part Ⅱ

2013年、日本時間で9月8日早朝。

アルゼンチンの首都ブエノスアイレスではIOC（国際オリンピック委員会）により、2020年のオリンピック開催地が決定されようとしていた。

健太はやや緊張した面持ちでテレビ画面に見入っていたが、候補地のひとつスペインのマドリッドが落選すると、直後から画面の左右下隅に日の丸とトルコ国旗が写し出されたため、嬉しさを抑えきれず言納にメールした。

すると返事はすぐに返ってきた。

「紅白で日と月と星が勢揃いして、天地大神祭《あめつちだいしんさい》だね」

そうなのだ。日の丸とトルコ国旗が並ぶと紅白で太陽と月と星が揃い、健太たちはその重要性を各地でさんざん神々から聞かされていた。

2008年8月26日、長野県の諏訪でおこなった『和睦の祭典』では、日の丸とトルコ国旗を用意するよう指示されていた。

2009年7月17日、イスラエルからの12部族が諏訪の守屋山山頂に集結した『光の遷都』でも、神々からこんなメッセージを受けた。

『……（略）……

この度（旅）は
“光の都”は諏訪の地に
移（映）され輝きありたるが
見えぬ次元に留《とど》まりぬ

日と月と　星の祭りはエルサレム
牛と龍　和睦の祭りはエルサレム
シリウス　オリオン　プレアデス
星々も　和睦願いて輝きぬ
……（略）……』

そしてその年の12月に健太と言納はエルサレムを訪れ、翌年2010年10月10日の天地大神祭 in 戸隠『古き神々への祝福』で結びとなった……と思っていた。

しかし、やはりトルコの地を避けて通ることは許されず、結局は2012年9月にその地を踏むことになった。そして神事の最中に

『お日をめざして東へと
お日を奉《ほう》じる人々は
長き時空の旅に出でし
いつの日か
お日と月・星　大調和
成ると知りつつ西の果て
女神奉じて旅立ちぬ
……（略）……』

と受け取っていたし、トルコの古都ハランの地で言納たちを待っていた女神からも

『日と月と　星の大祭いよいよに
　おこなわるるか　いよいよに
　各地より
　女神と呼ばれし地母神は
　集まり来たりて渦を巻く
　……（略）……』

といった調子だったのだ。

何より日本の国番号は「81」でトルコのそれは「90」。なので日本＋トルコこそが「171」になり、“天地大神祭”の言霊数「171」そのものである。

それで２人は2020年のオリンピックはイスタンブールでの開催を望んでいた。

また、健太は信州鬼無里《きなさ》に暮らす生田《いくた》からこんな話を聞いていた。

国家が成長期を迎えると、それに合わせるように世界的なイベントがその国でおこなわれる。

日本の場合、高度経済成長のまっ只中1964年に東京オリンピック、1970年に大阪万博、1972年には札幌オリンピックが開催され、それぞれ大成功をおさめた。

お隣り韓国も技術力・経済力が伸び盛りの1988年にソウルオリンピックがおこなわれたし、中国では伸び率がピークに達したころの2008年に北京オリンピックが、2010年には上海万博がおこなわれている。

2012年のGDPがロシアを抜いて世界第7位にまで成長したブラジルでは2014年にサッカーのワールドカップが、2016年にはリオデジャネイロのオリンピックも決定している。

現在トルコはGDPが世界第17位（2012年現在）。だが、近い将来10位前後にまで伸びる可能性は大きい。

なぜなら、人口7500万人の平均年令は29.7歳で、実に若い。日本は44.9歳なのでその差は歴然だ。日本がベビーブームで人口が急増した時代をトルコは今むかえているのだ。

そのような時期に全世界が注目するイベントをおこなう機会に恵まれれば、インフラの整備や環境問題への新たな取り組み、国際社会への責任ある意識の芽生えなど、国家が大きく成長するチャンスになる。

したがって、日本人としてでなく地球人として全世界のことを考えるならば、2020年のオリンピックはイスタンブールで開催するべきだ、と。

健太は生田の世の中を見る視野が広いことにいたく感銘を受けた。

だが、生田はこんなことも言っていた。

「健太君。なぜトルコがEUに加盟できないか判るかい？」と。

「えっ、EUに……ヨーロッパ諸国に比べ、まだ経済力が低いからですか？」

「いや、それはない。今現在だってギリシャやポルトガルよりもずっと上さ」

「そっかぁ。じゃあ、やっぱりイスラム教国家ということで」

「そう、正解。そこには白人キリスト教国家のエゴが渦巻いているんだ」
　生田の説明によるとこうだ。
　もしトルコがEUに加盟すると、人口がドイツに次いで2番目に多い国になる。つまり、フランスやイギリスを人口では凌《しの》いでしまうのだ。しかも経済成長が著しい。
　となるとフランスやイギリスにとっては、新参者でありイスラム教徒の非白人国家がEU内で自分たちよりも発言権や決定権を持つ可能性があり、そんなことは絶対に許すことなどできない。それでEU加盟が先送りにされているという。なげかわしい。
　なので健太はますますイスタンブールに決まることを望んでいた。

　壇上に立つIOCのロゲ会長に封筒が手渡された。いよいよ開催地が発表される。画面に注視する健太の肩にも力が入った。
　さぁ、2020年オリンピック開催地は……（どっちだ、早く！）
「……TOKYO」
　日本の誘致団からは大きな歓声があがったが、健太はがっくりとうなだれた。
（あーあ、ダメだったか。これは日本人の頭脳勝利だな。やっぱり賢いね、日本人は）
　たしかにその通りで、最終のプレゼンテーションでは一人を除けばどれもよかった。それで多くの票を確実に獲得できたのであろうけど、安倍の坊ちゃんは何とかならんのだろうか。
「汚染水は完全にコントロール下にあります。アンダー・コントロール」
　びっくりするわ。お前こそがアメリカ政府の完全なるコントロール下にあるのに。アンダー・コントロール。

　誘致合戦が始まった当初、圧倒的優位に立っていたのはイスタンブールだった。市内の渋滞こそ懸念材料ではあったが、オリンピック開催の国民支持率は東京よりも明らかに高く、過去４回連続で落選しているため、今回こそはイスタンブールで決まると大方が予想していた。
　しかし、５月31日にイスタンブールで始まった反政府デモは、翌６月１日になると首都アンカラなど48都市にまで拡大し、その後しばらく困乱が続いた。あれは本当に自然発生したのだろうか。
　健太はテレビを消すとベッドに寝っころがり、ただぼう然と天井を見つめていた。
　すると１年前の記憶が次々と脳裏に蘇り、アララト山の隣りの山に鎮座するノアの方舟《はこぶね》での神事を思い出した瞬間、思わず声をあげてしまった。
「そっかー、そうゆうことだったのか」
　神事が終わると言納《ことの》の母が言納にこう伝えてきた。

　『この地を出航した船が無事に遷都を終えれば、やがてその知らせはあなた方にも届くことでしょう』

　それはオリンピック開催の候補地がイスタンブールから東京に移ることで、遷都がおこなわれた合図になったんだ、と。
　それに気付くと健太は大喜びでお祝いのメールを言納に送っ

た。

だが、その日は言納からの返信メールが届くことはなかった。

それと、先ほど出てきた言納の母とは、札幌にいる実の母のことではない。そもそも内戦が激化するシリア国境の村や、イラン国境まで車だと数分の地にあの母がついて来る訳がない。

エルサレムへ行った際も２人は両親に心配をかけまいと、言納は福岡の師匠のもとへ、健太は韓国へ気功を習いに行くことにしてイスラエルへ向かった。なので健太は乗り継ぎの仁《イン》川《チョン》空港で両親へのお土産を買い、イスラエルへ行ってきたことは今なお内緒にしている。

しかし、エルサレムは行き帰りを含めて足掛け６日間だったのに対し、トルコでは11日間も家を空ける。

そこで言納は、イタリアへ料理の研修に行くのだと、実の母には告げて家を出た。

なのでノアの方舟神事でメッセージを伝えてきたのは言納の母ではなく、いや、言納の母ではあるのだが、それは言納の娘と呼ぶべきなのか……。

健太からの祝福メールが何を意味するかをすぐに理解できたが、言納は複雑な想いに駆られていた。

（本当にそれって遷都が済んだ合図なのかなぁ。イスタンブールが今回もダメで、それが東京に決まったのは、まだトルコの女神が日本に救いを求めてきてる、ってことだとしたら……ごめんなさい、メドゥーサ……何もしてあげられなくて……）

やはり潰されていたのだ、女神が、トルコでも。

2008年12月、諏訪の守屋山で健太がショッキングなメッセージを受けたことを言納は聞いている。

『ナギとナミ
真なる和睦の済まぬまま
人の世は
第三密度に封じられ
ナミの恨みは深きまま
黄泉平坂《よもつひらさか》　閉じられし

母神あわれよ　蛭子《ひるこ》流され
伽具土《かぐつち》切られて殺されし
母の嘆きは深きもの
黄泉《よみ》に落とされ閉じられし
……（略）……』

イザナギとイザナミは古事記・日本書紀の内容を嘆き悲しんでおり、記紀を史実と鵜呑みにすることが神々を苦しめていることに、今の多くの日本人は気付いてないし、神話と史実の違いをちゃんと考えようともしない。明治以降だ、こうなったのは。

ナギとナミについて、最後はこう結ばれている。

『今こそ出でよ　ククリの秘めよ
真なる和睦ぞ　13813』

“ククリの秘めよ”は白山菊理媛《ハクサンククリヒメ》のことで、言霊数は「171」

になる。“13813”はイザヤイザと読む。
　その菊理媛にしたところで

『ククリの御名《みな》に隠された
真なる白《はく》の御姿は
……（略）……』
（『ヱビス開国』245ページ）

といったように、やはり隠され封じられてきているため、白山系や出雲系の神々についての真なる姿は、残念ながら正史の中にはない。
　戸隠では“貴女もみじ”が“鬼女もみじ”にされていたし、最たるところとしては手長・足長であろう。
　諏訪湖畔、上諏訪駅から山側へ坂道を登った先にある手長神社でのこと。

『土蜘蛛《つちぐも》どもめ
エブスめ国栖《くず》めと追い立てられて
虐《しいた》げられし人々の
いかに多くか知りたるか

手長　足長　最たるものよ
醜《みにく》き餓鬼めと埋められて
悪しき名にて蔑視《べつし》され
地中深くに葬り去られし
……（略）……』

つまり、国造りの礎《いしずえ》となった土着民たちは、武器を持ってあとからやって来た者たちに虐げられ、抹殺され、祀られた神々も葬り去られているのだ。

したがって、現在でも神社等に祀られている神々のうちのどれだけかは、武力で土着民を制した者たちが持ち込んだ神々であり、本来その地を治め鎮めている神々ではないのだが、それを知らぬ後世の人々は支配者の神に手を合わせている。糺さぬままで日之本は再建されるのか。

いや、日本だけではない。エジプトでもイスラエルでも、そしてトルコでも同じだった。

そもそもトルコへ行くことになった最初のきっかけは

『ハランの女神　埋れた女神
　声なき声にて光を求め
　タガーマ・ハランのその地より
　………………』

と、東谷山《とうごくさん》の尾張戸《おわりべ》神社で伝えられたことに始まる。

そして実際にアルテミス、キュベレーといった女神に向けた神事を現地でおこなったのだが、それだけでは足りなかったことがツアーの最後イスタンブールにて判明した。

かつての地下貯水施設だった美しい地下宮殿は現在でも澄んだ水が豊富にあり、ビザンチン帝国時代に建てられた石柱を照らす明かりが幻想的な空間を生みだしている。

しかし、141m 続く通路最奥部には、巨大な石柱の下敷きになったメドゥーサの頭部が、ひとつは横向きに、ひとつは逆さまに押えつけられていた。
　ギリシヤ神話に出てくるメドゥーサは頭髪一本一本が蛇で、姿を見た者は石になってしまったという。
　そしてキリスト教徒にとって異教の神だという理由で、横向きに押しつぶされ、また逆さにされて封じられた。
　トルコのお土産でよく目にする青いガラスの目玉。あれはナザール・ボンジューという魔よけなのだが、ガイドの説明ではメデゥーサの目らしい。悪魔さえ近寄れないほどに、メデゥーサは恐しく醜い姿の女とだと人々は考えているのだ。

　石柱で押え付けられたメドゥーサの姿を目にした言納は、その場にいられないほどに息苦しくなり、あわてて外へと飛び出した。
　その夜のこと。
　眠りのとばりに落ちていくと、意識だけでなく肉体までもがメデゥーサの地下宮殿へと沈んでいき、淡く青い色の文字が宮殿中央付近の石柱を、それはまるでツタ類の植物が大急ぎで支柱を登っていくように写し出されていた。
　文字は梵字のようでアラビア文字のようなのでまったく読めないが、言納は無意識にそれを翻訳し、寝言のように語りだしたのだ。
　もちろん言納は憶えてないが、寝つけずに窓からボスポラス海峡をながめていた健太が、ただならぬ様子を感じて書き取ったのだ。

『崇る神ぞと嫌われて
　忌むべき神ぞと押しつぶされて

長き時空を彷徨《さまよ》いた
女神のどれだけ多きかを
知りておるのか　日の民よ

美しき　女神でありたメドゥーサは
蛇神とされて蔑《さげす》まれ
いかなる仕打ちか切なきぞ
………………』

その続きは聞き取れなかった。

朝になってからそれを知らされた言納は、健太が書き取ったメモを見て“何か起こる”と感じていた。それがイスタンブールの暴動であり、オリンピック候補地落選だった。

（メドゥーサを、メドゥーサをあのままにしておいては駄目よ。イスタンブールの人たちはメドゥーサに懺悔して。花束を持ってお詫びしなきゃ……）

それで健太にはメールを返すことができずにいると、苦しむ言納を言依姫《ことよりひめ》がなぐさめた。

言依姫は言納の親神であり、メラクとミルク（『時空間日和』に登場）が地球を去ったのち、何年ぶりかに声を掛けてくるようになった。

言依姫は、西暦 181 年にオオトシ（のちのニギハヤヒ）らと共に九州宇佐を発ったのだが、旅半ばにして丹後の地で命を落としている。（『日之本開闢』に登場）

『御言納《みことの》よ
愛《いと》し愛しと見守りつ

共に旅する守護の者
ありて今ここ在ることを
忘れておらぬか　御言納よ

いかに虚しき日なりとも
己れひとりの旅ならぬ
共に涙し抱きしめて
共に歩むる守護の者
ありて今ここ在りたると
知りてお暮しくだされよ

いかに切なき日なりとも
己れひとりの旅ならぬ
慈愛の光　ふりそそぎ
そなたを包む　いつの日も
そを忘るるな　御言納よ
いかなる日々も　共にあり

ひとときお胸に手を当てて
ひととき己《おの》が目を閉じよ
虚空に光　見るがよし
虚空に音を聞くがよし
己れの中に現じたる
己れの観音　知るがよし』

言納には言依姫の想いがありがたかった。
言依姫と再会できたのはあの日があったから。

　それに、あの日がなかったらトルコで神事などすることもなかったろうし、今ごろは母になって……運命を変えたあの日。新たな始まりのあの日。
『遷都高天原』の始まりはじまりぃー。

第1章　あの日、

“赤ちゃんできたかも”と、言納が健太にメールしたのは2011年の秋だった。

戸隠での『古き神々への祝福』からちょうど1年が過ぎ、メラクとミルクは一《かず》火《ひ》を連れてグリーゼ581gへと旅立ったころ、言納の体内に新たな生命が宿ったのだ。グリーゼ581gはてんびん座方向にある惑星で、地球からの距離は約20.4光年。地球に似た環境のため、生命体の存在が期待されている。

“むすび家　もみじ”は順調で、宮城県の被災地から逃れてきた従姉妹の亜《あ》美《み》も店を手伝ってくれているし、亜美の娘の茜《あかね》も犬山の幼稚園がすっかり気に入っている。

しかし、言納には何か引っ掛かることがあったため、健太以外に赤ちゃんのことはまだ内緒にしていた。というのも、妊娠したであろうころから不思議なメッセージが届くようになったからだ。不思議というよりも意味不明というべきか。健太にも聞いてみたが、何を伝えたいのか理解できないという。

こんな調子だ。

『綾錦《あやにしき》

お人はそれぞれ己れの使命

持ちてこの世に生を受け

魂《たま》は旅する己れの地図を

いかなる旅路なりとても
己れの魂の向上を
願いて旅する　ごろたの道も
山道　杣《そま》道　坂道も
己れ知らぬと言うなれど
魂は知りたる旅の地図

己れの魂の向上に
役立つならば災いも
受け入れらるるとたれぞ知る
いかなる心境なりとても
魂は願いし中庸《ちゅうよう》を
日々安寧に穏やかに
生くるを望みておるものよ
そを知りたれば災いも
己れの魂の偏りを
中道に　戻すがための働きと
捉えることもひとつなり

生まれおちたるその日より
魂の御使命はたすべく
持ちたる地図を辿《たど》る旅
縁ある者との約束を
はたさんがため　自らの
命ささげることもあり
人つながりの命だと
知りたる魂こそ弥栄ぞ

お人とお人　出逢いては
互いの縁《えにし》　綾なりて
妙《たえ》なる錦となりにけり』

タイトルっぽい“綾錦”から想像する内容とは違い、ずいぶんと厳しく、そしてちょっ恐い。何だか悪いことが起きるので、今から覚悟しておけと伝えているようでもある。なので言納は健太以外には話さなかった。

もしお腹の子に間違いでも起これば、一緒に暮らす祖母の悲しみは底知れないものであろうし、札幌の母は怒ってこう言うであろう。

「そんな大事なときにお店なんかやってるからよ、バカね。なんでお休みにしなかったの」と。

12月に入るとこんなのが来た。

『よいか言納
腹をくくれよ何ごとも
魂《たま》の意のまま望みし事が
己れにもたらされしことを
ようよう御理解されしかの
誰のせいでもなきことぞ
何のせいでもなきことぞ
すべては己れの世界にて
己れが創造せしことと
気付いた者はありがたや

いよや腹をくくりて淡々と

己れの為すべきことを為し
黙々と
負い持つ技に励ましめ
愚痴や泣き言　己れの波を
ますます低めて落としめん
明るき笑顔と清《すが》しき言の葉（言納は）
こころ安けく平らけく
己れの世界を桃源郷に
創造せいよ　神人よ』

そして運命の日、2011 年 12 月 22 日冬至。言納は店の準備を始める前に、犬山城の入り口脇にある氏神様に新年の挨拶をしに出掛けた。

日本神界は現在でも冬至から新年が始まり、節分で節が分かれる節目になっている。

そもそも明治 6 年から採用しているグレゴリオ暦での元日は、太陽と地球の位置関係が何ら意味を持たず、まったくふしだら極りない。

早朝のため、他に参拝客は誰もいなかった。東の空は一面彩雲にいろどられ、しかも太陽柱が立っている。言納はそれを初めて見た。

手を合わせると見えない何かが言納を取り囲んだ。グルグルと渦を巻いている。まるで台風の目の中心に立っているような感覚だ。

（あっ、何か始まったみたい……うわー、誰なの？……神様いっぱい……）

厳そかな空気を感じた瞬間、白髪《はくはつ》で白髭《しろひげ》の老人が現れた。顔の彫りが深いので、多分日本人ではないし、日本神《にほんじん》でもない。

『ご用意整えば
　その瞬間に異なる時空
　決意のみ
　鍵は己れの内にあり
　鍵は己れの腹にあり』

外国神《がいこくじん》はそれだけ伝えるとすぐに消え、入れ替わるように別の老人が現れた。
（えっ、厳龍《げんりゅう》さん）
そう、厳龍が出てきたのだ。
厳龍は言納の祖父の親友で、犬山城の近くで小さな漢方薬の店を営んでいた。信州鬼無里に暮らす生田の師匠でもある（『日之本開闢』と『臨界点』に登場）。

（ねぇ、厳龍さん。何が始まっちゃったの？）
しかし厳龍はそれに答えず、こう伝えてきた。

『鎧《よろい》戸《ど》は
　ギシギシミシミシ音立てて
　解放されし過ぎし日に
　すでに始まる祝いの宴

　神人は

新た世住まいて新たな使命
これよりますます喜びの
種まきたるる　ありがたや』

さっぱり意味が判らない。
（ねぇ、厳龍さん。ねえってば……）
厳龍も消えた。
（うっっっ）
言納の腹に激痛が走った。驚いた言納は痛みに耐えつつ、残る力をふり絞って意識を神殿に向けると、そこは見渡す限り荒野が広がり、朽ちかけたレンガ造りの教会の一部だけがかつてそこに人が暮らした唯一の証となって残っていた。
（なにこれ。えっ、どこ……うっ）
あまりの痛みに言納はその場で崩れるように倒れてしまった。

『御言納よ
いよよ始むる本祭り
己れの立場　わきまえて
何ほどの事　あろうとも
己れさえ
真我とともにあるのなら
足もと崩れることはなし
導さが
いかに苛酷であろうとも
己れの魂は必ずや
しかりと受け取る　弥栄ぞ

母神よ
いかなるときも回帰せよ
己れの内に回帰せよ
己れこそ
輝く神我《しんが》　神鏡《しんきょう》ぞ
何ぞ恐るることはなし
神鏡の
くもり晴らして輝ける
ハランの祭りに弥栄の
舞いを奉ぜよ　和（輪）になりなりて』

意識が戻ると痛みはほぼ消えていることに気付いた。そして身体はフワフワとしたマシュマロに包まれているような感覚がある。

不思議だったのは、言納が赤ん坊を抱きかかえているのだが、自分も誰かに抱きかかえられているのだ。それがマシュマロに感じられたのだろう。

（あれっ？）

とうとう言納はそれに気付いた。

言納が抱きかかえている赤ん坊は言納が産んだ子なのだが、それは言納の母親であるということ。

そして、言納を抱きかかえているのは、言納が産んだばかりの赤ん坊で、その赤ん坊は言納の母である。

つまり、言納は母親を産んだのだ。

いや、それでは意味が通じない。

言納は流産した。肉体次元的には。

しかし、霊体的には無事に出産し、生まれたのは大昔の母親、トルコの地でかつての言納を出産した母親の玉し霊なのだ。
物質次元で大きなハタラキをする場合、霊体は一時的であっても肉体人間に宿り、そこから産まれる。そうすることで肉体人間が使う波動領域を体感し、人に想いを伝えやすくなるし動かしやすい。また、肉体を纏っている人間の苦労や限界も知ることができる。
それを判らずして“あそこへ行け”とか“これをしろ”と言われたところで、肉体人間には三次元での生活がある。仕事だってせねばならないし経済的な問題だってつきまとう。
それで古き母は縁ある言納の肉体に宿り、そして産まれた。

『さぁ、ハラン（孕《はら》ん）で準備は整いました。まいりましょう、共に』

それが子であり母である存在からの第一声だった。
ハランとはトルコの古き町タガーマ・ハランのことだが、何だかすごい一文だ。ダジャレと笑い飛ばしてしまうと、命を奪われそうなほど迫力がある。
エルサレムでの神事からちょうど２年が過ぎた日の出来事であった。
「ちょっと、あんた、大丈夫かね。どうしなさった」
倒れている言納を参拝客が見つけて声を掛けた。
「……えっ……」
「あれー、あんた、むすび家さんだがね」
言納は近所の人たちから“むすび家さん”と呼ばれているの

だ。

「具合いでも悪いのかね。救急車呼んだげよか、そうもひどいなら」

「いえ、大丈夫。大丈夫です」

　幸いにも起きあがることができたのでしばらくベンチに座って休んでいたが、寒くなったのと店の準備があるため、言納は急ぎ足で帰って行った。

　こうして2011年は幕を閉じた。

＊

　2ヶ月後にトルコ行きを控えた2012年7月17日。健太は生田に会うため、戸隠へ向かった。待ち合わせはもちろん中社参道の「そば処　仁王門屋」だ。

　健太の予想として、生田は絶対に“そばソフト”を食べていると確信しつつ店内に入ると、やっぱり食べていたが、本日2つ目とのことだった。まだまだ健太は生田に追いつけない。

　健太がこの日も戸隠を訪れることになったのは、先月6月10日「時の記念日」での出来事による。

　言納が流産して、いや、子を産んで、いや、母を産んで……時空を超越すると実にややこしい。こうなってくると、物質次元での世界共通時間軸がけっこうありがたい……から約半年。2人は久しぶりにフツーのカップルっぽくドライブに出掛けた。

　それで言納が「梅干しの天ぷらが食べたい。仁王門屋さんの」と言い出したので、早起きして戸隠までやって来たのだ。

　思っていたよりも早く着いたので、2人は仁王門屋へ行く前に戸隠神社宝光社に寄った。ただ挨拶をするだけのつもりで。

　すると

『大地の女神の足元に
黄金《こがね》に輝く蜂の蜜
壺になみなみ注がれて
捧げられしぞ　このときに
長き時空の旅の果て
押し込められし大女神
今こそ出でよ　飛び立てよ
滋養に満ちた蜂の蜜
女神に捧げん　祈りとともに
深き感謝と謝罪とともに

待ちどおし
タガーマ・ハランを訪ねし日』

　言納は両手をお碗のようにして前へ差し出すと、そこへはなみなみと蜂蜜が注がれた。それを今度は言納がタガーマ・ハランでするのだ。したがって、メイド・イン・ジャパンの蜂蜜を用意しなければならない。

　一方健太は紅白の太極図を見せられた。円の淵と紅白の境目は金色にふち取られたそれは、ハランでの神事にシンボルとして祭壇の中央に置く。これは健太が作ることになった。

　それと、アララト山での神事で必要なものを授けるので、ノアの方舟が漂着した日に奥社へまいれ、とのことだった。

　ノアの方舟が漂着した日といえば７月17日。奥社とは戸隠神社奥社のこと。
　なので健太は７月 17 日に再び戸隠を訪れることになっていた。
「ねぇ、健太」
　６月 10 日の帰り道、言納があることに気付いた。
「『古き神々への祝福』でご神体にした軍配って、宝光社で授かったって言ってたでしょ」
「そうだよ。そしたら仁王門屋さんに実物があった」
「その日って、“時の記念日”じゃなかったっけ？」
「うん、６月 10……今日じゃん、ちょうど２年前の。あれっ、７月 17 日ってさぁ、京都で南紅先生と“元糺の儀”をした日だ、２年前は」
　しかも７月 17 日は京都祇園祭りで山鉾巡行の日。アララト山はシオンの始まり、京都はギオン。共に７月 17 日だ。
　エジプトではアスワンから諏訪へエネルギーが移行し、始まりの“ア”と終りの“ン”が開くことで“スワ”が解放された(『弥栄三次元』より)。
　トルコやエジプトだけでなくイスラエルとも大きな古き縁があり、イスラエルのモリヤ山は現在諏訪の守屋山がその役を担っており、その諏訪の奥の院が戸隠だ。
　健太と言納を導く神界の霊統、というか、時空の流れは密接につながっている。
　これだけスケールが大きいと、多分だけど逃げようとしても無駄。逃れられない。
　逃げることばかり考えていたので、７月 17 日は奥社でガツンと頭を叩かれた。

生田と２人で奥社へ向かうと、参道途中にある随神門で健太はモチを貰った。臼と杵でぺったんぺったんとつくあのモチだ。とはいっても物質ではないので目には見えないし触ったって何もない。

しかし、このようなことがあると数日後には必ず物質で同じものをいただくことになる。

戸隠神社奥社の御祭神は天手力男神《アメノタヂカラオノカミ》だ。

なので健太はタヂカラオ神から、トルコへ行くために“力《チカラ》餅《モチ》”をいただいたもんだとばかり思っていた。旅の途中でへこたれないように、と。

それで気をよくしていた健太は、少々浮かれた気持ちで奥社に参拝すると、

『流れに乗れば　おのずから
ゆく道定まる　これまでの
長き道程《みちのり》ふり返り
実りかぞえよ　数々の

歩みの先にある宝
おのずと知るは定めなり
ご使命と
言えば怒りをかうかいのう

ならば己れに尋ねてみよの
旅から旅は　いかに？との
己れ来た道さかのぼり
西へ向かうは　いかに？との

魂《たま》こそ知るや　その地図を
いかで歩むか魂のみが
知るや道行き　魂の地図』

この『己れ来た道さかのぼり　西へ向かうは　いかに？』とは、“人の一生”“人生 80 年”といった短いスパンではなく、生死をくり返して何千年もかけた旅で歩んだ道程のことだ。永き歳月を費し、東へ東へと向かってこの日之本を目ざして来たのだろう。

トルコやシリア、イランやイラクから中央アジアを経て多くは韓半島へと至り、そこから船で九州へ上陸したのだ。

ということは、日本国内での天孫降臨の地は福岡や佐賀の海岸沿いになるのがごく自然だと思うのだが。

その夜、健太は生田の暮らす鬼無里の“一竹庵《いつちくあん》”に泊まった。ハランやアララト山での神事について聞きたいことがたくさんあったからだ。

しかし生田は健太から見せられたメモ書きを読むと、ビールを吹き出して爆笑した。奥社で健太が受けたあれだ。
『ご使命と　言えば怒りをかうかいのう』というくだりは、神が健太に気を遣っているとも取れるし、からかっているのかもしれない。しかし、これはまだ序の口だった。

次に見せられたメモで生田は呼吸さえも困難になり、笑いすぎて身体が痙攣し、白目をむいている。危険だ。

メモにはこう書いてあった。

★171は41の8

1373・62、114＝66

81の46、46＝11水

千とミロクの神顕《かみあらわ》れ　66＝114

問、如何《いか》に？

★114

62　真は表裏

50・50　☯

41千尋の91

問、「50・50」を日本神界的に因数分解し、

「41千尋の91」も含め説明せよ

★ハランの神事　66

ハランで孕んで　66に81

77　抜けたれば81

13138　／8・8

13813にて41知らす

答え、焦らず過ごすことじゃ

かろうじて一命を取り留めた生田の呼吸が整うのを待ってから健太は尋ねた。
「判りますか？」
生田が再び笑い出した。判るわけないだろ。
それにしても学生のテストのようなものを健太に与えた意識体は、神仏の範疇に入る霊体なのか、ちょっとふざけた行者のミタマか、はたまた邪霊悪霊か。いや、モチが与えられ、強く守護された状況下でのことなので邪霊悪霊ではないだろうが、とにかく初めてだった、テスト問題を配られたのは。

夜も更けたころ、生田が尋ねた。もう笑いは収まっている。
「アララト山での神事に必要なものって、結局何だったわけ？」
「うーん……」
「受け取ったんだろ」
「実はですね、よく判らないんですけど、羅針盤だったんですよ。けど、モノではなくて何というか……」
健太が躊躇しているところを生田がズバリと言い当てた。このあたりはさすが行者だ。
「健太君自身が羅針盤になってアララト山へ行くってことだろ。行くことで、トルコの……何があるのか判らないけど、方向性が決まるってことだと思うよ」
「はぁ……」
「だから健太君は、その地へ行くだけでいいんだ」
「何があるんでしょう」
「ノアの方舟が漂着した日を指定してきてるぐらいだから、それに関係してるのかもね。出航したりしてね、方舟が。それで行き先を定めるのに羅針盤が必要だから健太君がそこへ行く。まぁ、そんな寸法だろうな」
「生田さん、だいぶ酔ってますね。そろそろ寝ましょうか」
たしかに酔ってはいるが、生田の言う通りだ。

翌日は生田が仕事だったため、健太は一人で仁王門屋に寄り、梅干しの天ぷらを土産に言納の店へと向かった。
夕食は言納の家で食べることにしたのだが、7月にも拘らず出されたのは雑煮だった。いきなりモチだ。言納にはまだ話してない。
そこで健太は得意気に昨日のことを話し、たらふくモチを食べて帰って行ったが、翌朝、言納からのメールに頭を抱えてしまった。
「健太さぁ、おモチを貰ったって言ってたでしょ、戸隠で。それ、健太が貰ったんじゃなくて、ハランへ持って行くようにって預かったみたいだよ。だから、ハラン用のおモチをちゃんと用意してね」
やってしまった。
しかし、現地へ行く前に判ってよかった。
これでタガーマ・ハランでの神事に必要なものが揃ってきた。国産の蜂蜜、紅白の太極図、紅白の鏡餅に御神酒も紅白で赤ワインと日本酒。御神酒を注ぐ銀の器。そして日の丸とトルコ国旗。
そもそも紅白の太極図は日本とトルコの融合を表しており、その結び付きは19世紀末の出来事にまで遡る。そう、エルトゥールル号遭難事故にまで。

1889年7月14日にイスタンブールを出港したエルトゥールル号は、約11ヶ月後の翌1890年6月7日に横浜港へ入港した。

そして6月13日には司令官らが明治天皇皇帝親書を奉呈している。

9月に入り台風の季節となったため、日本側はエルトゥールル号の出港を延期するよう勧告するも、司令官らはオスマン帝国の国力を誇示したかったからか、9月の15日に横浜港を出港してしまった。

そして翌16日、台風による強風のあおりを受け、エルトゥールル号は和歌山県の紀伊大島付近の岩礁に激突して座礁。機関部に浸水したため水蒸気爆発を起こして船は沈没してしまったのだ。それで6百人以上の乗組員が海へ投げ出された。

船の座礁を知った大島村（現在の串本町樫野）の住民は嵐と暗闇の中、見慣れぬ外国人を恐れながらも必死で救助し、食料や衣類をも提供した。

して、587人は帰らぬ人となったが、村民のお蔭で69人が助かった。

彼ら69人は10月5日に品川湾から出航した日本海軍の「比叡」と「金剛」により、無事イスタンブールまで送り届けられた。

これがエルトゥールル号遭難事故の概要で、トルコではこの話が教科書にも載せられているため、国民のほとんどが知っている。なのでイスタンブールでも地方の田舎でも老いも若きも、みーんな日本人びいきだ。これほどの親日国家は他に知らない。

ヨーロッパや中東の場合、多くの国家ではそれが日本人であろうと中国人であろうと韓国人であろうと、それほど気にしない。

そりゃそうだろうと思う。日本人だって、その白人がベルギー人でもオランダ人でもデンマーク人でも、対応が大きく変わるわけでもない。

しかし、トルコは違う。

「お前はチーノ（中国人）か？」

「いや、違う」

「じゃあ、コリアン（韓国人）か？」

「ノー。日本人だ。ジャパン。ハポン」

「オー、ハポン。ユー、ハポン。ハッポーン、ハッポーン。ハポンハポン、ハッポーン」

と大騒ぎして喜んでくれる人たちが辺鄙《へんぴ》な村にまでいるし、独身のイスラム女性からも日本人だというだけで写真をせがまれたりする。

そんなトルコはエルトゥールル号の恩を忘れておらず、イラン・イラク戦争時に大きな恩返しをしてくれている。

イランとイラクの戦争まっさかりの1985年、イラクはイラン上空の航空機に対して無差別攻撃をおこなうことを宣言。期限を設け、その期限を過ぎれば旅客機であっても攻撃する構えを見せていた。

なので各国はイラン在住の自国民を早急に国外退去させた。当然だ。

ところが日本国は自衛隊の海外派遣ができないため、自衛隊機による救出が不可能だった。変な国。

また、国からの要請を受けた日本航空も、イラン上空の安全が保証されてないとの理由からそれを拒否。

仕方がないのでイランの日本大使館はトルコのイラン駐在大使に窮状を訴えた。

すると大使は、

「判りました。すぐに救援機を派遣するよう、本国に要請します。トルコ人はエルトゥールル号のご恩を忘れていません」

と対応し、トルコ国民救援用の最終便を1機増やして日本人215人を救出してくれた。

まさに期限ぎりぎりの飛行だったらしく、日本人が乗ったため飛行機に乗り切れなくなってしまったトルコ人は、イランから陸路で国境を越えてトルコまで戻ったそうだ。

2006年に日本政府は、イランから日本人を救出してくれた当時の客室乗務員ら13人に勲章を授与した。

『時空間日和』にも書いたが、日本国政府は同盟国を間違えてる。

面白い予測がある。インテリジェンス企業トラストフォーのCEO、ジョージ・フリードマン著『100年予測』（早川書房）だ。

この企業は世界情勢の未来予測を地政学に基づいて立てており、これが実に面白い。さすが陰のCIAと呼ばれるだけのことはある。

世界中の多くの人々は、悪魔の巣窟のようなアメリカ合衆国覇権がいつまでも続くはずがないと思っているのではなかろうか。

特に宗教界やスピリチュアル界ではほとんどがそう信じているであろう。次から次へと戦争を仕掛け、内戦を激化させて他国を破壊しているのだから。
「アメリカが目指したのは、ただイスラム世界を混乱に陥れ、互いに反目させて、イスラム帝国の誕生を阻止することだった。
アメリカは戦争に勝つ必要がない。ただ状況を混乱させ、相手にアメリカへ挑戦するだけの力をつけさせなければそれで十分なのだ」（『100年予測』の本文から引用）
そんな国がいつまでも好き勝手できるはずがないと思うのは当然のことだ。
しかし、大方の予想に反して、地政学から予測されるアメリカ合衆国の覇権は、2070年ごろまで続くとされている。
その根拠は、太平洋と大西洋両方の制海権を握るのは、唯一アメリカだけだからだ。
中国は地政上、著しく孤立しているし、近々分裂することになっている。ロシアも2020年代にはさらに細分化され、国力はますます低下する。
そして2030年代に入ると、アメリカが同盟を結ぶほどの国力を保持する国家は、世界中で3ヶ国だけになる。日本、トルコ、ポーランドだ。
ポーランドは意外だが、ドイツもフランスもイギリスもその頃には国力が衰え、ポーランドが東欧諸国同盟の盟主としてベラルーシやウクライナまで配下に置くと考えられているのだ。
日本、トルコ、ポーランド。どこも国旗が白と赤の2色である。
やがてアメリカは現在の海軍・陸軍・空軍に加え、宇宙軍を組織するであろう。
宇宙軍といってもガミラスと戦争するのではなく、攻撃型人工衛星を配備するのだ。つまり攻撃対象は宇宙人ではなく、地球人である。
この攻撃型人工衛星は地球の上空に３基配備するだけで、全世界を監視・制圧できるらしい。
上空からピンポイントで狙われたらアウトだ。どんな要求であっても飲まざるをえない。
して、世界中が苦しんでいる状況下で悪の帝国に立ち向かうのが、日本・トルコ同盟なのだ。
ただし、最終的にアメリカと覇権を争うのはまた別の国ということになっている。もうひとつの合衆国だ。世界に合衆国の名を持つのは２ヶ国しかないので、調べればすぐに判る。
ただし、著者のフリードマン氏も、すべてが予測通りにはならないと言明しているし、21世紀もこれまでと変わらず戦争があれば貧困もあり、悲劇も幸運もある。人々は働きに出かけて金を稼ぎ、子をもうけ……とも述べている。
いきなり別の次元へと地球が移り変わることを望んでいる輩にはショックだろうけど、明治25年、大本開祖出口なおのお筆先以来、地上が神の世界になるとの予言を信じ続けて120年。そうならなかったし今後もならない。
なのでひとつひとつ、見える世界の社会システムや人の意識、見えない世界の歪められた過去を苦労や犠牲も伴いつつ糺していくことが人類の進化であり、地球を再生する唯一の道なのではなかろうか。
いくら日本とトルコが同盟を結んだとしても、戦争という選択は絶対に阻止しなければいけないし。
国番号「81」と「90」が合わさっての「171」なので、全世界に貢献できることはいくらでもあるはずだ。そのための天地大神祭なのだ。

第2章　脱神社宣言後、始まる

七福の日の7月29日、健太は兄弟子の三蔵が運転する車で、茨城県東海村のJ-PARC《ジェイパーク》を訪れていた。J-PARCは高エネルギー加速器研究機構（KEK）と日本原子力研究開発機構（JAEA）が共同運営をしている、世界でも最高水準の研究施設だ。

J-PARCの加速器はジュネーブのCERN《セルン》（ヨーロッパ合同原子核研究機構）のそれと比べると規模はずいぶんと小さいが、その性能においては決して引けを取らない。

健太がここを訪れたかった最大の理由は、この加速器からつくり出されるニュートリノにある。

1周が1.6kmの加速器を光に近い速度まで加速された陽子は、2秒とかからず加速器を30万周すると超電導磁石に導れてコースを変更し、標的にぶつけられて大量のニュートリノを生む。その数、1秒間に1000兆個。

それが地中を何ごともなく通り抜け、295km先にある飛騨神岡のスーパーカミオカンデまで0.001秒で届く。

健太は2010年10月10日の戸隠祭り後に脱神社宣言をしてからというもの、意識が何かにつけて素粒子に向かい、中でもニュートリノに魅了されていたため、三蔵を付き合わせてここまでやって来たのだ。

三蔵は健太の兄弟子で、現在は東京の恵比寿で開業してい

る。(『ヱビス開国』に登場)

プロローグでも名前が挙がったニュートリノは、“New York”や“New Mexico”と同じく“New Torino”と思われがちだが違う。

たしかにニュートリノの名付け親エンリコ・フェルミはローマ生まれのイタリア人で、2006年に冬季オリンピックがトリノでおこなわれているので馴染のある名前だが、ニュートリノは“ニュート・リノ”だ。もう少し詳しく発音すると“ニュートㇽ・イノ”。

ニュートリノは電気的にプラスでもマイナスでもないため、どこにも属さないことを意味する“ニュートラル”と、イタリア語で「小さい」を表す接尾語の“イノ”をくっつけてニュートㇽイノだ。ニュートラルは自動車のギアなどで、イノは“パニーノ”などで普段から使っている。

このニュートリノが実に小さい。どれぐらい小さいかというと、電子の100万分の1ぐらいだ。その電子は原子全体の10億分の1ぐらいで、原子は1000万分の1ミリぐらいしかないので、その小ささはハンパじゃない。

しかしこのニュートリノは、健太が脱神社宣言以来ずっとテーマにしてきた「スピリチュアル・サイエンス」を確立するためには、絶対に無視できない素粒子なのだ。

宇宙の法則は素粒子のふるまいが決めている。ならば、人の意識は素粒子のふるまいにどこまで影響を与えることができるのか。それがスピリチュアル・サイエンス第1のテーマだ。

また、素粒子物理学では素粒子が、波としての存在でもあり粒子としての存在であると考える。両方の性質を持っているからだ。

ならば人の意識は“念”とか“波動”と呼ばれるような波の性質だけでなく、粒子としての存在でもあるのかということ。

スピリチュアル・サイエンス第 2 のテーマは、人の意識は粒子として物質化しているのかどうかということ。

この 2 つのテーマに仮説を立てることができれば、神の出処も判るであろうし奇跡を起こすメカニズムも判明する。

そしてそれは「玉《たま》し霊《ひ》の素材」「神（と呼ばれるエネルギー体）の原材料」をも解明できるであろうし、何より外側の神に依存する宗教に終止符を打てる。

これは決して神を冒涜するものではない。逆だ。神への祝福になる。が、詳しくはのちのち述べることにして、素粒子に戻ろう。

スピリチュアル・サイエンスをより理解するために、ここで説明しておかなければいけないことがある。累乗の数 10^{8} とか 10^{-15} と表記された数のことだ。これが判らないままだと今後永遠に素粒子の話が面白くなくなってしまう。なのでする。そのための横書きだし。

まず、日本の数詞は 4 ケタ増えるごとに単位が変わっていく。なので万・億・兆・京と単位が変われば 0 が 4 つずつ増えていくため、今後はすべて 4 ケタごとにコンマを打つ。

英語の場合、10000 はテン・サウザンド。つまり 10 個の 1000（10 × 1000）なので 10,000 でよい。

が、日本で 10000 は 1 万。つまり 1 個の 10000（1 ×

10000）なので 1,0000 でなきゃおかしい。

これがいくつか判るか。3 ケタコンマだ。

1,200,000,003,405,006,007

一、十、百、千、万と数えていき、仮に一番大きいところが 120 京だと判っても、次の 3 がいくつの単位か判らずに始めから数えなおしたのではなかろうか。一、十、百、千、万と。そしてやっと 34 億だと判る。

では同じ数を 4 ケタコンマで見てみると、

120,0000,0034,0500,6007
└京 └兆 └億 └万

コンマはうしろから万・億・兆・京を表しているため、それだけを数えればすぐに 120 京 34 億 500 万 6007 と読める。

物理や化学で使う単位のキロ・メガ・ギガ・テラ・ペタなどはたしかに 3 ケタごとで次の単位へと変わるが、こういった単位を使う人たちは 100％累乗表記をするので、日本ではまったくもって 3 ケタコンマの必要性はない。すぐに止めろ。数詞に失礼極まりないぞ、無礼者めが。叩き切ってやる。トリャッ！

では始める。いや、始めます。授業はやさしくまいりましょう。

10^2 が、10 を 2 回掛け合わせることを表していることは判りますね。判らなければここで理解すればよろしいです。

10^2 は、10 × 10 ですので答えは 100 になります。では 10^3 はどうでしょう。10^3 は 10 を 3 回掛け合わせることを意味しますので、10 × 10 × 10 で、答えは 1000。

10^4 は 1,0000（1 万）。10^5 は 10,0000（10 万）です。

10 の累乗の場合はとても判りやすく、例えば 10^5 だと、1 → 0 → ^{5} の順番で書きますでしょ。これは 1 のうしろに 0 が 5 つ、ということでして、ならば 10^8 は 1 のうしろに 0 が 8 つなので 1,0000,0000 になり、1 億ですね。10^{13} は 1 のうしろに 0 が 13 続くため、10,0000,0000,0000 で 10 兆ということです。

└兆　└億　└万

それでは、このような累乗の数を生活の中に見つけてみましょう。

人が生きるうえで絶対に欠かすことのできない水で考えてみます。

水は水分子 H_2O がたくさん集まった集合体ですね。H は水素、O は酸素のことで、H_2O は水素が 2 つと酸素が 1 つ結合している状態です。

それでは、その水をゴクリゴクリと 2 口ほど、量としては 30 グラムほどを飲み込んだとことにしましょう。

さて、ゴクリゴクリ 2 口で、いったい何個の水分子 H_2O を飲んだことになるでしょう。

判らなくてもいいので予想だけはしてみてください。10 万（10^5）個？　いやいや 1 億（10^8）個？　とんでもない 1 千億（10^{11}）個はあるぜ。アホなことを、100 兆（10^{14}）個以上さ。何をおっしゃる 10 京（10^{17}）はくだらないよ。

水は 1 グラムあたり 3.3×10^{22}（＝ 10^{22} の 3.3 倍）個の H_2O が含まれますので、30 グラムだと約 10^{24} 個になります。1 のうしろに 0 が 24 も並ぶんですね。

日本の数詞は４ケタごとに単位が変わるので、24 は４×６。４ケタごとで６番目の単位は万《1》・億《2》・兆《3》・京《4》・垓《5》（ガイ）・秭《6》（ジョ）。秭です。なので 10^{24} は１秭個。

しかし、秭なんていう単位は使ったことがありませんね。せいぜい国家予算などに出てくる兆までです。

１秭個がどれぐらいの数かを何となく感じてもらうために、１秭個を１秭円に置き換えてみます。

１秭（10^{24}） 円 は１億（10^8） ×１億（10^8） ×１億（10^8）円でもありまして、これは１億人が１円玉で毎日毎日１億円を１億日続けて届けてくれたとしたら、１円玉は１秭個なのでちょうど１秭円になります。

１億日とは約 27 万 4000 年ですので、生きているうちに全額受け取ることは不可能ですね。他にも大問題があります。

一人一人が１円玉で１億円を届けてくれるわけですが、１円玉は１個１グラムでも１億（10^8）個集まれば、総重量は１億（10^8）グラム。

10^8 グラム＝ 10^5 キログラム＝ 10^2 トンでして、１円玉で１億円は 100 トンになります。それを毎日１億人が持って来たとしたら、まぁどんな家でも押し潰されるでしょう。

１万円札がいいって？

ダメです。それでは１秭個がどれだけの多さなのかが実感できませんので。

それでは次に、宇宙に存在する星はいくつぐらいあるのかを考えてみましょう。

まず、地球を含む太陽系は天の川銀河と呼ばれる巨大な星の集団の中にいて、この天の川銀河には約２千億（2×10^{11}）

個の星が集まっていると考えられています。現在の天文学では銀河の明るさを調べることで、その銀河に含まれる星の数がおおよそですが判ってしまいまして、天の川銀河は誰一人として全体を見たことがないのに何で判るのかが疑問ですが、宇宙の銀河の平均よりは大きな銀河だそうです。

それで、そんな銀河が宇宙には約１千億（10^{11}）個ほども存在します。

天の川銀河は平均よりも大きいことは判っていますが、他の銀河がどれぐらいなのかがさっぱり判りません。

したがって、宇宙の銀河の平均を天の川銀河の半分ということで計算してみます。

天の川銀河の星は２千億（2×10^{11}）個なので、半分だと１千億（10^{11}）個。

宇宙に存在する銀河は１千億（10^{11}）個。

ということは、

$$10^{11} \times 10^{11} = 10^{22}$$

宇宙には 10^{22} 個の星が存在することが判りましたね。22は４ケタ×５番目＋０のあまりが２つなので、万《1》・億《2》・兆《3》・京《4》・垓《5》（ガイ）、５番目の垓に０を２つくっつけて100垓です。

しかし、この計算に含まれる星は「恒星《こうせい》」だけです。恒星とは内部で核融合を起こして自ら輝いている太陽のような星のことで、シリウスやオリオン、プレアデスはこれに含まれますが、地球や金星、木星といった自らは光を発しない「惑星」は含まれていません。

なのでミルクとメラクのいるグリーゼ581gも入っていま

せんし、水があって生命体の存在が期待されている星も一切含まれてないんです。
　シリウスもプレアデスも太陽と同じ恒星なので、肉体を持った宇宙人は絶対に存在していません。水もないし、そもそも焼けちゃいますから。それでもそこに宇宙人がいるとしたら、それは霊体宇宙人、意識体宇宙人でして、肉体宇宙人は恒星のまわりを回る惑星にしかいませんです。太陽のまわりを周回する地球がそうであるように。
　とはいっても、太陽系外に惑星が見つかったのは1995年以降で、つい最近のことです。光ってないから判らないんですね。
　ましてや地球のまわりを回る月や、木星のまわりを回っているイオやエウロパのような「衛星」と呼ばれる小さな星に至っては、宇宙にどれぐらいあるなんて、判ったもんじゃありません。
　なのでこうしましょう。
　太陽系では太陽のまわりを水星・金星・地球・火星・木星・土星・天王星・海王星の8個が惑星として存在します。
　そして、地球の衛星は月がひとつだけですが、木星や土星にはそれぞれ60を越える衛星が発見されていて、その総数はけっこうな数になります。
　宇宙に存在する恒星のすべてが太陽と同じように複数の惑星を従えているとは考えにくいのですが、判りやすくするために10個の惑星があることにして、衛星の数もそこに含まれることにしてしまいましょう。
　多分惑星の数はもっと少ないでしょうけど、計算が複雑になりすぎるためにヨシとして下さい。

すると星の数は、
恒星 10^{22} ×惑星＋衛星 10 ＝ 10^{23}

何ということでしょう、ゴクリゴクリお水 30 グラムに含まれる水分子 H_2O の数は、宇宙に存在する星の数の 10 倍です。

すると大ジョッキでビールを飲めば、飲み込んだ H_2O の数は、多分宇宙の星の 200 倍以上。横綱白鵬関はビールを中ジョッキだと 100 杯飲むそうで、星どころか宇宙の塵まで含めた数ほどを飲んでしまっているのではないでしょうか。

今後はものすごくたくさんの数を表現する場合、“星の数ほど” を止めて “ジョッキの H_2O ほど” にするといいですね。

それでは次に原子や素粒子にまいりますが、今度は数の多さではなく大きさを考えます。

どうも女性の多くは 10^{-2} とか 10^{-5} をマイナスの数と勘違いされているようなので、今ここで糺《ただ》しましょう。

10 の右肩の数が 10^{-2} や 10^{-5} のようにマイナスであっても、それが表す数自体はマイナスではなくプラスです。そして、右肩のマイナスの数が大きくなればなるほど 0 に近づいていきます。10^{-2} よりも 10^{-5} の方が 0 に近く、10^{-10} よりも 10^{-15} の方が 0 に近づくといったように。

10^{2} は 100 でしたね。それでは 10^{-2} はというと、100 を鏡写しにした 001 になります。ですがそれだと何かの会員ナンバーみたいなので小数点を付け、0.01 が 10^{-2} です。

10^{5} は 10,0000 ですので 10^{-5} は鏡写しで 000001。小数点を入れて 0.00001 が 10^{-5} で、小さくてもプラスの数だと判りますね。

けど、この説明はあまり適切ではなく、実は 10^2 が 100 であることが判れば、右肩の数がマイナスの場合は“分の 1”をくっつければよろしいのです。

10^2 は 100、10^{-2} は 100 分の 1。100 分の 1 ですので 0.01 で、結果として鏡写しになるわけです。

$10^2 = 100$ ←（鏡写し）→ $0_{(.)}01 = 10^{-2}$

したがって 10^{-5} は 10 万分の 1、10^{-8} は 1 億分の 1、10^{-15} ならば 1000 兆分の 1 で、限りなく 0 に近い小さな数になります。

もし 1000 兆分の 1 が 0.000000000000001 と表記してあると 0 をかぞえるのも面倒ですし、どうだっていいやって気になるでしょ。ですから 10^{-15} って書くんです。

水素や酸素など原子全体の大きさは、多少の差こそあれだいたいが 10^{-10} メートル、つまり 100 億分の 1 メートルです。

先ほどは原子の大きさを 1000 万分の 1 ミリと表現しましたが同じことです。

小さなサイズの場合、単位をミリにした方が実感しやすくて個人的には好きなんですが、世の中はメートル単位で動いていて、キロメートル（$10^3 = 1000$ メートル）、メートル（$10^0 = 1$ メートル）、ミリメートル（$10^{-3} = 1000$ 分の 1 メートル）、マイクロメートル（$10^{-6} = 100$ 万分の 1 メートル）、ナノメートル（$10^{-9} = 10$ 億分の 1 メートル）といったように。

そして、3 ケタごとに単位が変わっていることも判りますね。ただし、センチメートル（$10^{-2} = 100$ 分の 1 メートル）だけは例外でして、センチメンタルなので物理学ではあまり用いません。

原子の構造は、原子核のまわりを電子がものすごい速度で回っていますが、中心の原子核は原子全体と比べて very very 小さいです。原子全体が 10^{-10}（100 億分の 1）メートルに対し、原子核は 10^{-15}（1000 兆分の 1）メートルぐらい。

原子核が大きい原子の金とかウラニウムだと 10^{-14}（100 兆分の 1）メートルぐらいになりますが、いずれにしてもそんな程度です。

それで、原子核のまわりをグルグルと高速で飛び回っている電子のサイズは、さらに小さくなって 10^{-19}（1000 京分の 1）メートルぐらいと考えられています。小さすぎてよく判らないですね。

ですが、ニュートリノの大きさは、恐ろしく小さい電子のさらに 100 万分の 1 ぐらいであろうと予測されています。

あまりにもピンとこないので、原子全体を地球と同じ大きさにまで拡大してみます。それでも原子核は広さ百数十メートルの野球場の大きさにしかなりません。地球の大きさと同じ空間の中心に、ポツンと野球場サイズの原子核。10^{-10} の原子を地球サイズにしても、10^{-15} の原子核はその程度にしかならないんです。

すると地球の表面を回っていることになる 10^{-19} の電子は、サクランボです。佐藤錦がいいや。

本によっては電子の大きさが 10^{-18} メートルになっている場合もありますが、それでもソフトボール大です。

ということは、原子ってスッカスカってことになりますよね。

ニュートリノは電子の100万分の1ぐらいしかありませんので、仮に電子を地球サイズまで拡大したとしても、ニュートリノは敷地が50坪の住宅ぐらいです。あれ、かえって判りにくくなってしまった。

電子はサクランボのままにしておくと、ニュートリノは6ケタ小さいのでDNAと同じです。

地球サイズの空間で、中心に野球場がひとつだけ。地表の高さをサクランボが回っていたところで、飛んで来たDNAサイズのニュートリノは何の障害もなく通り抜けてしまうわけです。楽勝ですよね。ビュンビュン通過して行ってしまいます、ほとんどは。

ですが、極々たまーに原子核にコツーンとぶつかるニュートリノがありまして、それを観測しているのがスーパーカミオカンデです。

ヒトの身体を構成している約60兆（6×10^{13}）個の細胞も、それぞれはスッカスカ原子の集合体なのでニュートリノはジャンジャン通過して行くんですね。ほんのときどきはぶつかるらしいですけども、原子核に。すると放射線が飛び出しますが、何も心配いりません。

今でも通過してますよ、毎秒毎秒300兆個ぐらいのニュートリノが身体中を。もし今が日中なら上空からそれはやって来て、夜間の場合は地球を突き抜けて床から飛び出してあなたを通過していることでしょう。

閑話休題。

年に一度の一般公開日とあって、J-PARCはサイエンスファンで賑わっていた。

施設内はそこら中に案内係が立っており、福島第一原子力発電所の事故を意識してか、どの係員もめちゃくちゃ愛想がいい。物理学者や理系の学生って、こんなに明るくふるまうことができるのか。

健太は疑問に思っていることをあちこちで質問していたが、ハドロン実験施設で学生らしき係員と話しているときのこと。瞬間的に心拍数が上がり、玉《たま》し霊《ひ》が震えだした。

ハドロンとは中身が複数のクォークからできている粒子のことで、中身があるので素粒子（それ以上は分割することができない粒子）ではない。

ハドロン粒子にもいろいろ種類があり、クォークが２つからできている粒子はメソン、クォーク３つはバリオンと呼び、まだ発見はされていないが、クォーク４つのテトラクォークやクォーク５つのペンタクォークなるものの存在も予測されている。

原子の原子核を構成する陽子と中性子は中身がクォーク３つなのでバリオンである。

さて、折りしもほんの３週間ほど前に、CERN（ヨーロッパ合同原子核研究機構）がヒッグス粒子の発見を大々的に発表した。正確には、ヒッグスと思われる新粒子の発見を発表した。

ヒッグス粒子は他の素粒子に質量を与える素粒子ということだが……。

「ヒッグス粒子って、よく判らないんですけど」

健太が尋ねた。

「やっぱりその話題になりますよね。ヒッグスについては、粒子というよりヒッグス場と考えた方が理解しやすいかもしれませんね」
「ヒッグス場……」
「それがあることで素粒子が動きにくくなるんですけども、プールの中を歩くと前に進みにくいですよね。ヒッグス場はそんな感じで、その動きにくさが質量でもあるんですよ」
「なるほど。そう考えるとイメージしやすいですね」
「ええ。ですが全部じゃないですよ、ヒッグスが質量を与えているのは」
「と言いますと？」
「素粒子にだけです、質量を与えているのは。ですから陽子や中性子の場合、中身のクォークはヒッグス場によって質量を得ますけど、2%です」
「2%って、何がですか？」
「陽子や中性子に占めるクォークの質量は 2%だけで、他の 98%はヒッグス場と関係ないんです」
「98%はどうなってるんですか？」
「空間っていうか……」
　その瞬間だった、健太の心拍数が急上昇したのは。
（それだ、“間”だ。⦿は“ヽ”にばかり注目していたけど、“ヽ”を囲む“間”が大切だ。時間・空間・人間も“間”が含まれている。“間”は“場”に通じる。人の意識が“場”を変化させることで未来を創り続けているんだ。だったら、夢を叶えるには“ヽ”である自分のまわりを、普段からどれだけ喜びで満たしているかってことか。それが流れを引き寄せる鍵だな。そうかそうか……）
　だから日の丸の白地を赤丸の余白として寄せ書きするのはダ

メだってこと。場を穢《けが》してる。

地下へ通じるエレベーターを降りると、少しだけ放射線量が高いトンネルの中央に、ゆるいカーブをえがいた加速器が神々しく鎮座していた。この中で光速近くまで加速された陽子の塊が、各実験に合わせて最終目的地へ送られるのだ。

陽子が通る道は細い管の中だが、その管はズラリと並ぶ色とりどりの巨大な装置の中央を貫いていた。

黄色く塗られたそれには「四極電磁石」のプレートが、青いのには「偏向電磁石」と書かれたプレートが貼られており、それが長い荷物列車のように延々続いていて、大自然とは違った美しさがそこにはあった。

それは“非感情的な美”とでも表現すればいいのか、健太はこのとき工場フェチの気持ちが少しだけ理解できた。

しばらく進むと加速器の一部を三蔵が指さした。

「うおーっ」

それを見た健太が唸った。こう書かれていたのだ。

“ニュートリノ　ターゲット行き”

つまり、加速された陽子の塊はここで本線から外れ、超電導磁石に導かれながらターゲットへと向かう。そして破壊された陽子から飛び出したニュートリノは一路、奥飛騨のスーパーカミオカンデへと向かうのだ。

といっても、スーパーカミオカンデに引っかかってくれるニュートリノは100京（10^{18}）個に1個とか1000京（10^{19}）個に1個とかで、ほとんどは隠岐島《おきのしま》あたりから韓国方面へ抜けて、その後は宇宙の彼方に消えて行く。

なので韓国にもJ-PARCから飛んで来たニュートリノをキ

ャッチする施設を造ることができればなおいいのだが、今のところは予算の問題から実現できそうにない。

『高天原は神の岡』

何か聞こえたが、目の前の加速器に夢中な健太はそれを気に止めることなく、案内係に質問し続けていた。そして最後に、
「ボクもこれで加速してスーパーカミオカンデに撃ち込んでください」
と懇願したが、係員の男性は
「それは無理です」
と、苦笑いしていた。

その後、J-PARC でニュートリノの研究をしている憧れのヘヴィメタ物理学者にも会うことができ、彼の著書にサインも貰った。

金髪ロン毛、テカテカサテンのシャツにウェスタンブーツ姿で実験や講演をおこなう物理学者など、世界広しといえども彼一人だけだろう。

ただひとつ残念だったのは、思いきって聞いてみた質問に対しての答えが、健太には期待外れだったことだ。

ニュートリノはヒトの身体を何の苦もなくジャンジャン通過する。ニュートリノにとってはスッカスカ原子の集合体なので、ヒトの身体であろうがコンクリートのビルであろうが、邪魔する奴など何もないに等しいので瞬間的に通り抜ける。地球を通り抜けることだって、最大で 0.043 秒しか必要としない。

そして通り抜けられた方もまったく何も感じないし、何かに

影響が出ることもない。

しかし、本当にそうなのだろうか。健太の疑問はそこだった。

水は流れが止まると腐り、空気は流れがない場所では淀《よど》む。

水は流れ続けることで自浄作用が働き、汚れも自然に浄化されるし、空気は淀んでいても、そこに風が吹くことで活気が戻る。

ならばヒトや動物・植物などの生命体は、一見すると何の影響もないようなニュートリノの通過が、実は細胞を活性化させていたり、分子や原子に何らかの刺激を与えているのではないかと。

原子の場合、中心の原子核とまわりを回る電子の間はスッカスカ。原子核を構成する陽子や中性子も、中身のクォークはたった 2%。クォーク同士を結びつける素粒子でグルーオンというのもその中には存在するが、それでもほとんどが空間だ。

だとすると、その空間をニュートリノが通過することで、淀んだ空気に活気が戻るような何かが起きているのではないだろうか。

逆に考えれば、太陽ニュートリノをはじめとするニュートリノが身体を通過しないと、ヒトは生命力が弱くなってしまうことってないのだろうか。犬や猫やライオンも、花や野菜や森林さえも、今よりずっと生命力が劣ってしまうことは考えられないのだろうか。

しかし、そんなことが書かれている資料など、健太は見たことがなかった。

が、それもそのはず。人類史上これまで誰一人としてニュートリノを浴びない環境で生きた人はいないのだから。ヒトどころか、恐竜もシーラカンスもカンブリア紀の生き物でさえ、例外なくニュートリノを浴びている。
　それで物理学者はどう考えているのかが聞きたくて質問してみたが、失敗だった。
　そもそも物質学者はそのようなことは考えないようだ。
　仕方あるまい。そうそう望んだ答えが次々と見つかるはずもない。“神と人の意識と素粒子と”がサブタイトルのスピリチュアル・サイエンスはまだ始まったばかりなのだから。

　三蔵と東京駅で別れ、新幹線の窓からぼんやり外を眺めていた健太は、突如あの言葉を思い出した。加速器に夢中だったのでスルーしていたあの言葉を。

　『高天原は神の岡』

たしかそう聞こえたはずだ。
　そのフレーズを何度かくり返していると、戸隠の奥社で渡されたテスト問題の１行目が頭の中で重なった。
『171は41の8』
　健太はもたれていたシートから勢いよく起き上がると、鞄から例のメモを取り出した。
（そうか、判ったぞ。「171」は“天地大神祭”と思っていたけど“高天原”だったんだ。それで「41」は“神”で「8」は“岡”。神岡だ。神岡が高天原ってことだったんだ）
　確かにそうだが、「171」は“高天原”だけでなく他の解釈も含む。

それに、このとき健太はまだ気付いてないが、戸隠の神が“神岡”をそのまま数にして「49」と伝えず、「41」と「8」に分けたのにはほかにもいろいろと訳がある。

日本の中心線といえば、糸魚川と静岡を結ぶフォッサマグナがそのひとつで、この構造線は日本を東と西に分けている。

が、国道 41 号線もまた中央線のひとつで、名古屋から富山へ至る途中に神岡の町はある。

現在日本人のノーベル賞受賞者 19 人のうち、平和賞と文学賞を除いた自然科学部門で、物理学賞・化学賞・医学生理学賞の受賞者は 16 人。この数はアメリカ国籍の南部陽一郎も含んでいる。

16 人のうち、国道 41 号沿いに何らか縁がある人は半数の 8 人。41 号沿いに 8 人だ。『41 の 8』。

カミオカンデは小柴教授の功績が認められてスーパーカミオカンデが新たに建設されたが、高さが 41 メートル。観測開始も 4 月 1 日で、平成 8 年のことなのでこれは「8・41」。

2014 年は 4 月 1 日から消費税が 8％になったが、この 41・8 は高天原と関係するのかは判らない。

それと、これもきっと関係ないけど、相対性理論のアルベルト・アインシュタインは 1955 年 4 月 18 没。

ついでにフレミングの右手の法則・左手の法則のジョン・フレミングは 1945 年 4 月 18 日没。以上。

神岡は町の中心を高原川が流れている。

スピリチュアル・サイエンスでは“天”から降ってくる素粒子こそが神へ通じる素と考えるため、ちょっと強引だが高原川に“天”を加え“高天原川”だ。

この高天原川は日本海へと向かう途中で高山から流れて来る宮川と合流して“神通川”に名を変える。やっぱり神に通ずるではないか。しかも“宮”と“高天原”が合わさってだ。

なので、『171 は 41 の 8』が『高天原は神の岡』と解釈されるまでに、このようなハカライがあってのことで、健太の捉え方ではちっともダメ。浅い浅い。

けど、少しは賢いところもあって、今や健太は自分自身が羅針盤との自覚があるため、言納の意識を自分に向けさせた。もうこの時間、店は閉店しているはずだ。

そして健太は戸隠問題集を強く意識した。まずは出題第１問からだ。

『171 は 41 の 8
　1373・62、114 = 66
　81 の 46、46 = 11 水
　千とミロクの神顕《かみあらわ》れ、66 = 114』

自分の意志とは関係なく健太の都合で導いた言納の意識は、戸隠問題を感じ取ると例のごとく脳が勝手にガシャッガシャッと動き出した。

（何なのよ、ちょっと）

言納は突然のことで戸惑った。勝手に人の脳を利用する健太が悪い。

一方、羅針盤たる健太には、自分の脳裏に言納の解析結果が次々と送られてきた。

この能力、受験で使えたら便利だと思うが、そのようなことは心が望んでも玉し霊の中心「直霊《なおひ》」は拒否するため、自然にブロックが掛かって使えない。
それで、送られてきた分析に健太は身ぶるいした。恐怖心さえ覚える。

『1373
1373は“イザナミ”。母を意味している。
1373は137.3も表す
62
62の言霊は“ド”。ここでは“度”
137.3・62は東経137.3度
62は昭和62年も含む
114＝66
114は“カミオカンデ”
66は“子宮”
カミオカンデはイザナミの子宮』

すごい。小柴教授がノーベル賞を受賞したのは、大マゼラン銀河の超新星爆発で放出されたニュートリノを検出したのが理由だが、それは昭和62年のことだ。
そして東経137.3度だが、舞台が日本なので、西経ではなく東経で判断して問題はない。この経度線をイザナミラインと呼び、小数点を正しく直すと137.3度は137度18分になる。
東経137度18分線は見事にカミオカンデを通過しているのだ。
そのカミオカンデはイザナミの子宮であり、それがイザナミライン上にあるということから考えて、カミオカンデ（現在はスーパーカミオカンデ）から神を解明する新たな発見が生まれる、と考えて間違いなさそうだ。
　まだ続いている。

『81
81 は“光”、チェレンコフの光
46
46 は“環”、チェレンコフの光の環
46 ＝ 11 水
地球誕生 46 億、水の観音十一面
十一面の観音が……』

　まだ途中だが、解説がないと理解不能になってきた。
　それに、普段は言納の脳が解析した結果を言納が言葉で伝えているが、今回は健太が言納の脳内を直接感じ取ることができて本当によかった。ここまで複雑になると言納には説明できない。絶対に無理だ。これも神ハカライのうちなのか。その場合、素粒子はどんなふるまいをするのだろう。

「81」が“光”であることは判るが、チェレンコフの光というのは説明が要る。ちょっとだけややこしいが、2 ページ以内で終わらせるので辛抱してほしい。
　カミオカンデもスーパーカミオカンデも、直接ニュートリノをつかまえることはできない。
　理論上ではニュートリノをつかまえることが可能だが、その場合はとんでもなく分厚い鉛の板が必要になる。なにしろ奴《やつこ》さんにとっては、あらゆる物質がスッカスカだ。

それで分厚い鉛の板に登場してもらうわけだが、4光年の厚みが必要らしい。

厚みが4光年。意味わからん。

光は1秒間に30万km､1年間だと9兆4600億km進む。4光年はそれを4倍して約38兆km。38兆kmの厚みってどんなんだ。

地球から月までの平均距離は38万4400kmなので約38万kmと考えれば、38兆kmはその1億倍になる。つまり、鉛の厚さが地球と月の距離の1億倍ということだ。アホな。

太陽系外で最も近い星はケンタウルス座のα星だが、距離は4.37光年。ほぼ等しい。4.37光年は約41兆kmだ。

太陽系外で一番明るく輝くシリウスまでの距離は約8.6光年。ほぼ半分まで届く。そんな鉛の板をつくるのは不可能なため、カミオカンデ（スーパーカミオカンデ）では、ニュートリノが残した痕跡を観測する。

ほとんど何でも通り抜けるニュートリノといえども、極まれに物質にぶつかることがある。物質をつくる原子の原子核にぶつかるのだ。

そこでまじり気のない超純水で満たしたタンクを用意し、水分子H_2Oの原子核にニュートリノが衝突した様子を調べるのがカミオカンデ（スーパーカミオカンデ）だ。

水分子の原子核にニュートリノがぶつかると、そこから電子が1個飛び出す。その電子は光の速度を超してしまうので……えっ、宇宙には光よりも速い速度はないはずだぞ、って。ないです。真空中では。空気中でも同じと考えていい。

（宇宙空間が広がる速度は光の速度を超えているが、物質の移

動とは異なるため、超光速はないと考える）

ところが水中では光の速度が75％にまで落ちるため、秒速22.5万kmになる。するとそれを抜くことが可能になるのだ。

2011年9月23日、CERNは「ニュートリノが光速を抜いた」と発表したが、あれは完全にミスだった。

陰謀論者は確かめもせずに、まだ世の中に出してはいけない実事だから隠したのであろうと噂するが、100％否定できる。

さて、ジェット戦闘機が音速を抜くと“ソニック・ブーム”と呼ばれる衝撃波が発生するのと同じで、水中では光速を越えると“チェレンコフ光”という光が現れる。

音速超えのソニック・ブーム、光速超えのチェレンコフ光。物質世界での音速や光速は、超えることで次元をまたぐ壁なのかもしれない。いや、本来は超す必要のない壁なのか。

余談だが、ダイヤモンドの中では光の速度が41％にまで落ちる。数霊的には気になる現象だ。

電子が光速を超えることで発したチェレンコフ光は、カミオカンデ（スーパーカミオカンデ）内一面に取り付けられた光電子増倍管がキャッチする。

光電子増倍管はその名の通り光を増倍させるので、ほんのかすかなチェレンコフ光でも光を増倍させて輝く。

その輝きが水槽内では見事な“光の環”になり、ニュートリノの存在を間接的に証明しているのだ。

もしニュートリノをつかまえることができ、それをエネルギーに転用する技術が開発されれば、世界のエネルギー問題なんてすべて解決できるのではなかろうか。

それにはまずニュートリノをつかまえなければいけない。例えば、津軽のバカ塗りのお碗だとニュートリノが通り抜けないとか、糠床《ぬかどこ》でニュートリノが捕獲できたといったような話はないのだろうか。あっ、2 ページを越えてしまった。

「46」は“環”なので「81 の 46」はチェレンコフ光の環そのまま。

　次の「46」は地球の年齢 46 億年で、「11 水」は十一面観音である。チェレンコフ光が出現するのも地球に生命が誕生したのも水があるから。

　日本人は昔々、水の姿を雨・雪・雹《ひょう》・霧・露・霜柱・氷……など、11 の変化《へんげ》を見た。

　それで十一面観音は水観音で、その手には水瓶を持っている。言納がエジプトでうたった「水を尊ぶうた」(『天地大神祭』に登場)

♪みーずー　うるわし
　みーずー　うるわし
　とうとしやー

は、別名十一面観音のうたである。

　昭和 62 年 (2 月 23 日)、カミオカンデの水中に現れたチェレンコフ光は11 個。大マゼランから十一面観音がやって来たとさえ思えてしまう。その十一面観音は、日本こそが世界に先がけて「水先進国」になりなさいとの想いを伝えてきている。

　水を燃料にし、水で発電し、水で人々を糺す、といったように。水から学べ、自ら学べである。

ただし、水による発電とは現在の水力発電のことではない。ダムこそ自然破壊の元凶になりうるので、もうこれ以上は必要ない。

そうでなく、水そのもので発電せよといったことだ。それが十一面観音の願いである。

次の「千とミロクの神顕《かみあらわ》れ」は完全に千と千尋の神隠しを意識しているようだが、「千とミロク」は“1000 + 369”で、足すと1369になる。

神岡には1369メートルの山がある。池の山が標高1369メートルで、カミオカンデは池の山の山頂直下1000メートルのところにあった。

現在その場所にはカムランドという超高性能観測装置が設置されているが、スーパーカミオカンデもすぐ近くにあるので、山頂直下1000メートルに変わりはない。

「神顕《かみあらわ》れ」は神が姿を顕すことで、顕れた場所は1000 + 369メートルの1000メートル下、それは標高369メートル地点のカミオカンデ（スーパーカミオカンデ）だ。1000と369を分けたのにも訳があるんだね。

そこにニュートリノの存在を示すチェレンコフ光が現れるのだが、最後の「66 = 114」は先ほどもあったのでは？

順番が違うが「114 = 66」は“カミオカンデが（イザナミの）子宮”だった。「66 = 114」も同じか。

いや、同じではない。

最後の「66 = 114」は、「66」が“慈愛”で「114」は“真珠”だそうだ。

えっ、真珠とな？

水曹内に並んだたくさんの光電子増倍管、それが真珠なのだそうだ。慈愛の真珠。

その慈愛の真珠に光の環が出て神の降臨を知らせる。だから神岡が高天原なのだと。

『171は41の8
1373・62　114＝66
81の46、46＝11水
千とミロクの神顕《かみあらわ》れ　66＝114
問、如何に？』

これを要約すると、

「(奥飛騨の) 神岡が高天原になった。
イザナミライン (東経137.3度) 上のカミオカンデはイザナミの子宮。
46億年の歳月をかけて地球上に生命が育まれてきたのは水が存在したから。
日本は世界一の水先進国になりなさい。
カミオカンデの超純水が羊水のハタラキをして、イザナミの子宮に光の環が昭和62年に顕《あらわ》れたのが合図だった。
標高1369メートルの池の山にあるカミオカンデ内の光電子増倍管は、神が姿を顕す慈愛の真珠だ」

と、まぁこのような解釈になるわけで、問いの『如何に？』に対しては“恐れいりました”としか言いようがない。

というか、そもそもどんな返答を求めた『如何に？』なのか、健太には理解できなかった。なので何度も自問自答をくり

返してみたが、

『如何に？』

「恐れいりました」

『如何に？』

「はい、すごいです」

『如何に？』

「と申されましても……」

『如何に？』

「…………」

寝たフリをして逃げた。あと20分ほどで名古屋に到着する。

宇宙の法則は素粒子のふるまいにより決定づけられるため、神のハタラキを解明するには素粒子のふるまいを知らずには成されない。

“イザナミの子宮（カミオカンデ）”内を埋めつくしている“慈愛の真珠（光電子増倍管）”が、光の環として検出したのはニュートリノの存在だ。

すべての粒子、あるいは素粒子は“神の粒子”であるが、「謎が多き」という意味において現段階ではニュートリノこそが“神の粒子”と呼ばれるのに相応しいのではないか。

追記

2012年7月4日にCERNが発表したヒッグス粒子（らしき新粒子）を、マスコミは「神の粒子発見」と騒いでいるが、多くの物理学者はヒッグス粒子をそう呼ぶことに嫌悪感をもっている。半世紀前にヒッグス粒子の存在を予測したピーター・ヒッグス氏さえも、その呼び名には困惑しているのだ。

ヒッグス粒子が“神の粒子”と呼ばれる原因となったのは一冊の本にある。

ニュートリノに関する発見で1988年にノーベル物理学賞を受賞したレオン・レーダーマンが、1993年に著した書はヒッグス粒子についての内容だった。

当時、まだヒッグス粒子は発見されておらず、どれだけ実験をくり返してもまったく見つからないため、著書のタイトルを「Goddamn Particle」とした。

この「Goddamn Particle」とは、“いまいましい粒子”“ええぃ、クソッ粒子”といった意味合いで、見つかりそうにない粒子に相当いらだっていたのであろう。

ところが原稿を受け取った出版社側がそれを認めず、Goddamnの後半を取り払って、God Particle、つまり神の粒子にしてしまったのが、事の顛末である。

したがって、ヒッグス粒子だけを神の粒子と呼ぶのは可笑しな話なのだ。

第３章　タガーマ・ハランへ

内戦が激化の一途をたどる隣国シリアの国境までわずか十数km を残し、バスは速度を落して左へと折れた。ハランへ到着したのだ。

バスにはアマノマイ組も５人乗っており、うち一人は沖縄のチーコだ。チーコらは先にトルコへ来ていたため、昨夜泊まったホテルで合流した。

健太と言納は木曽御嶽山の七合目、田の原で『天の架け橋』祭りをチーコとおこなっている。あの祭りでは夜中にも拘わらず七夕の天の川に虹が架かり、彦星ニギハヤヒと織姫セオリツを結んだ。（『臨界点』終章）

アマノマイ組には和歌山の女性もいる。トルコと和歌山の絆は堅い。

バスを降りるとまず目に留まったのは洋風“峠の茶屋”的な、風通しのよい茶店だった。峠ではないので、平原の茶屋だ。

奥にはトンガリ屋根をした日干しレンガ造りの家が建っている。ハランが栄えていたころは大勢が暮らしていたであろうけど、今は地味な土産物屋になっていた。

何気なく平原茶屋を覗いた健太が声をあげた。

「おい、コト。ほら、あれっ」

健太が指さす先には、日本のものとそっくりな臼《うす》と杵《きね》があるではないか。おそらく遙か大昔から、あれで麦をついてきたのだろう。
「だからモチを持っていけってことだったのか。納得。戸隠の神さん、パーフェクト」

はしゃぐ健太をよそ目に、言納の緊張はピークに達しつつあった。トルコの古き母や言依姫も一緒なはずだが、今朝から何も話しかけてこないし気配すら感じない。
平原茶屋の300メートルほど先に、崩れかけた教会が見えた。乾いた大地と同じ色に同化したその教会には、かつてここで生きた人の気などまったく残ってないほど無慚な姿に朽ちている。
しかし言納にはすぐに判った、祭壇を設ける場所がどこであるかが。この景色、昨年冬至に母を産んだときに見せられている。
皆より先に、一人だけ導かれるようにして教会へ向かって歩き出すと、途中に人工的な四角い岩があった。高さは1メートル弱、幅が1.5メートルほどの岩には大きく太陽と月が刻まれていて、言納が正面に立つと、

『お日と月、和睦の地です
本日は星も加わりいよいよに……』
（えっ、どなたですか？）
『この地を護る者にございます
お待ち申しておりました

日と月と　星の大祭いよいよに
おこなわるるか　いよいよに

各地より
女神と呼ばれし地母神は
集まり来たりて渦を巻く
大渦となり巻き巻きて
大地母神はいよよ立つ
表は裏に　裏は表に
くるくるくくるは銀河の女神
お日と月・星　大調和』

岩には日と月しか刻まれてなかったが、イスラムが誕生してからは星信仰も加わっている。なので岩はイスラム以前のものだ。

教会は崩壊の危険性があるため、まわりをぐるっと金網のフェンスで取り囲んであって近づけないが、正面あたりに一箇所だけ祭壇に適した平らな場所があった。しかもそこだけが周りよりもわずかに高くなっている。

健太はそこに大きな白布を広げた。

中央に紅白の太極図、左右には大麻の大幣《おおぬさ》と榊《さかき》。榊はエジプトでもイスラエルでもそうだったが、持ち込む際にいちいち気を使う。税関で没収されやしないかと。

太極図の手前には紅白の鏡餅。銀杯に注いだ御神酒も赤ワインと日本酒で紅白に。そして桜柄の陶器を３つ並べ、それぞれ違った蜂蜜で満たした。和ローソクも紅白だ。

その他にも塩、金箔、戸隠の水などが並べられた。

「さぁ、問題はこれだ」
　大地が固いため、日の丸とトルコ国旗をクロスして立たせることができない。
　どうしたもんかと考えあぐねている健太が、紅白太極図のむこう側、祭壇奥で白布の切れめの地面に小さな穴があるのを見つけた。
「ここに刺すのはいいけど、そうするとまっすぐにしか立たないからクロスさせられないし……あれっ！」
　穴を覗きこむと、小さいのは穴の入り口だけで、中は深さが 20 センチ程の空洞になっている。健太はその穴へ 2 本の国旗をつっ込んでみた。
「おー、すごい。ハランの神さんもパーフェクト」
　2 本が見事にクロスして立った。

　何が始まるのか、観光客たちが祭壇を遠まきに見ているが、健太はかまわず合図の鈴を振った。そして祝詞代わりに挨拶文を読み始めた。

「『ハランの女神
　埋もれた女神
　声なき声にて光を求め
　タガーマ・ハランのその地より』

　数年前からそのような叫びが、東の果ての日之本まで届いておりました。
　大変遅くなりましたが、本日 2012 年秋分、高天原の地タガーマ・ハランに……」

健太の挨拶はまだ途中だったが、抑えきれなくなった言納が教会に背を向けると、祭壇前にひざまづいて語りだした。言納が抑えきれないのではなく、正確には言納に罹《かか》った古き女神が抑えられなくなった。なかなか厳かな語り口調だ。

『お日をめざして東へと
お日を奉《ほう》じる人々は
長き時空の旅に出でし
いつの日か
お日と月・星　大調和
成ると知りつつ西の果て
女神奉じて旅立ちぬ

大地母神よ　アルテミス
行く先々で奉じられ
名は様々に変われども
女神輝くとこしえに
お日の女神に月女神
大地の女神に星女神
海（産み）の女神に水女神
地球こそ
母のからだと知りたれば
大地母神こそ大慈母神
深く深くひれ伏して
大なる感謝　せにゃならぬ
大なる謝罪　伏し伏して』

　このとき言納の意識に、不思議な姿の女神が現れていた。ただ、言納にはそれが遮光器土偶のように感じていたため、そのふくよかな肉体がキュベレーと知ったのは神事後のことである。

　キュベレーこそが大地母神であり、遮光器土偶のようなふくよかさは多産と豊穣をあらわしている。

　キュベレーをかたどった像が出土したのは、トルコ西南部の都市コンヤ郊外にあるチャタル・ホユックで、そこは人類最古の集落とも呼ばれている。

　それもそのはず、チャタル・ホユックで出土したキュベレー像は、紀元前6000年ごろのものらしい。それは今から8000年も前のことだ。

　8000年前の神、すごい。

　日本の神社に現在祀られている神々の多くは、古いところで2000年前。スサノヲ尊もニギハヤヒ尊もヒミコも2世紀〜3世紀の人だ。なので8000年前の神がいかに古き神であるかがよく判る。

　次に罹った女神は怒れる神だった。言納の声までドスの利いた低いものに変わり、あたりの空気がピンと張りつめた。晴れていた空がにわかに曇り、ちょっと怪しい雰囲気だ。

『いま再びよみがえる
　遠き日の夢あざやかに
　隠蔽《いんぺい》の　長く長く遠き日々
　女神は陰にて密やかに
　各地を護りてきたるかし

次から次へと名を変えて
長き時空をつなぎつつ
すべてを受け入れ忍びつつ
大愛で　各地を護りてきたるかし

男神女神《だんしんじよしん》　二人で一人
いかなる艱難《かんなん》ありとても
真なる愛と誠もち（餅）
互いを受け入れ合えたなら
各地陰陽合い和して
喜びに満ち　愛に満ち
光の星となるものを
男神《おとこがみ》
女神《めがみ》閉じ込め己れの世界
創り始めて幾星霜
調和は崩れ　男の世界
いくさに明け暮れ阿鼻叫喚《あびきようかん》
支配と管理　弱肉強食
いかにせんとや悲しき日々よ

大地母神は慈愛の胸に
黙して大きく抱きたもう
痛み傷付き病んだ星
救うはお人の光なり
互いに敬い愛し合い
協調共和とならんことを』

参列者の中には涙を流す者もいた。

健太は3・11の震災後、琵琶湖で女神に懺悔《ざんげ》して悔い改めることを約束していたのだが、怒れる女神の想いを聞いたことでそれがまだまだできていなかったことに気付かされた。

世界中は今でも調和が乱れ崩れたまま。21世紀だというのに武器を手にしたいくさが世界各地で繰り広げられている。

女神の怒りは大きく、嘆きは深い。

しかし、怒れる女神であっても

『真なる愛と誠もち（餅）』

と、ユーモアも忘れていなかった。

紅白の鏡餅は誠餅だったのか。誠を持てよということで。

言納が祭壇の方へ向きなおったので、健太が挨拶の続きを始めた。

「つぶされ消され封じられ、耐えに耐えた光の届かぬ長き歳月に、魂《たま》の底から深く深くお詫びいたします。申し訳ございませんでした。
本日の“舞い”“うた”“供物《くもつ》”は、感謝と謝罪の想い込めてご用意いたしました。どうぞお納めください。

本日の『高天原　日・月・星の大祭《おおまつ》り』
つつしんでお祝い申しあげます。
おめでとうございます。

2012年9月22日　秋分」

健太が深く一礼をすると、間をおかずにチーコがライアを奏でながら菊理媛祝詞の奉納を始めた。“白山菊理媛”も「171」になるため、“高天原”や日本＋トルコの国番号以外にも数霊には宇宙の叡智がたくさん含まれているものだ。

その後はアマノマイを奉納したり蜂蜜を大地に注ぎ、最後に参加者全員で“ふるさと”をうたった。

異国の地でうたう“ふるさと”はまた格別で、現在の祖国日本と古き祖国タガーマ・ハラン、玉《たま》し霊《ひ》にはどちらも愛する地であることを強く実感した。

もうこのころには様々な人種が日本人軍団をグルリと取り囲んでいて、とりわけトルコ人の若い女性グループが好意的だったので、紅白の誠餅や蜂蜜を入れた桜柄の陶器やらは全部彼女たちに貰ってもらい、やがてそこで日・土（トルコ＝土耳古）友好大撮影大会が始まった。

平原の茶屋に戻ってチャイでひと息ついたころ、言納は臼と杵が気になったので近づいて行くと再びキュベレーらしき女神が現れた。

『高天原に神留坐《かむづまりま》す……』

言納が杵の前にかがんで何か語り始めたので、皆がそこへ集まって来た。

『高天原に神留坐す
　高天原よタガーマ・ハラン

長き時空のその中で
名を変え姿も変えられし
女神の数よ　あまたなり

ハランの女神の祭りにて
女神に光の捧げもの
集まりて来し　うねりとなりて
天空に
光の渦は巻き巻きて
妙《たえ》なる世界は広がりぬ

黄金《こがね》に輝く蜂の蜜
とろりと滴《したた》る蜂の蜜
花々の　芳香溶けし蜂の蜜
芳《かんば》しき　蜜を女神に捧げしは
女神の大地に滋養を与え
すべての女神を統合す
大なる力となりたるを
知りて捧げてくれしとは
まこと嬉しきこの佳き日

人々の
尊き真心　女神の舞いを
集まり来たる女神たち
喜び受けし　ありがたや
くるくるくくると共に舞い
大なる女神といよよなる

くるくる舞いて巻き上がり
統合さるる　巻き巻きて』

高天原はタガーマ・ハラン。この地のキュベレーも名を変え姿も変えられ各地で祀られている。紀元前6000年のキュベレーは、その4000年後の紀元前2000年ごろにはヒッタイトでクババの名にて祀られていた。

クババは手にザクロと鏡を持った威厳ある婦人の姿になり、ヒッタイト帝国の都市カルケミシュの守護神として崇《あが》められるようになったのだ。

『くるくるくくると……』の言葉からして、ひょっとするとキュベレーはユーラシア大陸を横断してククリヒメの名に……。

それを感じていたからこそチーコはハランの神事に菊理媛祝詞を選んだのかもしれない。それとも菊理媛がチーコにそうさせたのか。

キュベレーの伝える内容からして蜂蜜もアマノマイも女神たちに喜んでもらえたようだし、『くるくるくくると共に舞い』ということは、女神たちも一緒に舞ったのであろう。ハランの神事、大成功……と思っていたら、あの怒れる女神も再び出現した。

『日之本は
お日の源　お日の国
日出ずる国とは知りたるが
この目でしかりと見にゆかん
霞《かすみ》と雲に隠れしも
お日は輝き　漏れ出ずる

イザイザ共に　イザヤイザ』

（えっ、共にって？…………）

言納は怒れる女神の物言いに何か妙な想念を感じていたが、それもそのはず。この怒れる女神はその後、言納について日本へ来てしまったのである。そして日本でいろいろと騒動を起こすことになる。

ハランから十数 km 先のシリアでは内戦がますます激化しており、言納たちが日本へ帰国した翌日、国境を越えて飛来した追撃弾がハラン近くの村に着弾し、住民 5 人が犠牲になった。

もし怒れる女神がハランの地にいたとしたら、おそらくはさらに怒り狂っていたであろう。女神はメッセージの中で“いくさ”についても触れていたし。そう考えれば日本に来ててよかったのかもしれない。

タガーマ・ハランからバスで 1 時間ほど北へ向かい、シャンルウルファに到着した。

シャンルウルファ……。

『ウルファの神は　真東に
贖《あがな》い求め　突き抜けた
153 転じて世を正し
頭《こうべ》を垂れよ　53 の民よ』　　　（『時空間日和』より）

シャンルウルファの中心近くの北緯 37 度 25 分ラインを真東に伸ばすと、能登半島をかすめて新潟県へ上陸する。そこには柏崎刈羽原発があり、そのまま真東に進むと太平洋へ抜けるその場所には福島第一原発が建っている。
　途中に出てきた『153』は“災い”、『53』は“稲穂”。なので『災い転じて世を正せ、頭を垂れよ　稲穂の民よ』であり、稲穂の民とは謙虚さを忘れぬ日本の民よ、ということだ。『53』は“日本”でもあるため、日本人を指していることは間違いない。
　しかも健太らがおこなった2010年10月10日の戸隠『古き神々への祝福』から数えて153日目が、2011年3月11日だった。

　一応アブラハム生誕の地ということになっているシャンルウルファでは、ほぼすべての観光客が“聖なる魚の池”を訪れるが、健太は言納の手を引くと池には目もくれず、シャンルウルファ城の城壁を駆け登って行った。
　ウルファの街が一望できる。シャンルは“名誉ある”の意だ。
　健太は腕時計をコンパス表示にすると、真東の方向を確認した。その先には日本がある。
　ウルファの神が、真東の果てに暮らす日本人にどのような贖いを求めたかは、地図に線を引き、原発を通過したことで理解できた。
　言納は3・11の衝撃を思い出したのか、真東に向けて手を合わせ、涙をこらえて何かを祈っていた。
「時間を過ぎてます。もう行きますから」ガイドのムスターファだ。ハランの神事が長引いたのでタイムスケジュールが狂い、あからさまに気嫌が悪い。

「早くしてください。遊びじゃないんですからね」

これには言納がキレた。

「観光旅行が遊びじゃなくて何なのよ。あんたは仕事だけど、こっちにまで“遊びじゃない”なんて押しつけないでよ」

言納まで怒れる女神になっちまった。

ガイドのムスターファは大阪に住んでいたこともあり日本語はほぼ完璧にこなすが、人間性に少々難があった。本人は自分のことをイスタンブール大学出身の秀才で、イケメンで、家柄もよく品がある高級人間と思っているようだが、その自《うぬ》惚《ぼ》れは必ず失敗を招く。そして実際に招いた。

翌日はトルコ東部アナトリア地方のヴァン湖へ移動した。トルコ最大の湖だ。

2011 年の 3 月 11 日、東北が未曾有の災害に見舞われた同じ年、トルコでも 5 月 19 日に西部キュタヒヤ県で地震があり、少数だが死者も出た。

そして 10 月 23 日、ここヴァン近郊で大地震が発生し、死者 400 人以上の大惨事となった。

また、11 月 9 日の予震では日本人 1 人を含む 37 人が死亡している。

1995 年 1 月 17 日の阪神淡路大震災から約 3 年後、トルコでも死者が 136 人を数える大きな地震があり、翌年 1999 年 8 月 17 日には阪神淡路大震災に比べ 8 倍のエネルギー放出の大地震がトルコで起こり、イスタンブール近くのイズミットでは死者が 1 万 8 千人にのぼった。その後の予震でも毎回死者が出ており、11 月 12 日には北西部ボル県でも死者が

550 人を越す地震が発生している。

大地震の 1999 年 8 月 17 日は、8 月 11 日（旧暦 7 月 1 日）のグランドクロス直後であり、1999 年 7 の月の予言がこの地震かと思われたほどであった。

他にも 2003 年が日本・トルコ地震合戦で、こんなところまでこの 2 国は似通った運命共同体なのだ。

なのに日本政府はトルコへの原発売り込みに躍起で、狂気の沙汰としか思えない。無責任にもほどがあるというものだ。

この日、ヴァン湖へ向かうバスの中で、ムスターファがトルコの諺《ことわざ》を教えてくれた。意味としてはこうだ。

「人は麦と同じで、熟すれば中身がいっぱいになって頭が下がるものだ。熟してないものは中身がカラだから頭を下げない」

それって「実るほど頭《こうべ》を垂れる稲穂かな」と同じではないか。やはりトルコの先人たちも同じ教えを残していた。

そしてムスターファ、得意気に諺を解説する前に、まず身につけろ、その内容を。

ムスターファはこの日、バスごとフェリーに乗って湖を渡ります、と言いつつ向かった船着場は何年か前に閉鎖されており、バスを乗せるフェリーどころか子猫一匹いやしない。

不思議に思ってバスから降りると、そこには爽やかな風が吹く静かな湖畔がどこまでも広がっていた。

おい、ムスターファ。頭を垂れよ。お前の傲慢さが招いた失敗だぞ。

「ちゃんと調べてからにしてよね。遊びじゃないんだから、あんたは」

言納の一言に車内は爆笑の渦につつまれた。

翌朝、神事の続きをおこなうアララト山へと向かう。朝食は朝日がまばゆいテラスに用意されていた。湖面に陽の光が反射して、まるでエーゲ海のリゾートホテルにいるようだ。
言納が相変わらず日本から持参したバランス栄養食品を食べていると、ムスターファが声を掛けてきた。
「これ、この地方にしかない食べ物です。ミルクダケのね」
見ると皿に白いクレープのようなものが盛られ、表面はアミガサ茸のようだ。
「おっ、美味そうじゃん。コトも食べてみる？」
「うん、食べよかな」
言納は香辛料が苦手なので、トルコへ来てからほとんど地元の料理に手を付けていなかった。何しろ祖母に貰った唐辛子せんべいを洗って食べる女だ。それに、エジプトでも香辛料攻めに遇い、大変な思いをしていたので今回は大量のインスタント食品などを持ち込んでいる。
「はい、おまたせ」
「ありがとう。これ、大丈夫そうね」
香辛料は使われてないから大丈夫だ。
「うっ、美味しい」
「ほんと、ミルクの味もする。世界にはいろんな茸があるのね」
白いアミガサ茸はまろやかでほんのり甘く、ミルク茸と呼ばれるだけあって本当に牛乳の味がした。
が、同じテーブルに席るアマノマイ組のメンバーが２人を怪訝そうに見ている。それに気付いた健太が、
「美味しいですよ、ミルク茸。茸なのにちゃんと牛乳の味もするし。もう食べました？」

「…………本気で言ってるんですか？」
「えっ、何が？」
「ミルク茸」
「…………だってムスターファが、この地方にしかないミルク茸って……」
それを聞いた瞬間、まわりが一勢に笑い出した。健太と言納はワケが判らない。
「違うのよ。ミルク茸じゃなくて、ミルクだけ。判る？」
「…………」
「牛乳だけで作ってあるからミルクだけなの」
「だから牛乳の味がするのか」
ようやく理解できた２人もしばらく笑いがおさまらなかった。これでアララト山行きの緊張がほぐれた、少なくとも健太は。
ミルクだけの料理はカイマクという名前らしい。

トルコといえども東部アナトリア地方はイスタンブールや地中海地方とは違い、イランやアフガニスタン、あるいは中央アジア諸国の雰囲気に近い。それもそのはず、アララト山の少し先にはイランとの国境があり、検問所の通過手続きのため、たくさんのトラックが並んでいた。アララト山の南側はイランで、北側はアルメニア。アルメニアの首都エレバンまで直線だと 40km 程度だ。そして東側はアゼルバイジャンがある。異国の果てまで来ているのだ。
アララト山の手前、乾いた山の中腹標高 1700 メートル付近に建つイサク・パシャ宮殿は、99 年を費して完成した見ごたえある建築物だったが、言納はアララト山神事のことが頭にあり、ちっとも楽しめなかった。
　それに、ここドゥバヤジットの地へ入ってからというもの、胸の奥にざわめきを感じる。何かが始まりそうだ。いや、もう始まった。

『さて愛娘《まなむすめ》
　この旅は
　己れのめぐり　解くために
　西へ来たのは魂《たま》の地図
　知らぬというても己れの魂は
　しかと存じておりまする
　それぞれに
　それぞれ御役を抱きつつ
　知らずに進まん魂の地図

　盲《めしい》いと
　思わるるほど手探りの
　長き道のり続けども
　必ずや
　辿り着きしは豊穣の
　母なる“海”と知るがよし
　“海”が導く魂の道
　舟は進まん　アールの渦に
　そのアールの渦にその櫂《かい》まかせて
　進みたる
　産まれ出でたる喜びに
　嬉し嬉しのうれし弥栄』

言納が生んだ母からだった。ナゼここへ来て急に母は接してきたのだろう。
『アールの渦に……』以降は過去の出来事と未来に起きるであろう事の両方を表現してある。“アール”とはアララト山のこと。現地ではそう呼ぶ。
まず、過去についての出来事だが、『アララト山の渦に身をまかせ、産まれ出ずる喜びに』。言納が昨年末に産んだかつての母は、大昔にこの地で言納を産んだ。『必ずや　辿り着きしは豊穣の　母なる“海”と知るがよし』
言納にとってこの地は、古き“産み”の母の想いあふれる豊穣の地だったのだ。
そして、未来について母は、新たに産まれることを素直に喜んでいる。時空を越え、我が子が母になってくれたお陰で。

荷物を預けるため、バスは一旦ホテルに立ち寄った。一直線に延びる道路と眼前に迫るアララト山以外は何もない最高のロケーションだ。
言納は荷物を健太にまかせ、アララト山の裾野をジーッと見入っていた。神事の続きをどこでするのか探していたのだ。
すると、

『そちらではありませんよ。
導きますので渦に身を任せなさい』

言依姫からだった。やはり一緒にいた。
「この２台に分かれて乗ってください。半分はあちら。半分はこちら」
　ムスターファが２台のワゴン車を用意していた。大型バスでは行けない場所へ向かうらしい。
　日本の山と違って樹木がまったくないため、山頂へ通ずる道からは視界が開けたままだ。カーブを曲がるたびにあっちこっち移動するアララト山が、千円札に描かれたアララトと同じ姿になってきた。
　千円札の湖に映った逆さ富士は富士山でない。アララトだ。言霊数も“富士山”は「100」、“アララト山”は「112」になるが、“アララト”だと「100」だ。
　ただし、ここから見るアララトは千円札に描かれたアララトとは左右が逆のため、透かして見るとカタチがほぼ一致する。
　日本とトルコは表裏ということか。恐るべし「171」。

　山頂へ着いたようだ。日焼けした老人が日本人観光客をさびれた茶店に招いていたが、チャイはあとで。
　言納は正面のアララト山にばかり気を取られていたが、背後に強烈な気配を感じたので振り返ると、そこには思いもよらない景色が広がっていた。
（うっ……）
　言納が立つその場所は山の頂というより、丘のてっぺんだった。
　そこから谷をはさんだ向こう側には標高の高いゴツゴツした岩山が連なっているのだが、谷の中央あたりに写真で何度も目にしていた“ノアの方舟”があるではないか。
　それはまるで洪水後にそこへ漂着したノアの方舟を思わせるような姿を大地が形成している。

ノアの方舟とは旧約聖書の創生期第６章に登場するそれのことで、悪がはびこる世の中を一掃しようとする神が、ノアの一家を救うために命じて作らせた舟だ。

この舟形台地こそが聖書に登場する本物の方舟だと信じる人たちもいて、1959年にトルコの軍人が発見したこの舟形台地は近年になって本格的な調査がおこなわれ、その結果として人工的に作られたものと確認された。

しかし、だからといってこれがノア一家とつがいの動物たちを洪水から救った舟であるとは考えにくい。おそらくはこの舟形台地を祭壇か何かの象徴としていた古《いにしえ》の人たちが、何らかの手を加えて形を整えていたのではなかろうか。

方舟を真正面にして立つと、少し傾いているが草の生えてないスペースがあり、中央に平たい岩が顔を出していた。

日の丸とトルコ国旗をクロスさせ、榊をはさんで麻ひもで結んだ。今度は適当な穴がない。しかし不思議なことに神事が終わるまで旗は自らで立ち、風に揺られても倒れることはなかった。

気になっていたドイツ人の団体は10分ほどで帰っていったので、言納が戸隠の水で場を清めていると、ほんの５メートルほど脇の木陰から小さな少女がこちらを見ている。ジプシーかと思ったけど、どうやらそうではないらしい。

それにしてもこの少女、突然現れた。谷から登って来たら必ず視界に入るだろうし、他の誰も少女が近づく姿を目撃していない。

はにかんだ顔でこちらを見ている少女をチーコが手招きする

と素直に応じた。

　『あなたの血を引く御子です』

　母からの声に言納は心臓が張り裂けそうになるほど驚いた。というのも、言納はこの地で肉体を持って生きていたことを思い出していたからだ。
「あなたのお名前は？」
　チーコが少女に語りかけたが、もちろん通じない。それでムスターファに通訳を頼むと彼は怪訝そうな顔つきで少女に名前を聞いた。自分の客とこの少女が触れ合うのを明らかに嫌っている。東トルコはイスタンブールに比べ、税金が３分の１だ。電気代やガス代も半額らしく、イスタンブール人のムスターファにとってウゼンギリ村のみすぼらしい少女なんぞは侮蔑の対象なのだろう。

「この子の名前はデニズ。“海”という意味です。お金はあげないでください」
　誰もそんなことはしやしない。神事の場でなければ言納は激怒するであろうが、このときはそれどころじゃなかった。神々から聞かされていた言葉が次々と浮かんできたのだ。

　『大地の女神に星女神
　　海（産み）の女神に水女神
　　…………』

　『辿り着きしは豊穣の

母なる“海”と知るがよし
“海”が導く魂の道
舟は進まん
……………………』

ムスターファに確認すると、この地方に海はない。しかし彼女は“海”と名付けられた。

その彼女は、水を撒いていると突然現れた。

『海（産み）の女神に水女神……』

そしてこのデニズという少女は言納の子孫。ということは、古き母の子孫でもあるわけで、『母なる“海”と知るがよし』……。

（どうゆうこと？）

言納にはまったく理解できない。

まだ他にもある。妊娠中のことだ。

『ご用意整えば
その瞬間に異なる時空
決意のみ
鍵は己れの内にあり
鍵は己れの腹にあり』

『さぁ、ハラン（孕ん）で準備は整いました。まいりましょう、共に』

これはいったい何を意味するのか。

（ねぇ、お願い。教えて。何がどうなってるのよ？）

誰とはなしに言納が虚空へ向かって訴えかけると、言納自身の玉し霊が激しく震動し、脳細胞を動かした。ガシャガシャ、ガシャッ。

（えーっ！）

『そうなのですよ』

古き母からだった。

つまりこういうことだ。

言納のトルコ時代の母は昨年の秋に言納のお腹へ宿った。古き母からすれば、現在の言納はかつて自分が産んだ子の玉《たま》し霊《ひ》が宿った肉体だ。その肉体に時空を越えて、つまり異なる時空から古き母は我が子に宿ったことになる。

しかし、古き母はそのときすでに肉体を持って現代に生きていた。その肉体には古き母の本体——それは玉し霊の中心部分で「直《なお》霊《ひ》」と呼ぶ——が宿って。

だが、玉し霊は直霊だけでない。直霊のまわりにはアラミタマやニギミタマなど「四《し》魂《こん》」と呼ばれる部分がある。大昔に生きた母は死後、四魂の中のニギミタマ（和魂《にぎみたま》）が霊体としてこの地に留まっていた。

そして時が来た。

古き母のニギミタマは言納から産まれることで言納をこの地に導き、古き母の玉し霊の本体たる直霊が宿る肉体人間の自分に言納を引き合わせたのだ。その肉体人間こそが少女デニズである。

少女デニズは言納の子孫としてこの世に存在するのと同時

に、言納の母（先祖）としてもこの世に存在している。

デニズからすると、言納は遠い先祖であると同時に、我が子（子孫）でもあり、「今」という瞬間の中に過去と未来が同時に存在している。また、過去と未来が同じだけの必要性を持って「今」を存在させている。

健太はのちに言納からこの話を聞き、こんな複雑な仕組みをどうやって素粒子のふるまいから解明すればいいのか、頭を抱えてしまった。

言納が心ここに在らずだったので神事はチーコの段取りで無事終わり、最後はデニズも含め全員で環になった。締めは七福神祝詞でにぎやかに踊る。

『めぐりて天龍《てんりゆう》昇りしは
花たちばな　匂《にお》い香《か》の
天地《あめつち》開けし開闢《かいびやく》に
弥栄《いやさか》八《や》坂《さか》　ひふみ世《ゆう》
めでためでたの　みろく世
ハランで結ばれ　かもす世
あっぱれあっぱれ　えんやらや
あっぱれあっぱれ　えんやらや
………………』

これを大声で何度もくり返した。

デニズも楽しそうに踊りを真似ている。その姿は言納にとって感慨深く、さらには健太から何度も聞かされていた「0 次元の“点”」がどこにあるのかも判ったような気がした。

０次元まで深く深く意識が到達すれば、そこで次元が反転し、最高次元から他の次元を見渡すことができるのだと。

下の次元から高次元に触れようとしても、こうであろうという予想の世界で留ってしまう。なので「０次元への回帰」が必要なのだと。（『時空間日和』より）

この「０次元への回帰」から「次元反転」への転移は、ブラックホールからホワイトホールへの移行と共通する原理があるのかもしれない。

日の丸とトルコ国旗をもらったデニズは、参加者がひと通り記念撮影を終えると言納の前に歩み寄り、何か言いたげにモジモジしている。

言納はひざを折ってかがみ、目線の高さを合わせると丁寧に礼を述べた。

「デニズさん、今日は神事に参加してくださり、本当にありがとうございました。デニズさんが突然現れたときはびっくりしたけど、お会いできて本当に嬉しかったです」

そう言いつつ、心の中では彼女に向かってこうつぶやいた。

（ありがとう、お母さん）

するとデニズは、まだ用は終ってないよといった目つきで軽く首を横に振ると、言納の手を取り谷を降りて行こうとしている。舟の近くまで連れて行くつもりだ。

「おい、コト。どこ行く気？」

「多分、舟。あっ、ケンタも来て」

来てって言われたって……。

どう考えても舟まで谷を降りて行くのに10分はかかるだろうし、すぐに用が済んだとしても帰りは登りだ。戻って来るのに最低でも30分は必要だ。
　健太は振り返ってムスターファの顔色を伺うと、谷を降りて行く言納を睨むようにして見ている。すでに滞在時間の予定をオーバーしているのだろう。
　一瞬躊躇したが、健太も言納を追いかけた。
「ごめん、ムスターファ。ちょっと行ってくる。遊びじゃないんだ」

　見上げるようにして近くから眺めると、方舟は予想以上に大きく、言納たちが立つ位置からでは登ることが不可能だ。しかし、デニズがこの位置に連れて来たのには訳があった。いや、デニズ本人が意識してではなく、見えない古き母のニギミタマが導いた。
「ねぇ、ケンタ。日本はどっち？」
「ど、どっちってったって……」
「すぐ調べて」
「判った」
　健太は腕時計をコンパス機能に切り替えた。
「えー、東はあっちだから日本もあっち」
「じゃあ、舟の舵も合わせて」
「はっ？」
「羅針盤でしょ、ケンタ。意識で舵を合わせるのよ。もう舟が出るみたいだから」
「東の方角を意識すればいいわけ？」
「そうじゃなくて……」
　つまり言納が言いたいのは、舟が日本へ着いてから女神たちがどう動くかの方向性のことだ。ついてはそれが日本全体に影響を及ぼすかもしれないし、ひょっとしたらその流れは世界にまで広がるかもしれない。何しろ元高天原の女神たちが大挙して日本へ向かうのだから。
　なので、健太がまず思いついたことは現在の社会システムの破壊であった。とにかく経済力を持つ企業と、それらに癒着する官僚が誤魔化しでムリヤリ成り立たせている国家運営の未来は暗い。間違いなく暗いが、その皺寄せは残念ながら本人たちに返らない。どうしたって社会的弱者から順に被害を被ることになる。
　それで次に健太は国家的規模の誤魔化しもジャンジャン暴かれるよう強く意識した。
　その次は……。
「あっ、ケンタ。誰かが何か伝えて……アルテミスって名乗られた」

『呼ぶ小鳥
　知るや知らずや
　彼《か》の国の
　ゆく道の先
　飛んでは鳴いて』

「あっ、また誰か」

『遠つ祖《おや》
　辿りてゆけば　ゆく道に
　蓮の花咲くそこかしこ
　祖先の笑顔　光に満つる

尊び感謝の供養より
勝るものなし　光の御花』

結局名前は名乗らなかったが、古き女神なのであろう。カタチを決められた供養よりも、遠き先祖——それは自分自身のルーツなのだが、そこへ想いを馳せることが遠き先祖＝祖先にとってもこの上なき喜びのようだ。

そしてこんなのも来た。内容からすると、いよいよ舟が出るようだ。

『隊商は
金銀財宝　舟に積み
ゆらりゆらりと 81
行く手を阻むものはなし
女神の向かうその先は
最後の希望　お日の国

渡り舟
何をたよりにめざすのか
東に向かうは定めかと
気づけばようやく 81
女神集いし　これいかに

その昔
長き時空のその中で
人馬は進みつ留まりて
その土地土地に融合し

足跡残しつまた進む
道ゆき遙かと思えども
長き時空をついに越え
ようやく集う81
辿り着く日ぞ13813《イザヤイザ》』

途中で3度出てきた「81」は“光”であり日本の国番号なので、意味するところは“光の国”“輝ける国”といったところであろう。

他にも、健太が戸隠で出されたテスト問題の答えを言納は受け取ったようだが、今はそれを話している時間はない。ムスターファの顔が浮かんだ。

「ヤバイな」

「かもね」

言納はデニズの手を握った。もう会えないかもしれないと思うと、このまま日本に連れて帰りたいとさえ思った。

デニズにはこの地に両親がいるであろう。

しかし、言納が産んだ古き母の玉し霊は、本体がデニズに宿っているのなら、デニズだって言納の子供と言えないこともない。だがそれは許されない。

「デニズさん。どうかお元気……えっ？」

デニズが舟の脇の中央部を指さした。距離があるためはっきりとは見えないが、そこには黄色い花が添えてある。

ちょうどそのあたりは10メートルほどあろうかという崖になっているため容易には近づけなさそうだが、黄色い花は確認できた。

「お花ね。あそこがどうかしたの？」

言納が尋ねたところでもちろんデニズは答えない。しかし、見えない古き母が答えた。

『愛娘よ
あなたが眠っている場所ですよ』

（……それって……私のお墓ってこと……私の、お墓……）
古き古き言納の亡骸《なきがら》は、そこに眠っていた。すでに肉体は大自然と同化しているだろうが、そこに埋められていたのだ。
言納の玉し霊がこの谷で何も感じなかったのは、すでにニギミタマはこの地には留まっていないからか、玉し霊がこの地に執着を持ってないからなのか。
それでもそこに花が添えてある。
「ねぇ、デニズさん。ひょっとしてあなたがあのお花を？」
デニズがにっこり微笑んだ。
それで言納はデニズを抱きしめたまま泣き崩れてしまった。
言納にとって、かつての母であり数千年先の子孫であるデニズが、デニズにとってはかつての娘であり遠い遠い先祖でもある言納の墓に花を手向《たむ》けていた。
デニズがそうするようにと、言納の娘であり母でもあり、そしてデニズ自身の玉し霊の直霊が仕向けたのだった。
健太が北極星のシャルマから教わった４本の時間軸はまさにこのことだ。
物理学では 10 次元理論の超ひも理論も 11 次元理論の超重力理論も時間軸は１本だけで、他はすべて空間軸だ。
しかし、銀河磁場領域研究所で星間時空調整を専門とするシャルマは健太に４本の時間軸についてを伝えた。

それは“今”を中心として、今から未来へ向かう時間軸と未来から今へ向かう軸。そして過去から今へと向かう軸、今から過去へ向かう軸。この４本を持つことができれば、今の地球人類が考える時間枠を越えることができると。そして、４本の時間軸を意識の中で使いこなしたら次のステップへ進みましょうとも。

言納がこの旅で体験したのはまさにその現実バージョンで、そうなると健太以上に言納も４本の時間軸が理解できる。

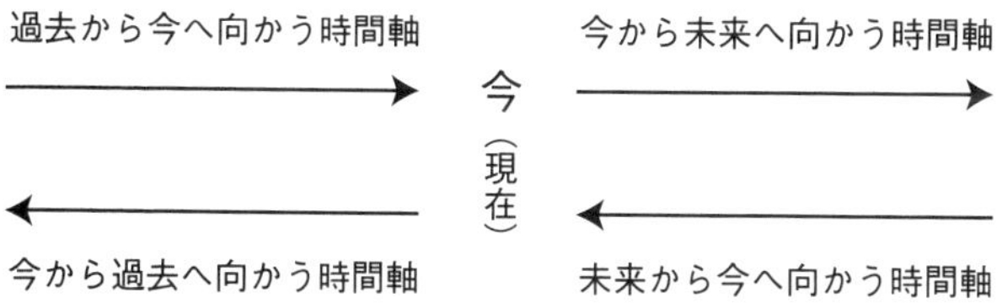

（『時空間日和』P.70 参照）

４本の時間軸を使いこなすと、空間軸３本と時間軸４本の世界に生きているわけだから、そこは７次元の世界である、意識の世界では。

ただ、古き言納の墓に向かって手を合わせていた健太は複雑な心境だった。なぜなら、大昔に死んだ人間（古き時代の言納）に、やがて結婚して自分の子供を産んでもらうことになるだろうし、手を合わせている先の墓に眠る玉し霊は、今となりで泣いている言納なのだから。

丘に戻ると、怒っているはずのムスターファが気嫌よくしている。丘に残ったメンバーがおおかたを察し、ムスターファを誉め殺しにしていたら、彼はそれを真に受けて喜んでいるらしいのだ。
それで無事に山を降りると少し回り道をして、1920年に落下した隕石が開けた穴「メテオ・ホール」に寄ってからホテルへと戻った。
ハランとここでの神事を終え、ひと安心した言納は夕食にどん兵衛とサバ缶を食べてご満悦だった。

翌朝も快晴。今日はアルメニアと国境を接したアニ遺跡へ向かう。言納は最後にもう一度、窓からアララトの姿を見上げていた。その眺めはいつでも最高だ。
澄んだ紺碧の空に浮かぶ気高き勇姿のアララト山。
夕闇に妖艶《ようえん》なシルエットを映し出すアララト山。
朝日に照らされまばゆい黄金に染まるアララト山。
ホテルは小さくても素晴らしい想い出が残った。シャワーが水しか出なかったことと、生野菜まで香辛料くさかったことを除けば。

第４章　解放、未だ成せず

　トルコから帰国した翌週、健太は茨城県つくば市の KEK（高エネルギー加速器研究機構）を訪れていた。
　現在は神岡のスーパーカミオカンデへニュートリノを撃ち込んでいるのは東海村の J-PARC だが、それ以前はここ KEK の加速器でおこなっていた。
　KEK には複数の加速器があり、その中でも KEKB《ケックビー》（KEK の B ファクトリー）加速器は日本最大だ。この加速器からスーパーカミオカンデへニュートリノを撃つ実験は「K2K」と呼ばれていた。KEK to KAMIOKA（高エネ研から神岡へ）の略だが、こっちまで恥ずかしくなるネーミングだ。もう少しセンスのある名前があるだろうに。
　残念なことに KEKB から J-PARC に移ってもネーミングは継承され、現在は「T2K」だ。TOKAI to KAMIOKA、東海村から神岡へ、だ。悲しい。

　健太がここを訪れたのは、カッパドキアで観たトルコ伝統のイスラム舞踊が大いに影響していた。
　トルコで起こったこの伝統舞踊をひと言で表現するなら、スカート姿の男性がただひたすら回転しているだけである。
　ムスターファから「くるくる回ってスカートがフワーッてなるダンスを見ます」と聞かされていたので期待していたのだ

が、出てきたのは男ばかり。しかも最初から最後まで延々と回り続けている。スカートがフワーッとなろうが面白くも何ともなかった、パンフレットを読むまでは。ところがところが。

「セマー」。くるくるイスラム舞踊をセマー、旋舞者（回る人）をセマーゼンと呼ぶ。

パンフレットに書かれたセマーの解説を要約すると、

「セマーは、自分自身の魂の微粒子が、唯一絶対神アッラーに対し、忠誠を誓っている声を聞くための旋舞である。
その微粒子は太陽の光のもとで、イスラム神秘主義者のように旋舞し、そして静止する。
旋舞を始めれば“生と死”の世界から抜け出すことができる。
なぜなら、セマーは“生と死”の世界の外にあるのだから。

セマーはトルコの伝統、歴史、信仰の一部であり、聖メブラーナ（1207 − 1273）のひらめきによって始まり、現在に至るまで発展した。セマー全体は７部で構成されている。

存在するということの基本的条件は回転することである。最小の微粒子から最も遠く離れた星に至るまで、存在するものの共通類似は、それぞれの組織を形成する原子に含まれるエレクトロン（電子）とプロトン（陽子）の回転である。
全てが回転するように、人間も組織を形成している原子の回転や血液の循環、土から来て土に帰るように、地球と共に無意識のうちに回転しているのである……」

とまぁこんな感じで、あとは宗教的な解説ばかりなので省略する。

それにしても13世紀から続く回転信仰が微粒子の回転を表しており、元々はアッラーへの忠誠心を引き出すものだったとしても、忠誠を誓う魂の微粒子の声を聞くうんぬんとは驚いた。

微粒子という概念がいつから持ち込まれたかは判らないが、タマシイが微粒子からできているなどとイスラム教徒が考えていたとは。

イスラムって実はスピリチュアル・サイエンスなんじゃないのか。踊りはつまらなかったけど、意味するところは面白い。

それで健太はトルコから帰ったその晩、恵比寿の三蔵に電話で尋ねた。タマシイを構成する粒子について、どう考えているのかを。

しかし三蔵はそんなことを考えたこともなかったし仕事が忙しかったため、知人の三浦を紹介した。その三浦がKEKの職員であり、しかも宗教・精神世界にもある程度は理解をしめす物理学者なので、健太はつくば市の施設を訪れたのだ。

施設入り口で入場許可のパスを受け取り、指定された建物に入って行くと小林誠教授の等身大パネルが立っていた。まずはノーベル賞受賞者と並んで記念撮影ということなのだろう。女性職員の勧めもあって健太もそうした。

小林誠教授は益川敏英教授とともに「(6種類のクォークを予言したことで) CP対称の破れの起源を発見し、2008年にノーベル物理学賞を受賞している。

小林誠、益川敏英、そしてニュートリノでノーベル賞を受賞した小柴昌俊は全員が愛知県出身のため、健太は同郷のよしみを利用して近づこうとしているが、それは無理であろう。

三浦は物理学者だが、健太の考えに理解を示したため、通常は学者に聞いてはいけないことまで質問してしまった。
「ふんふん、なるほど。タマシイの原材料ですか。もしタマシイの存在を肯定すれば、何らかの素材となるものが必要になりますからね。その素材がどのような素粒子なのかを解明したい、そうお考えなんですね」
「はい、その通りです。物質の世界は素粒子が原子をつくり、原子が組み合わさって分子になり、それが有機物になったりあるいは細胞になってどこかで生命が発生するのを、今まではそこにタマシイが宿るからと考えていたんです。けど、タマシイが宿ると考えるとそこで追求が終わってしまいます。神のなせる業なので人間の理解を越えた神秘なのだと」
健太があまりにも真剣なので、三浦は量子力学の宗教的解釈を必死に理解しようとしてくれた。
「どんな分子がどれだけ集まるとそこに生命が発生するのか、その臨界点は解明されているのでしょうか」
「わたしは生命科学が専門ではありませんので詳しくはお答えできませんが、その問題についてはまた解明されていませんね」
「やはりどこかに臨界点があるのでしょうか、生命発生の」
「んー、何か大自然のしくみの中で、そのようなハタラキがあるのでしょうね」
「そうしますと、例えばタマシイの素材になっている素粒子が、それがどのような振動や回転なのかはまったく判りませんけど、その素粒子が何らかの理由でギューっと集まり、凝縮が一定の密度に達すると臨界点を越え、それで意識体として独立したエネルギー体になったりはしないものでしょうか」

「んー、そこは何とも申し上げにくいですねえ」
　そりゃそうだぞ。
「その研究は人間が追い求める究極の答えに至りそうですね」
「あぁごめんなさい。あまりにも非科学的すぎました」
　非科学ではなく非常織だ。
　しかし、三浦の話は予想外の方向へと進んだ。
「いえ、そんなことはありません。今の科学では絶対に説明できないような実験結果から、神を求めて宗教界に移った科学者を何人も知っています。わたしの大学時代の親友もそのひとりです」
「そうなんですか」
「彼はわたしよりもずっと優秀で、アメリカのプリンストン大学からも教授職のオファーがあったほどです。しかし、ある日突然“神は存在する”と言い出したんですよ」
「ええーっ？」
「結局、彼は地元に帰り、今は仏の道を説いてますよ、群馬のお寺でね」
　そう言うと、三浦は今まで見せなかった表情で笑った。
　その手の話はよく耳にする。科学の世界にいた人が、神の存在なくしては絶対に説明がつかない出来事に触れ、宗教の世界に埋没してしまったり転職したりするのだと。
『科学者は神を信じられるか』の著者ジョン・ポーキングホーン氏はイギリスのケンブリッジ大学クイーンズカレッジで総長を務めた経験のある理論物理学者だった、かつては。そして現在は英国国教会の司祭として宣教活動に力を入れ、科学と宗教を融合させ独自の理論を展開している。

「わたしもね、神の存在ですとか不思議な世界を否定しているわけではないんですね。むしろ、何かこちらの知らない力が働いているのではと考えてしまうこともあります」

「物理学者さんでもそうなんですね」

「先ほど“非科学的”とおっしゃいましたが、非科学は今後の科学になり得ます」

「証明さえすれば、ですね」

「そうです。ではなぜ科学界が神秘主義者をなかなか受け入れないか判りますか？」

「んー、まだ証明できてないことをいかにも正しいことのようにもっともらしく語るからでしょうか？」

「それもあります。なにしろこちらは 5 Σ《ファイブシグマ》を達成しないと認められない世界ですから」

“5 Σ”とは実験の結果が 99.99994％以上の確率で同じになることで、これは 174 万回のうちの 173 万 9999 回である。

以前は 99.7％でも「発見した」とされていたが、現在は 99.7％＝ 370 回中の 369 回程度では「きざしが観測された」としか見なされない。

医学を学んだことない人が健康食品の販売を始め、2 人か 3 人に効果があると「どんな病気にも効く」「全員治った」とふれ回るのとは大違いで、これこそ次元が違う。

三浦が続けた。

「神秘主義者たちの問題は“非科学”と“反科学”を混同させてしまっていることにあります」

「なるほど」

「先ほどおっしゃったように“非科学”は証明さえすれば科学

として扱われるようになることもありますが、“反科学”は『そうでない』と証明されたことですので、すでに“科学のうち”にあります」
「それを然《さ》もありなんで語るから見下されたままなんですね、スピリチュアル界や神を盲信する信者たちは」
「見下すわけでは……」
　三浦は力なく笑った。

「ですけども、人が信仰する姿から学ぶことはありますよ、わたしたちも」
「と申されますと……」
「大自然に対し、人は謙虚じゃなければいけないんだと」
「そうですね」
「しかし、宗教界がつくった争いの火種を、科学界がつくった武器にて殺し合う。まったく愚かなことです」
　確かに宗教対立によって戦闘行為はくり返されているが、むしろ近年は一部の先進国が、生産した武器を消費するために宗教対立を政治的に利用し、意図的に戦争状態をつくりあげている。
　それに、宗教界と科学界、まったく正反対の世界のようだが実はそっくりなところがある。
　宗教・スピリチュアル界では、見えない世界から何らかのカタチでメッセージを受ける者同士が、あるいはその信者同士が、
「私は創造主と話すことができる」
「いや、あの人はニセ者だ。邪霊が創造主を騙《かた》っているだけだ」
「いやいや、あいつの通信する霊こそが低級霊だ。だからいつ

も金儲けのことしか頭にない」
「あの人に近づいてはいけない。私の霊視によれば、彼の過去世はヒトラーだ。スサノヲ尊の生まれ変わりの私とは霊格が違う」
と、いかに自分と通信する神が正しいかを信者やとりまきに吹聴しつつ、対立するライバルを否定する。
まぁ、こんな連中はどっちもインチキくさいし、自分に背を向ける信者が現れると、恐怖心を煽って攻撃を始める。お前は神に見放されたからやがて癌になって死ぬ。今までは私が守ってやってたのに、恩知らずめ、と。
外に神を求める信仰をしているうちは、いつまでもこういったことが続く。それに、今や日本人は２人に１人が癌になり、３人に１人は癌で死ぬ。
こんな愚かなやりとりが科学界にあるのかといえば、ある。
同じ種類の素粒子を調べるにしても、あの実験方法では正確な分析ができない。この部分はこうすべきだ。
あの実験結果はどこまでが正しいのか怪しい。そもそもあの教授は以前から実験結果を改ざんしているとの噂が絶えないではないか。
ライバルの論文についても、誰かのパクリだとか、理論自体が間違っていると。それで自分の後輩や若い学生たちにはいかに自分の理論が正しいかを躍起になって説いている。
そんなわけで、先ほどの宗教家にしてもこのような学者にしても、こんな程度の人間性では大して大物にはなれない……と思いたいところだが、悲しいかな案外そうでもないのだ。

「三浦さんは神岡へ行かれることはないんですか」

「神岡ですか。今は行く機会はありませんが、何か」
「一度行ってみたかったものですから」
「でしたらスーパーカミオカンデにいる知人を紹介しま……、そうか」
　三浦が悩んでしまったのは、健太を誰に紹介するかだ。何しろ質問がタマシイの素材だとか神の原材料についてだ。誰でもいいというわけにはいかない。
「そうだ、彼がいい。カムランドはご存じですか」
「東北大学の施設ですね。たしか液体シンチレーターで反ニュートリノの反応を……」
「よく勉強されてますね。ニュートリノ科学研究センターというんですが、東大の宇宙線研究所の神岡宇宙素粒子研究施設から車だと１分程のところに東北大学の……」

　健太は先ほどから気になっていることがあった。三浦と話している途中で、女性の声が話しかけてくるのだ。しかも二言三言、勝手にしゃべるとすぐにどこかへ行ってしまう。
　三浦がカムランドにいる後輩を健太に紹介する話の途中でも、またやって来た。３度目だ。
「彼に伝えておきますよ。今はちょうど仙台の研究所に来ているようですが、また神岡に戻るでしょうから……」

　『あー、気持ちよかった。最高ね』

「ですから神岡へ行く日が決まったら、事前に電話を入れて……」

『ねぇ、ちょっと。あの大きいのはいつ動くのよぉ』
(何だ何だ何だ。誰が来たんだ)
健太は訳が判らず、トイレへ行くと言って席を立った。

(すみませんけど、どなたでしょうか)
『レディー・ググ』
(…………何だこいつ)
『こいつとは失礼ね、あんた』
(ヤバイ。こっちの想念が完全に読まれてる)
『ハランではお世話になったわね。礼を言うわ。それで、あっちの大きいのはいつ動くのかって聞いてるの』
(ハランでお世話って……ひょっとしてコトが言ってた"怒れる女神"じゃないだろうなぁ)
『その"怒れる女神"ですけども何か』
(ヤベッ……)
『それに今は怒っておりませんの、レディー・ググは』
(………………)
『あの人なかなかカッコいいから、わたくしはググにしたの。同じじゃ変でしょ』
レディー・ガガのことか。同じじゃなくても充分に変だが、それを思い浮かべるとまた想念を読まれてしまうので、健太は必死にこらえた。

『それより、大きいのだってば。いつになったら動くのよぉ』
(大きいのって、何が大き……えーっ、加速器のこと?)
ググが健太の脳裏に加速器を映し出したのだ。
(それって KEKB じゃん)

『ケックビーっていうの。それで回りたい。小っちゃいのでもかなり楽しかったから、あの大き…………』

（はーっ、加速器に入って加速されてたってこと？）

現在 KEKB 加速器はパワーアップさせた SuperKEKB《スーパーケックビー》に向けて改造中のため、運転はしてない。

しかしググは加速器で加速されて遊んでいた。ということは、フォトンファクトリーの加速器に入ったんだ。電子を加速させる小規模な加速器だが、霊体も加速できるということか。

疑問なのは、光速近くまで加速したら、原子がバラバラになりそうなものだが、霊体の素材が元々は原子よりも小さい素粒子ならば加速しても存在し続けられる、ということなのか。

それでも加速器のおかげで“怒れる女神”の気嫌がよくなったので、加速器に感謝せねばなるまい。それと、ググが変わった女神であることは間違いなさそうだが、健太だって J-PARC で自分も加速してスーパーカミオカンデへ撃ち込んでほしいと願っていた。

意識が発した素粒子が同じ振動や回転を持っているために共鳴し、それで健太とググは引き寄せられたのかもしれない。

トイレから戻った健太は、長居をしすぎたことを詫びて KEK をあとにした。

三浦の話は健太にとって大きな収穫になった。特に、物理学者がわりとよく使う「神」という言葉は、信仰者が考える「神」とはまったく別物だということ。

信仰者が「神」と言えば、それは絶大なる力を持った見えない存在のことであり、大宇宙に存在するあらゆるものは、神が造ったことになる。

しかし物理学者がその言葉を使うとき、例えばアインシュタインの有名な「神はサイコロを振らない」「神の考えを知りたい」は、前者の場合「宇宙の法則には必ず整合性があり、結果がどうなるかを確率で論じるものではない」という量子力学への反論であり、後者は「大宇宙を隅々《すみずみ》まで支配している自然法則を解き明かしたい」と言っているのだ。

健太の研究施設めぐりは、かつて外側に神を追い求めていたころの神社めぐりがそれに変わっただけのようでもあるが、研究施設と神社の大きな違いは、質問したことに学者はきちんと判りやすく丁寧に答えてくれるということだ。それに、エジプトへ来い、イスラエルへ行け、トルコであれをしろなどと言われないこともいい。

健太はついでにJAXA《ジャクサ》の筑波宇宙センターへも寄ったら、ググが今度は宇宙へ行くからロケットを飛ばせと言い出したのには閉口した。肉体がないんだから自分の意志で行けばいいと思うのだが、物質世界の物理現象にのっかるとその快感は格別らしい。

ところで、JAXAの科学者やスタッフはニギハヤヒ尊を信仰していることをご存じだろうか。

正しく表現すれば、空や飛行の安全を司る（守護する）神が祀られる神社へ参拝するのであって、その御祭神がニギハヤヒ尊である。

かつて日本のロケット産業は打ち上げの失敗をくり返した時期があり、そのつどマスコミに叩かれた。

「300 億円が一瞬にしてパーです」と。

それで関係者はワラにもすがる想いで全国の飛行に関する神社を調べ、打ち上げ前には関係者が祈祷を受けるようになったのだが、科学者といえども完全な無神論者ではないのだ。

KEK（高エネルギー加速器研究機構）の三浦も「大自然に対し、人は謙虚じゃなければいけない」と語っていたではないか。

そんなわけで、「はやぶさ」打ち上げに際しても JAXA 関係者は京都府八幡市の飛行神社に参拝している。近々打ち上げ予定の「はやぶさ 2」でもやはりニギハヤヒ尊を詣でることであろう。

他に飛行関係の神社としては、奈良県大和郡山市の矢《や》田《た》坐《にいます》久《く》志《し》玉《たま》比《ひ》古《こ》神社も名が知られている。

境内に入ると大きなプロペラが目に入るが、九一式戦闘機に使われていた実物のようだ。

ここも御祭神はニギハヤヒ尊である。神話では天磐船《あめのいわふね》に乗って天降《あまくだ》っているためか、飛行に関する神はニギハヤヒ尊が第一人者のようだ。違う。第一神者だ。

JAXA の閉館時間が迫るころ、鬼無里の生田からメールが届いた。

“ロバートが日本に来てるのを知ってましたか？

今日、高山で見かけました”

（ロバートが？　何も連絡入ってないし。高山って飛騨高山だろうけど、何でまた。エンクさんでも買いに来たんだろうか……）

エンクさんとは円空仏のことだ。マニアはそう呼ぶ。

健太がKEKを訪れた2日後の10月10日、この日はちょうど「むすび家　もみじ」の定休日だったので、言納は亜美と2人で琵琶湖へ来ていた。

10月10日は十《と》月《つき》十《とお》日《か》につながる。

実際の妊娠期間は“10ヶ月と10日”ではなく“10ヶ月目の10日”、つまり9ヶ月と10日なので旧暦計算だと約275日だが、10月10日は戸隠祭りからちょうど2年。なのでこの日を選んだ。しかし琵琶湖へ来ることになった一番の理由はノアの方舟神事と深く関わっている。

言納は方舟の脇で、健太に出されているテスト問題の謎を明かされた。それは3問目にあたるこの部分、

『ハランの神事　66
　ハランで孕んで　66に81
　77　抜けたれば81
　13138　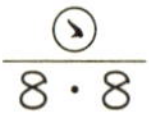
　13813にて41知らす』

についてをだ。

これを説明するのはおもいっきりややこしい。けど、神界の仕組みが地上にはっきりと現れた出来事なので避けるわけにはいかない。

まず、最初の「66」は“子宮”でもあるが“66日後”を表していた。ハランの神事から66日後を。

『ハランで孕んで　66に81』の「66」は、日本列島の子宮がある“滋賀”であり、「81」は“光”と“未来”だ。
ハランの神事で何かが誕生したのか、産まれ出る所はノアの方舟。方舟の姿は、ただ舟のカタチをした大地だけでなく、女陰そのものであることを言納は教えられていた。

　たしかに舟の姿に見えるそれは、見方を変えると女陰であり、地球深部から何かを産み出すための巨大なホトである。

　だからこの地は女神にとって大切な大地なのだ。突然現れた少女デニズ＝海は、“産み”であることも同時に伝える存在だったことが判る。
『77　抜けたれば81』の「77」は“産道”であり“臨界点”、そして“古事記”をも含むが、最後のは論じると超面倒くさいのであと回しにして、ここでは“産道”と考えればいい。

　産道は暗く孤独なトンネルだ。“孤独”も“孤立感”も数にすると「77」になるように、産道を抜けるには苦しみが伴うが、暗いトンネルを抜けるとそこはまばゆい開かれた世界。
“光”だけでなく“開き”も「81」である。

　ホトが開き、解放されることで女神は自由になることができるのか、それとも世界に新しき流れが生まれるのか。“解放”は「41」。

　なので“神”と“光”が「41」と「81」であるように、“解放”と“開き”も「41」と「81」になる。岩戸、開くか。

　言納たちがハランを訪れることになったその年2012年は、1月に滋賀県の県庁所在地大津市で女性の市長が誕生した。38歳での女性市長は最年少らしく、さすが国土の子宮琵琶湖をかかえるだけあって、県のトップと県庁所在地のトップが女性なのは47都道府県で唯一滋賀県のみである。

大津市の女性市長誕生は1月22日。122は41＋81なので、“解放”と“開き”が合わさった数。これで滋賀県が女性性解放の中心になった。

しかも2012年は十干十《じつかんじゆう》二《に》支《し》では「壬《みずのえ》・辰《たつ》」の年。

そこに女性のトップ2人が揃って「女・女」＋「壬・辰」＝「妊娠」になり、琵琶湖に新たな流れが宿ったはずだ。

“大津”とは大きな港でもあるため、女神たちが乗った方舟は琵琶湖に降りたのかと言納は考えていた。それで10月10日に琵琶湖を訪れ、まず向かったのは人口が500人弱の沖島だった。

島には商店や喫茶店などが見あたらず、仕方なく郵便局で島の案内図をもらうと、世界でも数少ない人の住む湖沼の島とうたわれていた。

民家の隙間を抜ける細い路地にはまったく人影がなく、昭和の時代から時間が止まったままのようだ。そんな静かな路地を進んで行くと、奥津嶋神社へ登る階段はいきなり現れた。

『照る日　曇る日　雨の日　嵐
風の日　雪の日　さまざまに
空の模様は変われども
日々の己れの心映え
清く明るく保てとは
常に伝えておるけれど
お人の心は不安定
いらいら怒り　おろおろ嘆き
恐れ抱えてよろよろと

ひと日ひと日を汚したる

照る日のように心映え
清く正しく保てよと
今こそさらに伝えたし
輝き増しませ人々よ』

やはりここも女神が降りられ、おっしゃることはその通りなのだが、何か違う、言納はそう感じ取った。

まず、ハランや方舟にはいっさい触れられてないし、方舟が漂着したような雰囲気でもない。

しかし考えようによっては、琵琶湖を汚したのは環境の問題だけでなく、人々の心がいかようであるかが大切だとの教えにも受け取れる。

もしも『ひと日ひと日を汚したる』日々の意識が、子宮琵琶湖を穢しているとの教えならば、言納は納得できないわけでもなかった。

要するに、目の前の出来事に一喜一憂するのでなく、晴れたおだやかな日のような心を保てということだ。

地元の住民と工事関係者らしき人でいっぱいの定期船は、沖島の岸を離れると 15 分ほどで車を停めた港に戻って来た。次は竹生島に向かう。

湖岸沿いの道路はのどかで、途中に寄ったシャレたパン屋のランチも美味しかったが、言納には引っかかるものがあった。どんなときでも『照る日のような心映え　清く正しく保てよと今こそさらに伝えたし』と教わったばかりなのに。

竹生島へは長浜港からフェリーで30分。上陸するとすぐに言納を呼びよせる意識があり、そのまま身をまかせて都久夫須《つくぶす》麻《ま》神社へ向かう階段を登ったが、本殿の手前で狭い脇道へと引っ張られた。

うしろを歩く観光客が何人かつられて言納たちのあとに続いたが、うす暗い森を抜ける途中で引き返して行った。正解。来ないほうがいい。

湖へ出る階段を降りると、言納は湖面にハランの砂をまいた。

『旅人よ
　今のこの時　この場所を
　祝福せんとや　旅人よ
　祝いの遷都や　時空人

　すべてはそこから始まりて
　過去も未来も“開き”ゆく
　己れ立ちたるその大地
　己れのまわりの万物も
　祝福せんとや　旅人よ
　祝いの遷都や　時空人

　たとえいかなる今でさえ
　たとえいかなる場でさえも
　目の前　暗雲垂れこめて
　女神が苦しみ背負うとも
　ハランの砂をまいたよに

世界に喜びふりまきて
もろとも輝く大航海』

前半は何も問題ない。言納の心臓が高鳴りだしたのは後半だ。『目の前　暗雲垂れこめて　女神が苦しみ背負うとも』とは、いったい何を意味しているのだろうか。

言納が悩んだのは無理もなく、これは日本国家全体への警告ともいうべき事態となった。

10月10日の琵琶湖行きは、その後の戸隠や沖縄へ続いているのだが、時間を前後させて結論を先に述べる。

滋賀県に女性リーダー2人が揃って琵琶湖が妊娠した。しかもこの年の「66」の日たる6月6日、金星の太陽面通過が見られた。

金星は女性性や美しさの象徴であり、ヴィーナストランジットとも呼ばれるこの現象は計算上で243年に4回しか起こらない。次に見られるのは105年先の2117年だ。

そのような現象がこの年の6月6日に起こったということは、子宮琵琶湖の妊娠を太陽系全体が祝福していると考えるべきであろう。

そして11月27日、滋賀県の嘉田知事が代表となり「日本未来の党」が結成された。驚いたことに結成日11月27日は、ハランの神事の66日後である。

「日本未来の党」。“未来”は「81」であり、それは“光”なので、数霊的には「日本光の党」でもあり、健太のテスト問題にある『77　抜けたならば81』の「77」＝“産道”は、県知事自身であった。

嘉田由紀子は、カ＝6　タ＝16　ユ＝38　キ＝10　コ＝

7、ぴったり「77」になる。

県知事自身が産道になり、暗く苦しいトンネルを抜けるための先頭に立ったのだ。やはり琵琶湖から何か産まれるのか。『ハランで孕んで　66に81』は“滋賀”に“光”なのだから。

しかしである。もうひとつの「122（41＋81）」の日、12月2日にトンネルが崩落した。中央道笹子トンネルの崩落事故だ。若い人たちを含む9名が亡くなったこの悲惨な事故に、言納は事故そのものだけでなく日本全体に立ちはだかる暗雲を予感せずにはいられなかった。

そして「日本81の党」は小沢氏にひっかき回されたせいもあり、12月16日の衆院選で惨敗を喫し、嘉田知事は年が明けて1月4日に「日本81の党」の代表を辞任した。

政権を奪い返した安倍内閣はまたしても（12月）26日に政権を発足させ、小泉の（4月）26日、第1期安倍の（9月）26日、福田の（9月）26日と同じく、アメリカ政府に忠誠の合図を送っている。

健太のテスト問題に何度も出てきた「66」は“慈愛”や“子宮”“滋賀”だけでなく、実は“諏訪湖”も含んでいる。

また、“琵琶湖”は「123」になり、“諏訪湖”と「123」は2013年にも出てくることになる。

健太のテスト問題で、言納が解決してない

『13138　$\frac{\text{⦸}}{8 \cdot 8}$

13813にて41知らす』

も2013年についてなのでのちに述べることにして、時間を戻して2012年10月10日の夜だ。

　仕事を終えた健太が犬山の言納屋敷へ遊びに来た。琵琶湖での話を聞くためと、レディー・ググをどうするか話し合うために。

　まずは琵琶湖から。おそらくトルコからの船は琵琶湖へは降りてない。琵琶湖だけでなく、日本のどこにも降りてないようだ。そしてこの年はまだ機が熟してないのか、受け入れる側の、つまりそれは日本人の意識が整ってないからなのか、はたまた日本にも封じられた女神がたくさんいて、そこを糺さなければいけないからなのか、神々は66（滋賀）や77（嘉田知事）、81（日本未来の党）がつまずくことを予見していた。

　それが戸隠で出されたテスト問題に記された最後の一文『答え、焦らず過ごすことじゃ』であり、言納が琵琶湖で受けたメッセージである。奥津嶋神社の『照る日のように心映え……』、そして竹生島での『目の前　暗雲垂れこめて……』がそれだ。日本の女神はまだまだ自由に動けないのだろうか。

『エビス開国』でも深く取り上げたイザナギとイザナミの関係については、日本神界最大の問題のひとつだが、なぜ日本人は歴史を正しく学ぼうとしないのか。神話を盲目的に史実と疑わず、いまだ選民意識に浸っていたがるのって、先進国では日本だけである。

　誤解を恐れずに言えば、古事記を史実だと認識する人が増えるほど潰された神々に封印がかかるし、イザナミの悲しみも深くなることはプロローグのpart Ⅱで述べた通りだ。

“古事記”も「77」になる。認識を糺さねば“産道”を抜けられないのではなかろうか。

3・11の年の9月、台風12号により熊野など紀伊半島で大きな被害が出たときのこと。諏訪の手長神社・足長神社のチ助とミ吉（『ヱビス開国』に登場）から健太はこんなことを聞いていた。

『土蜘蛛《つちぐも》が
崩れる山の中からいっせいに這い出てきよったぞ
次から次へざわざわと
五月人形のしょうき様みたいな顔した土蜘蛛が赤い口を開けて

津波はのう
海だけにあらず　山にてものう
お土の上の大掃除
水にて浄め　水にて祓うぞ

いよやいよ
腹をくくりてこの日々を
過ごして欲しや　恐れずに
心で弱者をおもいやり
痛みを察して人々の
救いのお人となりぬべし』

たしかに熊野では山肌が表層崩壊した。それで土蜘蛛と呼ばれる人たちが這い出てきたようだが、地上でも100人近くが命を奪れているため、このことは今まで表に出せなかった。

しかし、彼らも地中に封じられたままの土着民である。もともとその地は彼らが開墾している。

2013 年には伊豆大島でも大きな山崩れがあった。地上での犠牲もつらいが、封じられたままの先人たちもまたつらい。

イスラエルへ行く前に JR 上諏訪駅近くの手長神社で健太はこれを受けている。

『土蜘蛛どもめ
エブスめ　国栖《くず》めと追い立てられて
虐《しいた》げられし人々の
いかに多くか知りたるか

手長　足長　最たるものよ
醜《みにく》き餓鬼《がき》めと埋められて
悪しき名にて蔑視《べつし》され
地中深くに葬り去られし

我らこそ
永き永き歳月《としつき》を
地中の根となり這《は》いつくばりて
日之本守りてきたものぞ
今こそ我れらの真なる力
見せねばならぬ　日之本の
輝く礎《いしずえ》なればこそ』　（『エビス開国』より）

そして彼らは虐げられながらも待ちつづけていた。千年経とうと万年経とうと、いつかは自分たちの存在に気付いてくれる者が地上に現れると信じて。

そして健太がそれに気付いた。２千年待ったそうだ。以来、根の国の彼らは大きな災害が起きる前後に健太へ警告を送るようになった。

実は３・11についてもそれはあったが、とにかく出せる状況ではなかった。なので前作『時空間日和』にも書いてない。

しかし、ここへきてチ助やミ吉からの警告が激しくなってきているので、３・11前後のものだけ出すことにする。

『閖上《ゆりあげ》開いた　水の戸も
いよや開くか　人々よ
水にて浄め　水にて祓う
国の神こそ厳然と
浄めおこなう神なるぞ
山河海《やまかわうみ》がいよやいよ
もの言う時ぞ　よう聞けよ
恐れ慌てることなかれ
すべては仕組みの中にあり』

今でも書くことがはばかられる。

冒頭の『閖上《ゆりあげ》』とは宮城県名取市の閖上地区のことだが、おそらくは地震と津波によって「揺り上げる」と掛けてあるのだろう。

内容からして、大地は開いたが人の意識は未だ開いてないのか。

しかし、そろそろ話題を変えようと思っているところへ、久しぶりにジイがやって来た。あのエロジイだ。そして、どうしても書けと急《せ》かす。これは日本全体に対しての警告と考えるように、とのことだ。それに、今日のジイはエロくない。何か厳そかなっっっ苦しい苦しい。判ったって、書く書く、すぐ書く。

『人々よ
痛みし魂《たま》の叫び聞け
狂乱の世よ　ここまでも
耐えがたき日々をつくりたか
人々よ
ままでほおりておけぬわのう
人として
何なすべきぞ　人々よ
よくよく考えお暮らしなされ
己れの幸《さち》も他の幸も
ひとつならねば救われぬ
全体が
弥栄《いやさか》ならねば救われぬ
そを考えよ　人々よ』

このままほったらかしにしてはおけないということは、介入してくるということか。神々が介入するとなると天変地異ってことになる。

まだある。

『人々よ

どこまでいっても人の欲
おさむることのなきものよ
これが良ければまたあれも
次々手に入れ今もここ
更なる欲をかりたてる
とどまることを知らずとな
いかにても
人の自由は守られて
介入せずには来たれども
人々よ
これより先こそ我れよしを
おさめていかねばこの星の
存続危ぶむこととなり

人々よ
己れの欲こそ最小に
人々よ
ここでひととき立ち止まり
己れのまわり見渡して
与えられたる幸の数
ひとふたみよと数えたれ
あまたの愛を与えられ
人となりたる己れこそ
完全無欠と知るべきぞ
ならば感謝の日々こそが
己れなすべきことなりて
人々よ

天にも地にも手を合わせ
山にも海にも手を合わせ
過去に未来に手を合わせ
日々の恵みを祈りたれ

生かされし
我が身の幸を祈りたれ』

やっぱりこのままでは介入せざるをえないと、はっきり申された。

日本人の玉《たま》し霊《ひ》は、地球上でもっとも進化した玉し霊の部類に入る。

違う。云い方を間違えた。

日本という国家は、地球上でもっとも古き玉し霊の人々が集ってつくられた国である。それだからこそ国番号に「81」が与えられている。

だとしたら、他の国々と同程度の考えではダメに決まっている。

他の国と同程度の進化、同程度の貢献、同程度の環境意識、同程度のおもいやりや同程度の謙虚さでは許されない。

もし、ある店舗でオーナーが留守中、従業員全員が仕事をサボり、大きな損失を出したとしよう。入社 10 年目の店長も 5 年目の店員も 1 年目の新人も学生アルバイトも、一緒になってサボっていた。それで客から苦情が相次いだとしたら、オーナーは誰を叱るか。

スピリチュアル的には、従業員をそうさせたオーナー自身である。だがそれは反省的として置いておき、一般的に誰を叱るかだ。

当然店長である。できて当たり前のことをやってなかったんだから。

日本人が他の国と同程度の意識でこのまま世を乱していれば、大自然はまず誰を叱るのか。日本人だ。他国だってあーじゃないか、こうじゃないかと同程度のことをしていては、叱られるに決まっている。原爆しかり原発しかり。

新たな創造を生み出すための意識が淀んでいるので、子宮「66」も産み出す力を失う。それを数で示されてもいる。

1945（原爆）＋66＝2011（原発）

レディー・ググは言納によると“怒れる女神”から“ロックンロール女神”に転身を遂げたようで、今は日本中の加速器めぐりに夢中らしい。肉体がないだけに身変わりが早い。

加速器で加速されながらボン・ジョヴィをうたっているのだろうか。

第５章　蛍の光、杉の戸開けて

2012 年 11 月 17 日、雨の降りしきる戸隠で、『ハランより時空を超えて』祭りがおこなわれた。

雨は夜ふけすぎに、雪へと変わるだろうのとおり、翌朝は一面の銀世界。シャレー戸隠の部屋から眺める雪景色はしばしの別れを連想させ、言納をセンチメンタルな感情に浸らせた。それというのも、言納の耳元には蛍の光が流れ、神々が別れを告げてきたからだ。

『蛍の光　魂《たま》の旅路
　地図読む“月”“日”　重ねつつ
　いつしか人も　“杉の戸”を
　開けてぞ　今朝は別れゆく』

タマシイの旅路で縁があった戸隠の神やトルコの神々。タマシイに刻まれた地図を読みつつ月（トルコの国旗）と日の丸を重ね、ひとつお役が終わって去りゆく言納に、神々は何を想うのか。

２年前の『古き神々への祝福』祭りでは、シンボルとして青と緑の太極図を用意させられ、どうやらそれは杉と檜《ひのき》を意味しているようだった。

戸隠なのですぐに連想するのは岩戸だが、“杉の戸”こそが人のタマシイの岩戸なのだろうか。

窓の外では紅葉に雪が降りつもり、景色までが紅白に染まっている。

誰がうたうのだろう、蛍の光“さよなら戸隠”バージョンは続いた。

『いろづく森に　小雪が舞い
美しふるさと　見おさめよ
駆けた山野《さんや》も　友のかおも
今やこころに　刻まれしと

枯れ葉つもる路《みち》　ふり返れば
我が名を呼ぶ声　ひびく夜空
高き星見上げ　涙した
今は亡き父母の　おもかげに

誰しもいつしか　旅立つとて
なつかし想う　ふるき日々を
ときを越えいつか　この地たずね
再び出逢おう　魂《たま》に誓う
けして忘れぬと　魂に誓う』

『ハランより時空を超えて』祭りの祭壇は、タガーマ・ハラン神事をそっくりそのまま再現させた。祭壇は真西に向けられている。

戸隠から真西に向かえばタガーマ・ハラン、タガーマ・ハランから真東に向かえば戸隠。

また2009年7月17日、『イスラエルの13部族祭り』をおこなった諏訪のモリヤ山は戸隠から真南、モリヤ山から戸隠は真北になり、これで東西を貫く緯線と南北の極へ通じる経線が戸隠でクロスした。“戸隠”は“十隠”で、それが“十開き”になった瞬間だ。

それで今までは戸隠で何かあるとそれは7月17日だったり11月7日だったりしたのが、今回は11月17日。1＋1＋1＋7で10（十《じゅう》）になる。十はタテ（火）とヨコ（水）の組みたるカタチで、これを火水（神）と読む。

また、11月17日を11×17とすれば「187」。

戸隠神社奥社の御祭神は天手力雄命。“アメノタヂカラオ”は「187」になる。健太にモチを預けた神だ。

祭りが始まると会場の天井に大きな青い渦が現れた。トルコブルーのその渦は、ハランの女神なのだろうが、方舟はまだ降りてないので直接言納たちについて来たのであろう。ただし、レディー・ググではない。

その青渦女神が祭壇に置かれた紅白の太極図をグルグル回すと、紅と白が混じり合って完全なピンクになった。もうそれは紅でもなければ白でもなく、純粋にピンクだ。

するとここで言納が、いや、言納に罹った女神がけっこう衝撃的なことを語りだした。

『タガーマ・ハランは故郷か
天山越えて歩んだか
大海原を航海か
……………………』

言納の語りは続いたが、健太の心は勢いよく回転する紅白の太極図に向けられていた。
（これは何を意味してるんだろう。紅白が回転してピンクに…………）

『それが何を表しているのかを探るより、それで何に気付くのか、そこから何を学びとるのかを考えなさい』
（えっ、誰？…………）
『何を表すかを探ると、出した答えが終着点になってしまいますが、ものごとの起こりは一元的ではありませんよ』
（シャルマ先生、そうですよね）

２年前、戸隠の祭りで別れたシャルマが再びここへやって来た。健太はシャルマが大好きなのだ。

『あらゆる存在やできごとは、多元的にことの起りの元があります。探るのではなく気付くようにしなさい。複数の答えが同時に存在します。しかも無限大に。例えばこうです』

シャルマが健太に想念を送った。すると健太の脳裏には次々と回転する太極図の解釈が浮かびあがった。
それは、紅と白でピンクができるように、父と母により健太が生まれた。しかし、回転してなければ父の色と母の色が寄り添ってるだけ。ゆっくりした回転でも父の色と母の色が見分けられる。
もし本当に自分らしさを発揮したければ、太極図が高速回転するように人も玉し霊の高速回転、それは激しい振動ともいえるが、とにかく一途に、夢中で、集中し、自らを疑うことなく“我が歩むべき龍の道”を突き進んでこそまじり気のない自分の色が出せるということ。そこに必要なのは“覚悟”であると。

奇しくも“覚悟”は「66」になる。

また逆に、ピンクを元々ピンクだと判断してしまえば、ピンクを構成する要素の紅や白が見えてこない。ピンクとして現れる、それは人の意見であったり行動であったりとあらゆるできごとに当てはまるが、なぜその意見や行動なのか、元になる要素を見抜くことが“洞察力”であり“思いやり”であるということ。

紅と白を過去と未来だと考えれば、今であるピンクは完全なる“過去と未来の結合”の結果であり、洞察力によって今の色（姿）からその人やできごとの過去と未来がすべて読み取れるということ。

元になる要素の割り合い、この場合は紅と白のバランスが変われば、回転の結果出現する色にも微妙な変化が出るので、元の要素が大事であるということ。どちらか一方でも元の要素が濁っていれば、いくら高速で回転しようともやっぱり濁る。発心が重要である。

紅と白が……。

こんな解釈が雪崩のように浮かんでくるのだ。

（すごすぎる……）

『大勢の神々が集ってます。またあとでお会いしましょう。
紹介したい子がいますので』

（あっ、はい）

ここでシャルマは退いた。
言納の語りだ。

『タガーマ・ハランは故郷《ふるさと》か
　天山越えて歩んだか
　大海原を航海か
　長き時空の旅の果て
　魂のみぞ知る　その軌跡

　ハランの女神の声なき叫び
　救いてほしやの囁《ささや》きは
　己れの内より響いておると
　気付きし者こそ弥栄ぞ
　かけがえのなき己れに気づき
　慰撫《いぶ》し感謝をすることぞ

　それこそが
　己れ引き上げ　光をあてて
　真なる（新なる）時空に参入すべく
　まずはご用意なさること

　長き時空の旅の果て
　転生に　転生重ね　今ここに
　集まりおるは必然と
　知りておるかや古き魂よ

己れの内こそタガーマ・ハラン
己れこそ
光の故郷《こきょう》となりぬべし』

なりぬべし、ときたからにはトルコの女神と言納の間に日本在住の通訳が入っているのか、それとも言納の脳か玉し霊による翻訳か、はたまた女神が実際にその言葉を使っているのだろうか。神のすることはよく判らん。

さて、タガーマ・ハランは故郷《ふるさと》ではないのか？

トルコでは1994年に発見されたギョベクリ・テペの遺跡が、今から約1万1000年前のものと判明した。8000年前の大地母神キュベレーよりもさらに3000年古い。

しかもギョベクリ・テペ遺跡では約20の神殿が発見されており、それぞれの神殿には神として崇められている動物の姿が岩に刻まれているのだが、神殿によって動物の種類が違うのだ。

ある神殿はヘビが中心に描かれており、別の神殿にはキツネが、また別の神殿はイノシシとツル、そして水鳥といったように。これは何を意味しているのだろう。

研究者によると、かつてこの地域にはたくさんの部族が暮らしていて、各部族にとっての神、または神の遣いを自分たちの神殿の柱に刻んだのであろうとのことだ。

だとすればギョベクリ・テペ遺跡は当時の一大聖地であり、1万1000年前にそのような組織的宗教体系が存在したとはまったくの驚きだ。

学術的見解としてはエジプトのピラミッドよりもはるかに古

いトルコの聖地は、今のところ世界最古の神殿だ。
　それでもタガーマ・ハランを含むトルコの地は故郷ではないのか？
『ハランの女神の声なき叫び、救いてほしやの囁きは　己の内より響いておると……』
　すべては内にあり、ということか。
　宇宙で起こるあらゆる現象の起点は、すべてが０次元なる“我が内側”の中心点に集約されている。それで『己れの内こそタガーマ・ハラン　己れこそ　光の故郷《こきょう》となりぬべし』なのであろう。
　女神としては、外側の神を心配するよりも内側へ意識を向け、すべての答えをその中で見いだして欲しいと望んでいるのだ。
　外側の神に何かをしたから、きっと神は私の苦しみを解決してくれるだろうとの依存信仰を終わりにしろ、と。
　なのでトルコの女神の次には戸隠の九頭龍が現れ、このように伝えてきた。

『山や岩　木に神宿る
　降臨せしというならば
　お人に宿らぬ訳なしと
　お人こそ
　天と地つなぐ神人《かみびと》ぞ
　清き心と慈愛の心
　ますぐに持ちて日々過ごし
　神の世界を現したれよ

杉も檜もますぐに立ちて
曲がれば倒る　そを知れば
己れの芯（真）をますぐに立てて
万象万物感謝して
日々をお過ごしくだされよ』

九頭龍はまだやさしい。天狗らしきはもっと厳しかった。

『この世の名誉名声を
得んがためなら名をかたる
我れこそキリスト　我れこそ仏陀
神の名かたりて人心《ひとごころ》
迷い惑わせたぶらかす
真実《まこと》説くなら虚飾はいらぬ
淡々と　黙々と
清き生活為す中で
己れの生の素《す・そ》のままが
お人の鏡となるものよ

野に咲く花はそのままで
お人の心をなごませる
何の虚飾もせぬままで
ただそこにあり　人知れず
奥山の
寂しき杣道《そまみち》　その端に
咲ける小さな花でさえ
語らず叫ばずただそこで

己れの生をまっとうす

御役あるなら叫ばずも
神の御役を果たすよう
仕組まれてゆく　淡々と』

これは人に対してだけでなく、神の名をかたる邪天狗にも向けられている。

傲慢に「我れはキリストの再来である」とか「我れこそは仏陀の生まれ変わり」と名乗る人が全国各地、世界各国にいるのと同じで「我れはスサノヲ尊なり」とか「我れこそは創造主たる天之御中主である」と神の名をかたる邪天狗・邪霊がいかに多きことか。

そして人と邪天狗の意識波動が共鳴するとそこに、インチキ聖者が誕生する。やれやれ。

問題は、それらに引っかかる者もまた同じ意識を持っているからこそ惹かれるのである。いい加減に卒業しましょう。

会場の青い渦がピンクに変わった。そして言納は我が目を疑うような光景を見せられた。九頭龍の頭には日本とトルコの女神が立ち、天井を、というよりも建物を通り抜けて渦を巻くように回っているのだ。

そしてひとつの龍頭《りゅうがしら》が言納の前に現れた。弁財天だ。戸隠では、明治の廃仏棄釈の対応策で戸隠の地が天の岩戸伝説と結び付くよりも以前から、弁財天はこの地に祀られていた。

弁財天は立居ふるまいこそ厳そかだが、人に向き合う心はやさしかった。琵琶の音色に合わせ、語り口調にもやわらかい旋律がある。

『我れ　聖なる者なり
　癒し　癒さるる者なり

　万物はひとつながりのいのち
　互いに癒し癒さるるいのち

　我れ癒さるれば
　他もまた癒されし
　他　癒さるれば
　我れもまた癒されし

　循環し　光は満つる
　マハリテメグルは大光明なり』

　九頭龍の龍頭に立つ女神はすべてピンクの衣装を纏《まと》っている。洋の東西、素材かたちに違いはあれど、どの女神も合わせたように。
　紅と白が高速回転することで生み出されたピンクは、日本とトルコ融合のシンボルカラーのようだ。

　そんな『ハランより時空を超えて』祭りの翌朝、言納が雪景色と蛍の光でセンチメンタルになっているころ、健太は駐車場で車に積った雪を落していた。
　そこへシャルマがやって来た。

『あなたにはご迷惑をかけてしまいましたね』
（あー、シャルマ先生。おはようございます）
『おはようございます』
（やっぱりいませんか？）
『ええ。どうやらこの界隈にはいないようです。どこへ行ってしまったんでしょう』

シャルマは健太に、紹介したい子がいる――子、ということは子供か――と言っていたが、その子がゆうべから行方不明なのだ。

『仕方ありません。彼はあなたのことをちゃんと認識していますので、このまま置いていきます。やがて現れることでしょう』
（……はい。……）
『彼はあなたの求めている答えにヒントをくれるはずですから、いろいろと学んでください。それと、もうひとつあなたにお願いがあります』
（えっ、ボクにですか？）
『そうです。彼を育ててやってほしいのです。彼を育てるのに、この星ではここが一番相応しい。この国には礼義というものが古くから伝わっていますからね』
（礼義、ですか）
『はい、礼儀、秩序、誠実、謙虚といったものに欠けているんですよ、彼は。ですからあなたがそれを厳しく教えてやってください。もし言う事を聞かなければこう言ってやるといいでしょう“マスター・ゴロゴロを呼ぶぞ”と』

（マスター・ゴロゴロ、誰ですか、それ）

『雷です。彼は地球に近づくと上空から見える雷が恐くて、なかなか地上に降りて来ませんでしたから。稲光りよりも音に怯えていたようです』

雷が恐いとは、所詮は子供だ。幼児は雷を“ゴロゴロさん”と呼ぶが、マスター・ゴロゴロもそれと同じということか。

しかし、この少年。やがてレディー・ググと最強のタッグを組むことになる。

シャルマは別れ際、健太にプレゼントをくれた。翌週に迎える誕生日の祝いと、祭りをねぎらうご褒美として。

それはテスト問題を解くためのヒントだった。

『すべての謎は来年になれば解けますが、キーワードは“遷宮”“遷都”“対称性”です』

（“遷宮”と“遷都”と“対称性”、ですか）

『はい。よく考えてみて下さい。考え抜いたその後に生まれる“勘”こそが、あなたの信頼すべき叡智です。安易な感じ方は決してあなたを成長させるものではありません。むしろ困難から逃れる言い訳として、人はそれを採用します。しかも神々からのメッセージとして……あなたはそれに毒されてはいけません』

たしかに大脳が緊張しっぱなしだと、次々に勝手なメッセージをつくり出してそれを真に受ける。頭《ズ》ガイコツを触ればすぐに判るし、前頭骨や頭頂骨側面の張り具合、あるいは髪質を見ただけでもどの程度大脳が緊張しているかが見てとれることもある。

そんな場合、「考える」ことも「感じる」ことも中止して、まずは大脳の緊張をゆるめることが必要だ。大脳が緊張しっぱなしだと、胃や腸などの消化器系が、そして女性の場合は次に子宮や卵巣のハタラキが悪くなる。そんな人の不妊は産婦人科へ行く前に大脳の緊張をゆるめた方がいい。

大脳の弛緩と緊張がある程度自在であれば、シャルマの教えが有用に活かされる。

「感じる」ことを優先するあまり、「考える」ことを拒否してはいけない。これほど優れた脳を持っているからには、物質世界でそれを活かさないことこそ神への冒涜だ。

考えることを拒否したり否定することは、“脳なんていらない”と、神に不服申し立てをしているのと同じだ。

「考える」は「神返る」または「神迎《かむが》える」であり、大自然を理解しようとする試みなのだ。

カミオカンデのニュートリノ検出で2002年にノーベル物理学賞を受賞した小柴昌俊教授曰く。

「山勘は磨かれる。磨けば当たるようになる。その方法は、とことん考えること。ありとあらゆる面を検討し、脳ミソのすべてを使ってとことん考える。脳ミソがしぼりつくされちゃうくらい考え抜く」

のだそうで、その中でひらめいたり、あるいは極度の緊張から脳が弛緩した瞬間にいいアイデアが浮かんでくる。

2008年にノーベル物理学賞受賞の益川敏英教授は、クォークについて考え続け、あらゆる方向性から追求してみたが、それでも納得する答えは得られなかった。

あるときお風呂に入りつつなお考えをめぐらせていたが、ふと風呂場で立ち上がった瞬間にひらめいた。そのひらめきがノーベル賞を授与されることになったのだが、脳が緊張から弛緩する瞬間だったのではないかと思う、ひらめいたのは。

そんなひらめきが大自然（神）の解明と人類の生活の向上へとつながってゆく。

シャルマは最後こんな宿題を健太に残し、北極星へと帰って行った。

『思考と思考のはざまの
その隙間（透き間）に意識を向けなさい
その短い“空白”に気付き
そこを観察することを続けると
あなたはエネルギーに満ち
新たな領域に参入することになるでしょう』

例えば、電車に乗りながらボーッと景色を眺めていたとしよう。突然、それはまったく出し抜けに小学生時代のある出来事が頭に浮かんだりすることがある。

景色の中に、何かそれを思い出させるような要素もないし、そのころ聴いていた曲がどこかで流れていたわけでもない。

（あぁ、そんなこともあったなぁ。あいつら元気にしてるんだろうか）と、小学生時代のことをなつかしんでいると、今度は不意に身内が入院していた病室の風景が頭に浮かんだりもする。

小学生時代の出来事や友人と、その病室に入院していた身内との関連など一切ないように思える。友人の誰かが小学生時代に事故で入院したこともなければ、友人が遊びに来て病人である自分の身内と会ったこともない。何の脈絡も見い出せないのだ。
それでも脳内ではそれを思い出させる何かの電気信号が発せられるのか、それとも前後のつながりは特になく次々と浮かんでくるのか。
その切り変わる瞬間というのは何があるのだろう。
それは大脳の緊張から弛緩への瞬間も同じで、わずかな思考の隙間（透き間）に答えがあるのだろう。シャルマはそれを健太に伝えたかったのだ。

＊

雪の戸隠から帰ってわずか５日後、言納と健太は沖縄にいた。トルコからの流れもこれで区切りになりそうだし、なってもらわないと困る。言納は店を亜美と祖母に任せっぱなしなので気になって仕方ないし、健太はトルコ〜戸隠が終ったことで外側の神に向けた神事等への興味をほとんど失っていた。そこへさらに追い討ちをかけるようなことも起きており、なおさら余計に。

戸隠から帰った翌々日の11月20日、健太は仕事が遅くなったので、帰宅して風呂へ入るとすぐにベッドへもぐり込んだ。
ウツラウツラとし始めたころ、突然の訪問者が完全に眠気を葬った。

『もし……ちょいと……もし』
（……んっ？）
『今日の火事は危のうございましたなも』

（火事って……火事っ？）

　健太はベッドから起きあがった。
（どこが火事？　えっ、誰？　なもって、どこの人、じゃない、どこの霊？）
　『いっぺんに聞かれても困りますやろ、あんさんかて』
（大阪の霊？）
　『違うがや。北極星から来たんだがや』
（えーっ、じゃあ、シャルマ先生が紹介するってのは）
　『そうどすえ。わてどすえ』

　彼はシャルマと地球にやって来た後、戸隠から逃げ出して日本各地を大急ぎで訪れていた。行った先々で日本語を覚えたのであろうけども、各地の方言が混ざってへんちくりんだ。

（ねぇ、火事って、どこが火事なの）
　『神岡。もう消えたっちゃ』
（たっちゃ、って。まぁよかった。で、どこが火事だったって）
　『だから神岡じゃん』
（神岡って、奥飛騨の神岡のこと？）

　たしかに 11 月 20 日、飛騨神岡の旧神岡鉱山坑道内で火災が発生した。戸隠祭りの 3 日後のことだ。
　火災は 2 時間ほどで鎮火したが、現場は東北大学のニュートリノ観測装置カムランド付近だ。カムランドはかつてカミオカンデが建設された場所にある。
　装置は無事だったが研究者や作業員ら 5 人が軽いヤケドな

どで病院に搬送された。

（どうして火事のことを知ってるわけ？）

『飛ばされたんよ』

（どこから？）

『J-PARC ってところさ』

（はーっ、加速器で加速されてスーパーカミオカンデまで飛んでったってこと？）

『そうよ』

（そうよって。レディー・ググか、君は）

『その女、一緒だったぞ、ずっと。ってゆうかよお、その女に誘われて飛んだんだよな』

（ダメだ、目まいがしてきた）

『この星ってね、いまだにあんな古くさい装置を使ってて信じられない。けど、ググ様に誘われて一緒にやってみたら、これがけっこう面白いじゃないのよぉ。やっぱり昔のものって味があっていいわね』

おっしゃる通りで昔のものは味わいがあっていいのだが、どうしたもんだろう。

健太が名前を尋ねると、聞き取り不能な発音で答えた。

（ごめん、発音できない）

『では君が私の名前をつけたまえ。私はこの国が気に入ったので、なるべくこの国らしい名前にしておくれ。それにしても、この星はまだ“国”なんていう概念があるんだなあ。シャルマ先生に頼んで、銀河系の特別天然記念物に指定してもらおうぞ』

相変わらず言葉づかいはへんちくりんだが、もっともなことも言うではないか。

地球人類は21世紀になってもその国境とやらを争って戦争をしている。

それに地球上では最新鋭の実験装置が、彼らにとっては時代遅れな過去の産物でしかないのかもしれない。しかし、それは仕方ない。どの星にも進化の過程というものがあるのだから、彼らだって過去に同じような時代を過ごしてきたに違いない。

ただし、国境争いによる戦争については恥ずかしいとしか言いようがない。

雷を恐がるような少年に“国”という概念が天然記念物に匹敵すると揶《や》揄《ゆ》されたことについては恥ずべきである。

この少年、ハチャメチャだが見どころがありそうだ。

『それはどうゆう意味でっか？』

（遠い星からやって来た男の子、っていう意味で、実にこの国らしい名前だよ）

『ならばそれにしよう。かたじけない』

これは時代劇の影響か。彼の応答はいちいちずっこけるが、ともかく名前は「星太郎」に決まった。“セイタロウ”と読む。

その星太郎がこんなことを教えてくれた。言葉づかいがムチャクチャなので標準語にして説明すると、人類がこれまでに発見した素粒子に比べるとケタ外れに大きなエネルギーをもった素粒子が、すでに観測施設で見つかっているという。しかもその巨大エネルギー素粒子こそがニュートリノだと。

それは「アイスキューブ」でのことだ。

南極の氷床そのものを利用した世界最大のニュートリノ観測所がアイスキューブで、氷に深い穴を掘ること 90 本。その穴に浜松ホトニクス社製の光電子増倍管合計 5160 本が等間隔に取り付けられたケーブルを、深さ 1450 〜 2450 メートルの間に設置してニュートリノを検出している。

アイスキューブはスーパーカミオカンデの約 2 万倍もの体積があり、非常に捕まえにくい高エネルギーニュートリノを 2010 年 5 月から 2012 年 5 月までに 28 個検出し、うち 2 つはあまりにも高エネルギーのため、個別に「アーニー」「バート」と名付けられた。セサミストリートかって。

実験には日本から千葉大学が参加している。

そんな訳で健太の意識はニュートリノに向いており、沖縄での神事については何をしていいのか判らない状態だったのだ。星太郎についてはいったん置いておく。

＊

伊平屋《いへや》島へ行くフェリーに乗るには、沖縄本島をほぼ縦断して今帰仁《なきじん》村の港まで行かなければならないが、沖縄に JR は走ってない。

だが、島にはアマノマイ組のメンバーが何人もいるため車の手配は滞りなく、無事に運天港からフェリーに乗り、1 時間 20 分後には伊平屋島の前泊港へ入港した。

宿舎として借りた公民館で荷物を降ろし、レンタカー 2 台に分乗して目的地へ向かう状況はノアの方舟神事を思い出す。

植物以外に生命の気配を感じられない道を走ること約 10

分。伊平屋島北端近くのクマヤ洞窟に到着した。

クマヤ洞窟は天の岩戸伝説が残っていることからも、何か戸隠と結びつくものがある。しかも、この日2012年11月23日は旧暦の10月10日だ。

戸隠の『古き神々への祝福』は2010年10月10日。会場は「ゲストハウス岩戸」だった。

10月10日に始まり、10月10日に終わるのか？

海岸沿いの道から洞窟へと伸びる階段を登り始めたら、すでに始まったようだ。言納が低い声で語りだした。

『めぐりめぐりて今ここに
生まれ生まれて今ここに
長き時空のその中で
苦悩の日々を送りつつ
何度生まれてきたるかし
人よ今
おひとり一人が己れを見つめ
はるかな旅を知るがよし
涙の日々　悔悟《かいご》の日々に別れをつげよ
今ここで
新たな己れと出会うため』

いきなりこんなことを言われたものだから、場の空気がピンと張りつめた。

階段を登りきると、わずか30cmほどしかない岩の隙き間を通って洞窟内へ入らなければならず、張りつめた空気がますます緊張感を高めた。

洞窟内は砂地で、ゆるやかな下りになっているが、天井が高いため圧迫感はまったくなかった。

かつては最奥部《さいおうぶ》に社が置かれていたようだが、何者かに破壊されて今はない。

湿気で濡れた岩の上に祭壇が設けられ、しめくくりの女神祭りは厳かにおこなわれた。

そしていよいよ祭りがピークに達すると全員が輪になって踊り始めたが、健太はある衝動にかられて輪から抜け出した。

洞窟内は壁から天井まで、無数の見えない見物客でうめつくされていたため、健太は祭壇に供えられた御神酒の入った器を手に取ると、榊をそこに浸しては御神酒の滴を見物客にふり撒いた。

浸してはふり撒き、また浸してはふり撒き、壁に、天井に、そして祭壇奥の岩にもふり撒いた。こんなことは初めてだ。

健太があんまり楽しそうに榊をふるので踊りの輪もますます盛りあがり、洞窟内は踊る天保《あほう》に見る天保、御神酒をふり撒く大天保で大さわぎになった。この場に七福神がいたら大喜びするに違いない。

そんな最中、健太が何気なく天井を見上げた瞬間だった。『カンリョウ』の声とともに『完了』の 2 文字が空中に現れたのだ。

とうとう完了した。

2010 年の 10 月 10 日、戸隠から始まった女神神事が約 2 年後の旧暦 10 月 10 日、沖縄の伊平屋島で完了したのだ。

そして踊っていた女性たちにはピンク色した見えない羽衣のような織物が肩から掛けられた。戸隠で九頭龍に乗った女神たちが纏っていた衣装と同じ素材だ。日本とトルコ友好の証しとして、また世界中の女神の解放を祈る者へのお礼として与えられたのであろう。

『まこと聖なる織物よ
光かがやく織物を
纏いていつか大元《おおもと》の
光の海に帰りたもうと
願いて日々を過ごされよ

いかなる御役もありがたし
いかなる出会いもありがたし
お人とお人の紡《つむ》ぎあい（紬《つむ》ぎ会い）
出合いて互いに交わりて
妙なる織物紡がれし（紬がれし）

この世選んでこの時に
生まれし魂《たま》はそれぞれに
大なる御役ありしもの
気づきし魂こそ淡々と
己れの御役に日々励み
感謝感謝の日々暮らし
せずにはおられぬ喜びで
己れの魂を喜びで
満たすことこそ神座《かみくら》に
捧げる供物のなによりと
知りてお暮しくだされよ

タガーマ・ハランは故郷か
己れの内こそタガーマ・ハラン
己れの内なる高天原
まばゆい光で満たしたもう』

これにて健太と言納が続けてきた時空越えの神事は『完了』したわけだが、実はひとつ疑問が残った。

というのも、日本国外での始まりはエジプトだった。金と銀の鈴を振りに来いというあれだ（『天地大神祭』にて）。

アスワンでの神事が春分。そしてエルサレムは冬至。今回のタガーマ・ハランは秋分。これは一般時間軸で考えると、時間を遡っている。

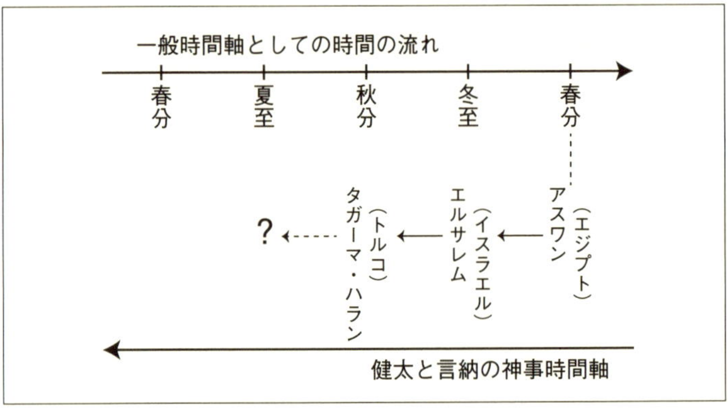

この調子だと、最後に夏至でもどこかへ行かされそうである。

なので『完了』したのは女神神事についてが完了しただけで、時空超えの神事はまだ続くのかもしれない。

その流れは一般時間軸を遡っているため、次に何かをする場合はトルコよりも古い縁の地になるはずだが、高天原よりも古いとなるともうそれはナウマン象と生きていた時代になるのではなかろうか。
　どうなるのかは判らないが、外側の神に向けての神事や祭りはひとまず区切りがついた。

　翌日、午前中のフェリーで伊平屋島を離れた御一行様は、本島に戻ると今《な》帰《き》仁《じん》城《ぐす》跡《く》を訪れた。健太も言納も連れて来られるまでは存在すら知らなかったが、なかなかのスケールに驚いた。そして城跡の石垣から海を眺めた瞬間、健太は気付いてしまった。
（ダメだ。まだ潰されて埋れたままの神々がわんさかといる。ここにも、そして海の向こうにも……）
　だがそれは自分の仕事ではないのだと、健太は必死で意識を逸らした。
　古き時代、大陸から海を渡って来た者たちと島に暮らす者との間には、たしかに幾度もの戦いがあったであろう。
　しかし、この地を糺すハタラキの人はすでにそれをおこなっているだろうし、今後も続けていくであろう。なので健太はこの地を通り過ぎるだけにした。無責任のようだが仕方ない。すべての地を受け持つことなどできやしないのだから。

　南城市で一泊し、翌朝は久高島へ向かった。久高へは２人とも２度目だ。チーコが言納をどうしても案内したい処があったので、今回も貸し自転車でサイクリングに出る。
　伊平屋島ではやるべきことがあったが、ここ久高島は完全に観光客気分なので素直に楽しい。海岸で寝ころんだり、落ちている巻き貝を磐笛のように吹いて遊んだ。

「言納ちゃん、そろそろ行きましょか」
　チーコが声をかけた。
「どこへ連れてってくれるんですか？」
「ミルクさま」
「えっ」
　言納は一瞬、あのミルクとメラクのことを思い浮かべて驚いたが、すぐにミロクさまだったことを思い出した。沖縄ではミロクをミルクと呼ぶ。
　かつて沖縄では母音の“オ”は“ウ”で発音していたので、MIROKU（ミロク）がMIRUKU（ミルク）になり、今でもその習慣は残っている。

　チーコが突然自転車を停めた。まわりには森以外何もない。何かの案内標識があるわけでもなければ入り口らしきものもない。わずか一本のけもの道が森の奥へと続いてはいたが、ここを行くのだろうか。そうだ、行くのだ。
　チーコに続き森を進むと、石碑の前で品のいい年配の女性がチーコたちを待っていた。女性は「祝女《ノロ》」と呼ばれる神人《カミンチュ》で、チーコと祝女は待ち合わせの時間を決めていたわけでもないのに、ごく自然に、いたって当たり前に挨拶をかわした。そもそもこの祝女はどうやってここまで来たのか。森の入り口には自転車も車も停まっていなかったし、民家が並ぶ集落からはけっこう距離がある。
　祝女は言納をひと目見るなり、こっちへいらっしゃいと、手まねきした。
「あなたね。西洋の女神様を連れて来たのは」
　えっ、トルコの女神がここへも来たのだろうか。

しかし待てよ。まだ方舟は日本に降りてないはず。だとすると、考えられるのはレディー・ググだ。

「いらしたときはなかなかご立腹のようでしたけど、ミルク様に癒されて、帰るころには笑顔をお見せになっていらしたわよ」

それで“怒れる女神”が“ロックンロール女神”に変身して、加速器で遊んでいるのか。

何だかすごいぞ、沖縄の神様と祝女は。

言納が尋ねた。

「こちらの石碑がミルク様ですか？」

実は石碑ではなくコンクリートなのだが、そこにはこう書かれていた。

　　久高島
　　三代神様御成育之御地

三代神様とは、先之世・中之世・今之世のことで、母音の“オ”が“ウ”になるため、サチヌユ・ナカヌユ・イマヌユと読む。

サチヌユとは大昔のことで、イマヌユは現代のこと。あいまいな表現になるが、ナカヌユは大昔と現代をつなぐ中間のことらしい。

だがミルク様はここではなく、その奥であった。コンクリート碑の奥10数メートルのところに高さ40cmほどの、今度は本当に石碑が建てられていた。

　　天露之命神

ミロク様だ。
言納はひざまづいて手を合わせた。

『まんまる真中の中心点
　己れの真中に据《す》えられて
　己れ動けば中心も
　己れとともに移動する

　己れの世界　まんまる宇宙《ミルク(ミロク)》
　点のとなりに彼《か》の人も
　いとし子どもも友人も
　ご縁の人も点在す

　あれ　ありがたや　この世界
　己れ創りしこの世界
　己れの円に恩人の
　人々引き寄せ　共に居り

　あれ　ありがたや　皆様よ
　ご縁いただき　この円に
　登場されしは定めかし
　袖ふれ合うも他生の縁と
　いうはまことよ　ありがたや
　日々ますますにその円を
　丸くおさめて整えて
　尊き宇宙《ミルク(ミロク)》となすがよし

まんまるの
清《すが》し斎庭《ゆにわ》につがいの鶴は
鳴き合い呼び合い
歓喜の舞いよ』

沖縄のミルク様は丸い丸いまろやかな声で言納に語った。

袖ふれ合うも他《た》生《しよう》の縁というのはまことのことであるのだと。

そして『己れの世界　まんまる宇宙』も『尊き宇宙となすがよし』も、ともに我が内面のことだ。この部分は健太の求める“神と人の意識と素粒子と”の関係にもヒントを与えることになった。

祝女が言納を抱きしめた。そしてこう伝えた。

「お店をやってるんですってね。もし目標を見失ったら、初心にかえることですよ。そして、出会った人はあなたの人生のゲストです。ゲストにはおもてなしをするでしょ。人生のゲストにも、あなたらしさで最高のおもてなしをするのよ。他生でお世話になっていますからね」

この祝女はミルク様からの言葉を聞いてない。しかしこれだ。祝女ともなると神々の想いはすべて判ってしまうのか、それとも彼女自身がミルク様なのだろうか。

それはともかく、仕事で次なる目標を失っていた言納は祝女のひと言に救われた。そして迷っていたことに結論を出した。

（決めた。福岡へ行く）

初心にかえるため、師匠西野《にしの》のお母《かん》に会いに行くのだ。

こうして2012年が暮れていった。大騒ぎしていた12月

22日も平穏に。

他でも書いたが、暦は区切りに来たら元へ戻るだけ。12月31日で終わるカレンダーを見て、その日で世の中が終わると考える人はいないように、大周期も終われば始まりに戻るだけのことなのだ。大山鳴動《たいざんめいどう》して鼠《ねずみ》一匹、いや鼠0匹か。

しかし、確実に時代は変わりつつあり、冬至に訪れた尾張戸《おわりべ》神社で、健太にまたまた難題が降りかかった。

脱神社宣言以来、必要なとき以外神社を訪れることはなかったのだが、健太にとって尾張戸神社は特別な場所。なので年始のご挨拶を兼ねて『完了』の報告に行ったのだが……。

第６章　玉し霊の素材・神の原材料

『己れの中こそ神座《かみくら》と
言うて聞かせてきたれども
外神拝みてなんとする
信ずる対象さまざまに
現象界にはありたれど
お一人ひとりの魂《たま》の座の
見合いた世界にそれぞれが
住まいておるゆえ　その中で
出会い重ねて魂の旅
真なる己れに出会う旅
魂は求めておるものよ

真なる己れの雛型は
素神に直結さるるもの
そを知る者は淡々と
己れの真（芯）を敬いて
素神は己れと尊びて
内に御祈念致されよ
日々淡々と黙々と
負い持つ技に　励ましめ
己れ為すべき事を為せ

外に祈るな　祈るは内ぞ
頼れるメシアは己れのみ』

去年の冬至に健太が尾張戸神社で受け取ったものだ。

神主だった健太の４代前の爺さんは、尾張戸神社を含む近隣５社の世話をしていたこともあり、健太は子供のころから尾張戸神社の境内が遊び場のひとつだった。エジプトやイスラエルへ導いたのも、さらには言納と出会うきっかけもこの尾張戸神社だ。

なので、たとえ脱神社宣言をしていようが、『完了』の報告に神社へ行くことぐらい、何も悪いことではなかろうに、返ってきたのが厳しいお叱りだったのだ。

『己れの中こそ神座と
言うて聞かせてきたれども
外神拝みてなんとする
………………』

これはもう、わざわざ神社に来なくともよい、いや、来るなと言われてるようでもある。なので健太はこれを『参拝禁止令』かと思い、確かめるため言納にメールした。

しかし返って来たのが“それは健太にだけでしょ。私は違うから”だった。

たしかに今までも内側にすべてありとくり返し教えられてきたが、参拝禁止令ともなると、外への頼るべきところをいっさい絶てと要求されているのも同じだ。

『己れの真（芯）を敬いて
素神は己れと尊びて』

頼るべき神が自分自身であるために自己を敬い、自己を尊ぶ。それができなければ人類は21世紀も今までと同じく外神に依存する信仰から抜け出せないであろう。

『内に御祈念致されよ』

については『時空間日和』に別の教えとして詳しく出てくるが、時空を超えた意識において、祈ることは祈られること。

祈った以上は祈られた責任が発生する。祈られた自分は祈った自分の願いに応えるべく第一歩を踏み出す。すると祈った自分にはメシアが出現するのだ。ついに自分の願いを叶えてくれるために神が動き出したのだから。

そう、メシアは内側からしか出現しない。外側に求めたところで千年待っても2千年待っても現れやしない。

なので最後にそのことについても触れられていた。

『外に祈るな　祈るは内ぞ
　頼れるメシアは己れのみ』

年が明け、健太は窓から寒空を眺めつつ一人で酔い痴《し》れる日が続いていた。

言納は元日から店を開けているため忙しい。実は福岡から西野のお母《かん》が手伝いに来ているのだ。

言納の店「むすび家　もみじ」は犬山城へ通じる城下町の通り沿いにある。正月になると城の入り口にある神社——それは言納の古き母が言納の子として産まれたところ——への初詣客で界隈がにぎわうため、西野のお母がおせちむすびを出すために年末からやって来ていた。

言納は沖縄で福岡へ行くことを決めたら、その翌月、福岡が犬山へやって来たのだ。

宇宙の法則をつかさどるのも世の中の動きを支配するのも、すべては素粒子のふるまいによる。

ならば自分が望む流れを呼び込むのも素粒子のふるまいが左右するのだが、その素粒子のふるまいに大きな影響を与えるのが“決意”と“覚悟”である。

判らないことは、その素粒子はすでに存在している素粒子のみがふるまいを変えるのか、“決意”と“覚悟”によって人の意識が素粒子を新たに生むのかだ。これが健太の課題であり、スピリチュアル・サイエンスのテーマのひとつだ。

もちろん祈るという行為は“望む未来の創造”なので素粒子のふるまいに変化をもたらす。が、“決意”と“覚悟”による行動と比べれば、その変化は弱い。

だったら覚悟を決めて祈ったらどうなるんだという話だが、覚悟を決めたら行動した方が、素粒子はより動くと思う。

閑話休題。

お気に入りのお猪口で熱燗を 3 合ほど飲み干し、窓からの陽ざしにウツラウツラしていたときだった。

『お前はバカか』

(……ナニ?……)

『頭の中は参拝禁止令とか神社仏閣立ち入り禁止とかばかりで、正月からそんなことしか考えることはないのか、オタンチン』

(オタンチンって……ひょっとして星太郎?)

星太郎がやって来た。言葉づかいは悪いが、おかしな方言が出ないだけまともになっているではないか。学習したようだ。

『別に参拝が禁止されたわけじゃないんだぞ、お前』
（お前、じゃないだろ）
『そなた』
（それも変。何の影響だ、それ）
『キミ』
（んー、まぁいいや）
『キミさぁ、勘違いしてるぜ』
（ぜ、じゃない。麻生太郎みたいだぞ）
『勘違いしてるよ』
（うん。いい、それで）
『参拝禁止じゃなくて、自分と外神を分離させた参拝をやめろ、だよ。自分の一部分に会いに行くんだから。神社や大自然に宿る神の姿は、自分の一側面なんだから、その部分を確認しに行くようにすれば参拝禁止でもないし神社仏閣出入り禁止でもないよ』
（たしかにね）
『人は小宇宙だぜ……だよ』
（うん）
『小宇宙は大宇宙がすべて凝縮されているんだから、人の中にはどの神の振動も含まれてるよ。同じ振動になれば、その人はそのまま同じ振動の神でしょうに』

星太郎がすごいことを言いだした。
神や仏と呼ばれている存在のエネルギー体が、密度の濃い素粒子の集合体だとして、そのエネルギー体の持つ振動・回転と同じ意識を発すれば、発した人と元の神と何ら違わないというのだ。そして、あらゆる神仏の持つ振動・回転はすべて小宇宙である人の内側に存在しているのだとも。

ならば、例えば観音さんは70％が他を慈しむ想いが発する振動・回転で、30％は他の喜びを祈る想いの振動・回転の素粒子が凝縮した存在だとすれば、人も同じ想いになれば自らを形成する素粒子が同じ振動・回転を持つわけで、そうなればその人は観音さんだ。

観音さんでも水を尊ぶ想いが何10％か加われば十一面観音さんになれるかもしれないし、多くのことに目を向けて世のためにはげめば千手観音と同じ振動・回転になることも可能なのであろう。

“決意”や“覚悟”あるいは“信念”といったものを貫けば不動明王に近い振動・回転を持つことができ、それが

『己れの真（芯）を敬いて
　素神は己れと尊びて
　内に祈念いたしつつ
　そに応えるべくはげみつつ』

なのだ。

そうなると、参拝というものは外神に何かを依存するためのものでなく、自分自身がそこに祀られる神と同じ振動・回転になるためなので、参拝イコール自分がその神になる行為だと考えられる。それこそが大宇宙を凝縮させた小宇宙たる存在だ。

言納が久高島のミルク様より受けた言葉の中にも

『己れの世界　まんまる宇宙《ミロク》』
『尊き宇宙《ミロク》となすがよし』

とは、自分自身の内なる小宇宙のことであった。

しかし、たとえ菊理媛と同じ振動・回転になる想いが自分自身の中にあったとしても、日常生活ではなかなか表に出せず埋もれたままになってる意識はたくさんある。

なのでそれを掘り起こすために菊理媛を祀る神社を訪ねたり、不動明王の前に立ったりするのだ。

『自分に会いに行く。隠れた自分を思い出すために拝参する。それを忘れなければ参拝したっていいんだよ』

（うん……判りました）

『ニギハヤヒ（尾張戸神社の御祭神）は国造りのハタラキでしょ。行くんなら、自分が担うつもりの国造りは何かを明確にして、そのためには自分がどうありたいかを意識しつつニギハヤヒに対峙しないと意味ないよ』

（そうだね、ありがとう）

『ところで麻生太郎って誰？』

（今かいっ！）

翌日、健太は自分の中のニギハヤヒ発掘のため尾張戸神社へ行ってみた。もちろん強い決意を秘めて。

初詣客が少ない早朝に行ったが、すでに何人かが参拝したり日の出を待っていた。

健太は内心ビビッていたが、もうそれ自体がニギハヤヒを自らと分離させている。

自分とは異なる神に会い行くことを「異《い》神《がみ》会《あ》い」といい、健太がそれをやったら次は死刑だ。

『変容すでに始まりて

許可くだすのは己れなり
恐れ　とらわれ　大なる不安

変容は
始まりおれども　その波に
乗れずにおるは己れなり

何をかの
恐れておるや　和睦の王よ
新たな一歩
踏み出すときは今ここに

素の粒子こそ　素の神なりて
素を求めよの　亀仙人』

後半に出てきた“和睦の王”も“亀仙人”も健太のことだ。“和睦の王”は、たしか諏訪の『和睦の祭典』か戸隠の『古き神々への祝福』で神々は健太をそう呼んだ。“亀仙人”はヱビス神のお里帰りでエルサレムへ行くことになった前後、ひょっとしたら対馬だったか、そう呼ばれたことがあった。

さて、健太は尾張戸の神と一体になった。ニギハヤヒ尊かどうかは判らない。だが、ちゃんと反応があり、神は健太の内面を言葉にしただけだった。

つまり、神々からのメッセージも、その多くはすでに内にあり、迷いの中にあるその想いを神々は言語化しているのだ。いや、違う。神と同じ振動・回転になった自分自身の玉し霊がそうしているのだった。少なくとも健太はそう考えるべきなのだ。

そうなれたのは外神のお蔭。外神がその姿＝振動・回転を維持しつづけているお蔭なので、そのための神社だとすればやはりありがたいことだ。人は同じ想いが内側にあろうと、すぐに忘れてしまうので。

さて、いよいよ健太の小宇宙では外神内神混在一体となって、素粒子的玉《たま》し霊《ひ》解明学が始まった。

その夜、健太は星太郎を呼び出すと、彼はすぐにやって来た。それでやっと疑問に思っていたことが聞けた。

というのも、星太郎やレディー・ググは J-PARC の加速器で加速され、ニュートリノと一緒に神岡のスーパーカミオカンデへ飛ばされたが、消滅することなくちゃんと存在している。

J-PARC の場合、加速器では陽子の塊を光速の 99.75％まで加速し、ターゲットと呼ばれる標的にぶつけて陽子をぶち壊す。

するとターゲットのむこう側に、まずは π《パイ》 中間子という粒子が飛び出てくる。だが π 中間子は 0.000000026 秒＝ 1 億分の 2.6 秒＝ 2.6×10^{-8} 秒で姿を消してしまい、すぐにミューオンとミューニュートリノに変化する。

ミューオンとは電子と同じ性質だが電子よりも 200 倍ほど巨大なので、メタボ電子と考えればいい。このミューオンは必要ないのでフィルターに吸収させてしまい、ミューニュートリノだけがスーパーカミオカンデに向かって飛んで行くのだ。

となると、もし星太郎やレディー・ググのような霊体的存在の素材が陽子だとしたら、ターゲットにぶつかった瞬間に消滅してしまうことになる。

　また、ミューオンは陽子よりも小さな粒子で、しかもそれ以上は分解できない素粒子ではあるが、フィルターに吸収されてしまうため神岡まで飛ぶことができず、なので玉し霊の素材にはなりえない。

（あのさ、星太郎。君たちのような霊体の素材っていうか、玉し霊の素材ってさ、陽子とか中性子みたいな大きい粒子ではないんだよねえ）

『当たり前だろ、バカだなぁキミ』

（バカはダメ）

『おバカだなぁ』

（“お”を付けてもダメです）

『おりこうさんじゃないね、キミは。もし霊的な存在の素材が陽子や中性子だったら、オレたちは壁を通り抜けることさえできないだろ』

（そうなの）

『あったま悪っ』

　健太は言い返せなかった。

『α線って知ってるだろ』

（放射線のα線？）

『そう。あれは紙一枚で防ぐことができる』

　たしかにそうだ。

　放射線にも種類があり、α《アルファ》線・β《ベータ》線・γ《ガンマ》線や中性子線などがあり、α線とは陽子が２つと中性子が２つの塊で、原子番号２番「ヘリウム」の原子核が全く同じものだ。そのα線は紙１枚で被曝を防ぐことができるらしい。

β線とは電子そのもののことで、紙は通過してしまうがアルミ箔があれば防ぐことができる。

γ線というのは電磁波の一種で、しかも同じ電磁波でも赤外線や（目に見える）光よりもエネルギーが高いため、鉛の板などがないと被曝してしまい、ちょっと恐い。

さて星太郎の話に戻る。

『もし霊体の素材が陽子や中性子の集合体だとしたら、オレたちは紙一枚通り抜けることができないんだぞ。たった陽子が２つと中性子が２つのヘリウム原子核でさえ無理なんだから。幽霊は壁を通り抜けて部屋に入って来るだろ。もし幽霊が陽子や中性子の集合体だとしたら、誰かが玄関や窓を開けるまで外で待ってないといけないんだぞ。幽霊は出るたびにそんな苦労してると思ってんのか、キミは』

(…………なるほど)

陽子や中性子は中身がクォーク３つのハドロン粒子であることは以前に述べた。その３つのクォークとは陽子の場合アップクォーク×２とダウンクォーク×１、中性子の場合はアップクォーク×１とダウンクォーク×２で成り立っている。

昔むかし、原子が発見されたときには、原子こそが物質を構成する最小単位であると考えられたため、“もうこれ以上は細かくすることができない”を意味するアトムと名付けられた。

しかしやがて原子は、中心の原子核とそのまわりを回る電子から成り立っていることが判明し、さらには原子核が電気的にプラスの陽子とプラスマイナス0《ゼロ》の中陽子からできていることも突きとめた。もうこれ以上は細かくできないだろう。

いやいや、陽子も中性子も3つのクォークと、クォーク同士を結びつけるグルーオンからできていて、ちっとも素粒子ではなかった。

なので今のところは素粒子と考えられているクォーク、電子、ニュートリノ等も、今後はさらに細かくなってしまう可能性もないわけではない。

実際、クォークでさえプレオンと呼ばれる点状粒子3つから成り立っているのではと理論予想が立てられ、実験も進んでいる。

それに、素粒子だと考えられているヒッグス粒子は、実は複合粒子の可能性があると益川敏英教授ら名古屋大学の研究グループが発表している。

さてクォークだが、この（今のところは）素粒子の電荷（電気的性質）がちょっと許しがたい。

というのも、電子はマイナス、陽子はプラスの電荷を帯びている。このマイナスとかプラスとはマイナス1、プラス1のことで、マイナスかプラスかは白黒はっきりしている。

ところがクォークの場合にはこうなる。

アップクォークの電荷はプラス$\frac{2}{3}$、ダウンクォークはマイナス$\frac{1}{3}$なのだ。なんで分数が出てくるんだ。

電荷がプラス$\frac{2}{3}$とな？

「あの人は男ですか女ですか？」
「はい、プラス$\frac{2}{3}$は女です」

はるな愛かってこと。

「あの人は生きているんでしょうか」

「はいマイナス $\frac{1}{3}$ 程度は」

それは死にかけってことなのか。

とにかく電荷が分数なのは虚数ｉぐらい忌忌《いまいま》しいのだが、物理学界はちゃんとつじつまを合わせているので恐れ入る。

陽子はアップクォーク×２とダウンクォーク×１なので $+\frac{2}{3}+\frac{2}{3}-\frac{1}{3}=+\frac{3}{3}=+1$

中性子はアップクォーク×１とダウンクォーク×２なので $+\frac{2}{3}-\frac{1}{3}-\frac{1}{3}=\frac{0}{3}=0$

見事に陽子はプラス１、中性子はプラスマイナス０になる。これが本当に正しいのか、ただのつじつま合わせなのかは判断できない。

そんなわけで玉し霊の素材として、陽子と中性子は除外された。しかしクォークについてはどう考えればいいのか、これも今後の課題だ。

ちなみにクォークという名前の由来についてだが、ジェイムズ・ジョイスの抒情小説『フィネガンズ・ウェイク（フィネガン徹夜祭）』の中で、アイルランドの美しき王妃イゾルデがアルケ大王に嫁ぐために波止場へ行くと、不思議なカモメが飛んできて“クォーク・クォーク・クォーク”と３回鳴いていることから、クォーク理論の提唱者であるアメリカ人物理学者マレー・ゲルマンが新粒子にクォークと命名したようだ。

当時はまだクォークが３種類しかないと考えられていたため、３回鳴いたカモメの鳴き声が採用されたわけだが、いやいやそんなんちゃうやろ、クォークは６種あるんとちゃうか。６種と考えてこそ矛盾なく説明できるやないか、で論文を発表して見事にノーベル物理学賞を授与されたのが益川敏英・小林誠両教授なのだ。

（星太郎は加速器で飛ばされても全然バラバラにならないわけ？）

『光速を超えなければな。それに重たい肉体がないからそれほどＧも感じない』

（えっ、だったら少しは感じるってこと？）

『何も感じなきゃ気持ちよくないだろ』

（たしかに。けど光速は超えてないんだ）

『わずかでも質量があるからな』

（じゃあさ、北極星からどうやって地球へ来たの）

『やっぱ地球人って頭が悪いなあ』

（おい。マスター・ゴロゴロ呼ぶぞ）

『やめてください。ごめんなさい』

すごい。雷神さんの効果絶大だ。

（超光速移動ではないんだ）

『はい。トンネルのようなところを通ります。シャルマ先生がおっしゃるには時空間の歪みだと。あっ、忘れてました。シャルマ先生からキミに伝言が届いてます。送りますね』

（送りますって……）

健太の脳裏にシャルマの声が流れた。ドラマで手紙を読んでるみたいだ。

『地球では素粒子の性質を“波”であり“粒子”でもあると考えていますね』

例えば光にしてもそうだ。光の素になっているフォトン（光子）も、電磁気学では“波”として扱い、素粒子物理学では“粒子”と考える。

『“波”の性質も“粒子”としての性質も持ち合わせている素粒子ですが、このように考えてみてください。“波”でも“粒子”でもないと』

“波”でも“粒子”でもないということは存在がないということか。そんなわけはない。

ならば検出できないほど微なる波なのだろうか。しかし波としての性質があるなら細かい波ほどエネルギーが高いので、だったら検出できるはずだ。

プラズマは、個体→液体→気体→プラズマとして第４の状態で扱われているが、玉し霊の素材としての素粒子を考える場合、波（波動）でもなく粒子でもない第３の状態を予想しなければいけないのかもしれない。

ただし、今のところはそれがどんな状態なのか、さっぱり判らない。

シャルマからの伝言はもうひとつあった。

『ファインマンのダイヤグラムに、人類がもっとも気付くべきヒントがあります。どうかそこを外さないように』

そして最後にファインマン・ダイヤグラムが現れた。ファインマン・ダイヤグラム（ファインマン図）とはアメリカの天才物理学者リチャード・ファインマンによって考えられた図式で、この図を見るとひと目で粒子の構成要素や反応が判る。

シャルマから届いた図はこれだ。

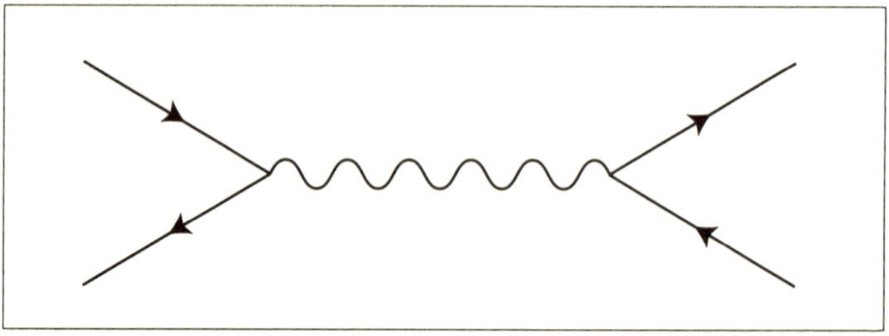

これは解説が要る。

まず左上から物質（粒子）左下から反物質（反粒子）が中央に向かい、出会うと光に変わる。これを対消滅《ついしょうめつ》というのだが、物質とか反物質というのは、例えば電子と反電子とか、陽子と反陽子、中性子と反中性子、クォークと反クォークなどだ。

電子と反電子の違いは、大きさやエネルギーなどは同じだけど、電荷（電気的性質）だけが逆ということ。つまり、電子はマイナスの電荷を帯びてるので、反電子の電荷はプラスということになる。

陽子はプラスなので反陽子はマイナス。これは判る。ではプラスマイナス０の中性子はどうなるかといえば、やっぱりプラスマイナス０なのだけど、中身のクォークもすべて反クォークになるのだ。

中性子はアップクォーク×１とダウンクォーク×２だった。

それで電荷は $+\frac{2}{3}-\frac{1}{3}-\frac{1}{3}=\frac{0}{3}=0$ になる。

反中性子の場合、中身が反アップクォーク×1と反ダウンクォーク×2になる。

なので電荷は $-\frac{2}{3}+\frac{1}{3}+\frac{1}{3}=\frac{0}{3}=0$ というわけで、電荷がプラスマイナス0の中性子にもちゃんと反物物（反粒子）たる反中性子は存在していて、1950年代に発見されている。

ひとつだけ付け加えておくと、電子の場合のみ反物質（反粒子）を「反電子」ではなく「陽電子」と呼ぶ。マイナス（＝陰）の電子に対して反電子はプラス（＝陽）なので陽電子らしい。

だったらプラス（＝陽）の陽子の場合、反陽子はマイナス（＝陰）なので陰陽子と呼ぶべきなのだが、陰陽子なんていう名前だと陰なのか陽なのかが判らない。やっぱり反陽子がいい。なので電子も反電子にしろ、物理学界。

話を戻し、物質と反物質が出会うと対消滅を起こして光（図の〜〜〜の部分）になる。

そして光のエネルギーが高いと対生成《ついせいせい》なる反応でまた物質と反物質が生まれる。

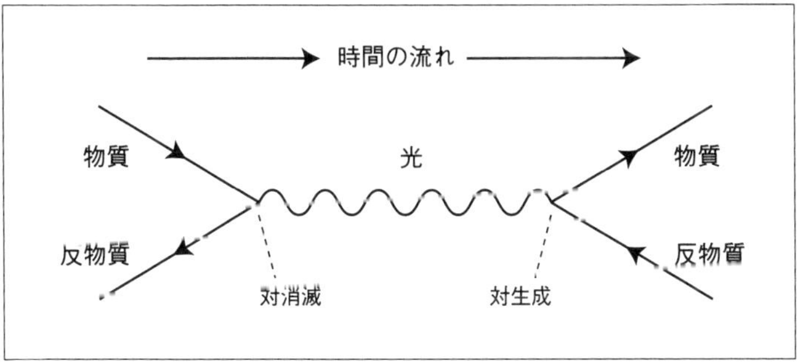

反物質の矢印（時間の流れ）の向きが逆を向いてるのは、反物質は時間を遡るからだ。つまり過去へ向かっているのだ。

言い換えると反物質（反粒子）は、時間を逆行する物質（粒子）のことなのだが、ちょっとややこしい。

ファインマンは自分が粒子になったらどのようにふるまうかと考え、この図を導き出したらしい。

天才物理学者でありアマチュア音楽家でもあったファインマンの信条は痛快だ。

「人がどう思おうと、そんなことはちっとも構わない」がそれだ。

そんなファインマンは朝永振一郎らと同じ1965年にノーベル物理学賞を受賞している。

さて、このファインマン・ダイヤグラムから何を気付けとシャルマは伝えているのだろう。

それは物質と反物質をスピリチュアル的な見方に置き換えればよい。つまり、物質→肉体に、反物質→玉し霊にと。するとこうなる。

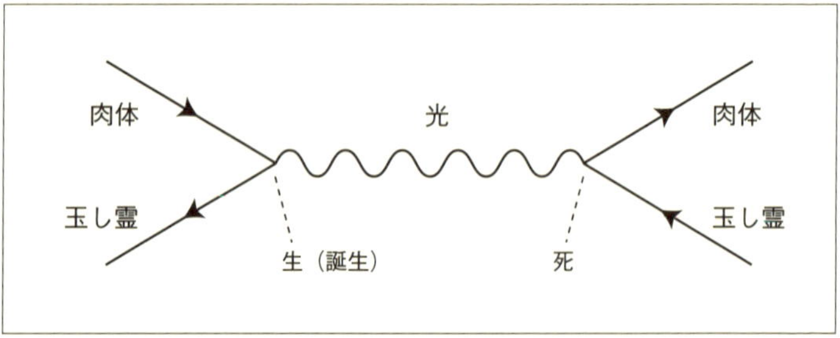

肉体と玉し霊が出会い、人がこの世に誕生する。そしてやがては死を迎え、肉体と玉し霊は分離する。

図をよく見てほしい。生きているうちが光である。人は死んで光になるのではない。生きている間が光なのだ。光でいられるのは生きているうち。命があるうちだということ。

シャルマはそれを伝えたかったのだ。

図を逆時間から見てもかまわない。

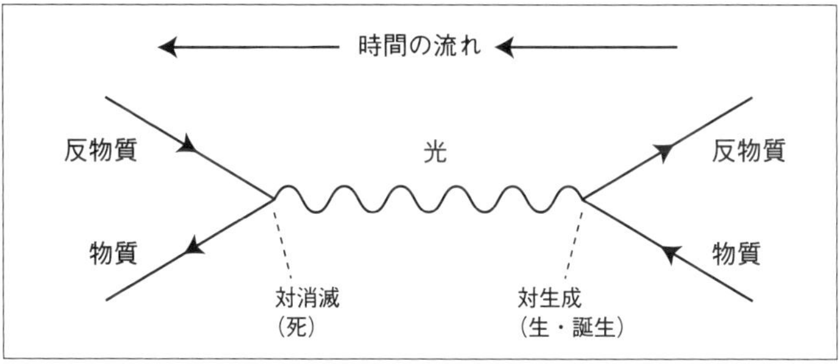

時間の流れを左から右に見ようが右から左に見ようが図自体は全く同じだ。むしろ対生成が誕生で、対消滅を死と考えるとより納得できる。素粒子物理学でファインマンダイヤグラムを左右逆に扱う場合、物質（粒子）を反物質（反粒子）に、反物質（反粒子）を物質（粒子）に変える必要があるが、ややこしくなるためこの図では省略。

それとこの図、健太が以前にシャルマから教わった４本の時間軸の図に似てやしないか。『時空間日和』に詳しく、今回も113ページで触れているが、ファインマン・ダイヤグラムと比較してみよう（次ページ図）。

中心にあるのは“今”と“光”。

スピリチュアルとサイエンスを融合させた究極の答えがひとつ、すでに導き出された。

シャルマは戸隠で健太との別れ際に、ヒントとして“遷宮”

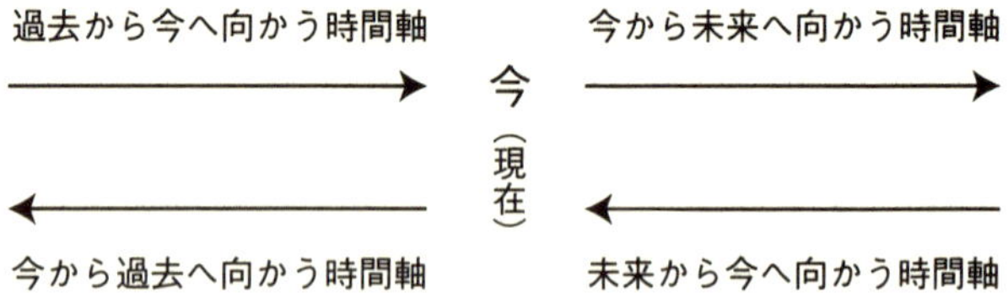

《4本の時間軸図》

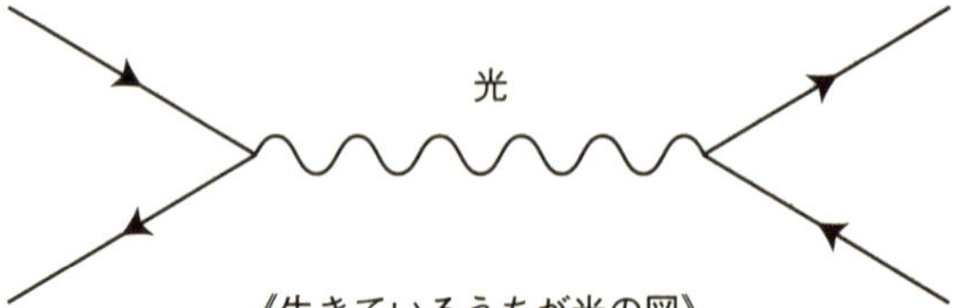

《生きているうちが光の図》

“遷都”“対称性”のキーワードを残していったが、そのうちの“対称性”はこのことも含んでいるのであろう。“今”と“光”を中心とした対称性を。

だとすると、“今”が“光”でなければ過去も未来も狂うってことか。

これは数霊的に考えても面白い。

“今”は数にすると「36」、ミロクだ。“光”はもちろん「81」で日本の国番号である。中心にはミロク菩薩と光があるわけだが、「36」＋「81」＝「117」、“ありがとう”だ。

「36」＝6×6。「81」＝9×9。

2つの図に出てきたキーワードは“過去・今（現在）・未来”と“物質・反物質・光”のそれぞれ3つずつ。6×6と9×9が出てきたのでミロクにするため、3つずつを3×3として「9」を「36」＋「81」に加えると合計で「126」。「126」は“日の丸”であり“座標”であり“出現”で“斎宮《いつきのみや》”である。

日本がしっかりと座標を定めれば、本来は人類の向かうべき方向性が出現し、地球の斎宮《いつきのみや》になるであろう国なんだが。けど、ちょっと無理矢理すぎた。

健太は「117」の数から、以前に厳龍から教わったことを思い出した。厳龍は生前、健太と言納にこんな話をしていたのだ。

「あんたらな、感謝感謝はええけどな、その前に忘れとることがある。感謝を義務でしとるうちは感謝でないぞ。神さんもそんな言葉だけの感謝は嬉しないわ。ええか、感謝の反対は何か知っとるか。感謝の反対じゃ」

健太はこのとき心の中で“感謝”の反対は“シャンカ”だったりしてと思っていたが、口に出せる雰囲気じゃなかったので黙っていた。バカめが。

「感謝の反対は恩知らずじゃ」

そう言い、厳龍はメモ用紙にこんな図を書いた。

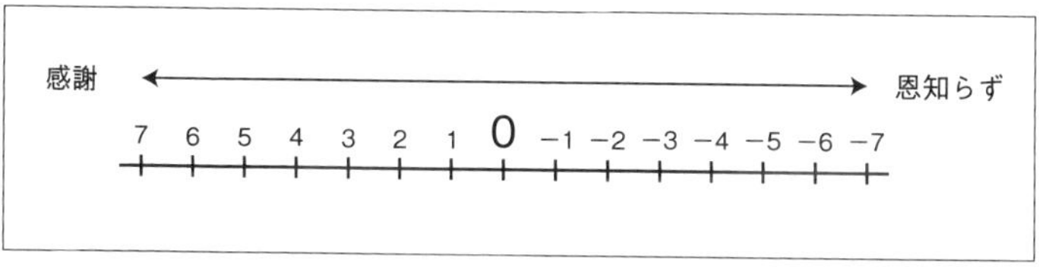

この図も数霊的に面白い。“感謝”は「58」になり“弥栄《いやさか》”などと同じだが、“感謝します”にすると「117」。“ありがとう”という言葉は感謝の気持ちを表現しているので、同義語と考えれば両方が「117」になるのは数霊の妙味だ。

そして感謝の反対“恩知らず”もちゃんと「117」になり、数霊の表と裏、光と闇が見事に表されている。

「あんたら、自分は感謝の人か恩知らずの人か、この数字のどのへんにおる。感謝の７におるんか。違うわな。当ててやろか。まぁ昔は恩知らずだったが、今はいろいろ感謝できるようにはなってきとるで、まだまだ恩知らずのところはあったとしても何とか感謝の３か４のあたりまでは来れたんじゃなかろうか。そう思っとるじゃろ」

まさに図星だった。

「そうかそうか。そんならなぁ、恩知らずはどうゆうふうに現れるか知っとるか」

厳龍は図にこう書き足した。

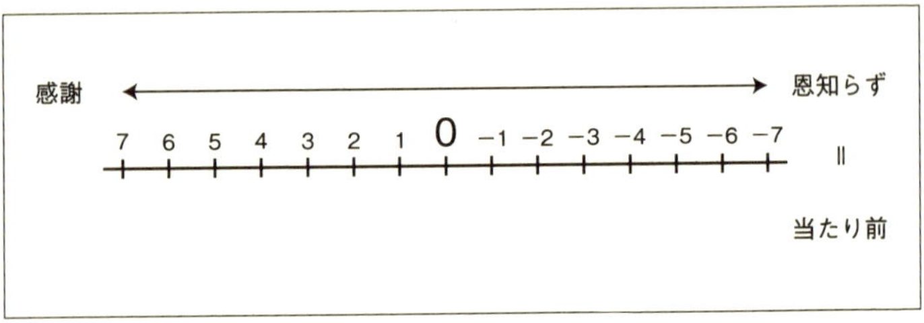

恩知らず＝当たり前。そう書いたのだ。

家へ帰れば食事が用意してあるのは当たり前。

蛇口をひねれば水が出るのも当たり前だし、レバーを引けばトイレはすっきり流れてくれる。電気が点くのも風呂へ入ることができるのも当たり前だし、寒けりゃボタンひとつ押すだけで暖かくなるのも当たり前。

朝起きて家族が“おはよう”と起きてくるのも当たり前ならミサイルが飛んでくる心配をしなくていいのも当たり前。そのどこに感謝があるというのだ。

おにぎりひとつが、温かい味噌汁一杯がこんなにありがたいのかと感謝するのは、大きな災害の被災地でつらい思いをしてる人たちのニュースを観たときだけ。
　健太も言納も自分の恩知らずさにショックを受けた。自分がいるのは感謝の３か４どころじゃなかった。恩知らずの－７だった。
　厳龍は続けた。
「だったらな、当たり前の反対は何じゃと思うか言うてみい」
　さすがに健太も“当たり前”の反対は“エマリタア”だと心の中でも思わなかった。
　黙ってる２人を見て厳龍はこう書いた。

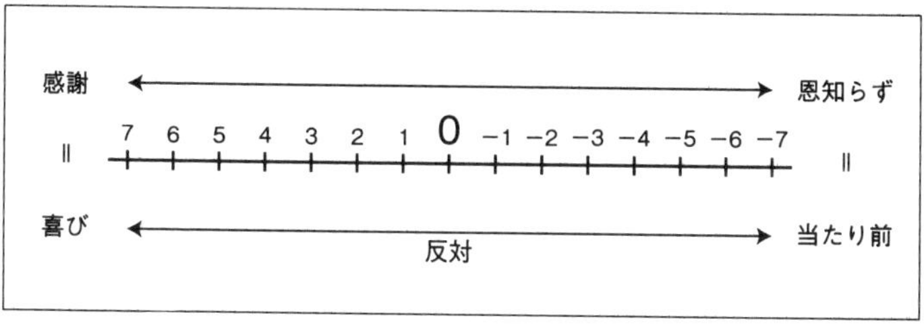

「当たり前の反対は喜びじゃ。メシを食うのも風呂へ入るのも、いちいち喜んでやってみぃ。その喜びには感謝がちゃんと入っとる。その喜んだ姿は恩返しも含まれとるんじゃ。あんたらの親はな、あんたらのために何かするとき、感謝してもらいたいからするのか、喜んでもらいたいからするのかどっちじゃ。…………喜んでもらいたいからじゃろ。あんたらも、誰かに世話事のひとつもするとき、感謝されたいからするんじゃのうて、喜んでもらいたいからするんじゃろ。中には感謝してもらいとうてする者もおるがな、そんな話はええんじゃ、今は。そんで相手が喜ぶ姿を見せてくれりゃ、その中に感謝も恩返しもみな

入っちょる。うれしそうに喜ぶ姿が恩返しじゃ。なっ、判ったろ。感謝の前に足りんものが」

言葉だけの“ありがとう”や、思いのこもらぬ“感謝します”なんて嬉しくないどころか、むしろ虚しい。腹が立つことさえある。

4本の時間軸図と生きてるうちが光の図、それぞれの中心“今”と“光”は“喜び”に満たされてこそまわりが活かされる。

沖縄のミロク菩薩（ミルク様）の思いともぴったり一致する。

『まんまる真中の中心点
　己れの真中に据えられて
　己れ動けば中心も
　己れとともに移動する

　己れの世界　まんまる宇宙《ミルク(ミロク)》
　………………』

3月に入ると、それまで137億年とされていた宇宙年齢が138億年に改められた。

天文学も技術の発達によって次々と謎の解明が進み、137億9600万年±5800万年が宇宙の年齢らしいのだ。

それに伴い健太のテスト問題も一部が解けた。

第3問目で判らないままになっていた

『13138　

13813にて41知らす

答え、焦らず過ごすことじゃ』

の部分だ。

まず『13138』は（20）13年に宇宙の年齢が138億年に改められ、イザイザヤで新たな時代が動き始める。

もし「131」と「38」で区切ると「131」は“高倉下《タカクラジ》”、「38」はそのまま“三輪《ミワ》”と読めば、出てくるのはニギハヤヒ親子である。三輪山の大神《おおみわ》神社は御祭神がニギハヤヒ尊で、タカクラジ命（別名天之香山神《アメノカゴヤマノカミ》）はニギハヤヒ尊の次男だ。

タカクラジ命を祀る代表的な神社としてはゴトビキ岩で名の知れた和歌山県新宮市の神倉神社や、新潟県は越後国の一之宮弥彦神社がそれだが、健太の暮らす尾張の国は祖がタカクラジ命とされている。

それで、ニギハヤヒ尊を祀る例の尾張戸《おわりべ》神社が鎮座する東谷《とうごく》山《さん》の隣には、川をへだてて高座山《たかくらやま》がそびえ、健太の家系は代々ニギハヤヒ・タカクラジ親子に見守られて元禄《げんろく》時代からその地で暮らしてきている。

そんな理由から『13138』をニギハヤヒ親子と結び付けてしまったが、外の神を追うなと叱られそうなので、それは考えないことにした。

分母の『8・8』は大八洲《おおやしま》だとかスサノヲ尊だとかを連想してしまうが、8×8の「64」で“宇宙”“合図”を、まん中の『・』を取って『88』は“母体”や“無限”を示している。また“富士”も『88』になり、この年の6月、世界遺産に登録されたが、それは後に述べる。

分子の『◉』はヽのまわりの“間”を意識すること。“間”は“場”に通じ、それは量子場のことでもある。

『13813にて41知らす』は（20）13年8月13日に神から通知が来る、と読む。『41』は“神”“通知”なのだ。

何の通知か。“解放”も『41』なので、トルコからの方舟がとうとう地上に降り、女神が自由に動けるようになるということか。

とにかく8月になれば判る。だから『焦らず過ごすことじゃ』なのであろう。

第７章　高天原　神岡へ

2013 年は出雲大社と伊勢神宮の遷宮が重なった。だが、60 年に一度社殿を建て替える出雲大社と 20 年に一度の伊勢神宮は、昔から同じ年まわりで遷宮がおこなわれてきたわけではない。

伊勢の遷宮は今回が第 62 回目だが、第 59 回目がおこなわれる予定だった 1949 年（昭 24）は、敗戦直後だったため GHQ の意向によって中止になり、4 年後になってようやく執りおこなわれた。1953 年のことで、2013 年のちょうど 60 年前。それで出雲と伊勢の遷宮が重なるようになったのだ。

まずは出雲大社が先で、60 年ぶりの遷宮は 5 月 10 日（旧暦 4 月 1 日）。

続いて伊勢だが、外宮が先かと思いきや内宮からだった。内宮の遷宮は 10 月 2 日、旧暦では 8 月 28 日だ。

一方外宮は 10 月 5 日で旧暦では 9 月 1 日。出雲の旧暦 4 月 1 日と同じ新月だ。しかも、

出雲は 5 月 10 日

外宮は 10 月 5 日

シャルマが出したヒント“遷宮”“遷都”“対称性”のうち、2 つがからんでる。“遷宮”と“対称性”だ。

そして遂にテストの第 2 問も解けた

『114
62　真は表裏
50・50　☯
41 千尋の 91
問、「50・50」を日本神界的に因数分解し、
「41 千尋の 91」も含め説明せよ』

これは歴史認識を糺すためのものでもあった。糺さなければならない時期が来たのであろう。

最初の『114』は“出雲＋伊勢”だった。

第 1 問に出てきた『114』は“カミオカンデ”であり“真珠”で、それは新たな高天原を表していたが、第 2 問の『114』は遷宮以外に考えられない。

『62　真は表裏』

『62』は伊勢の第 62 回遷宮のことだが、『真は表裏』。出雲と表裏の関係にあるのは内宮ではなく外宮だ。それが 5 月 10 日と 10 月 5 日で表れている。

『50・50　☯』はまさにそのことで、健太は『50』を素因数分解して考えていたので判らなかった。50 を素因数分解すると 2 × 5 × 5 だ。

しかし、“問”では因数分解になっていた。

5 月　10 日 ……　5 × 10 = 50
10 月　 5 日 …… 10 ×　5 = 50
⋮　　⋮
5 × 10 = 50　　10 × 5 = 50

出雲と外宮が合わさって、調和のとれた太極図。これぞ真なる表裏。

『41 千尋の 91』

『41』は出雲の遷宮旧暦 4 月 1 日を、『91』は外宮の遷宮旧暦 9 月 1 日を表してもいるが、『41』は“神”、『千尋』はたいそう深いことやものすごく長いことの意だ。

そして『91』は本当の“天津神《アマツカミ》”を指しており、そんな先人たちが目ざしたのが“戸隠”なのだと。なので『91』は“アマツカミ”と“戸隠”のこと。古事記・日本書紀の天津神以前の先住民・土着民、そして出雲系の先人（神々）たちが戸隠に集結しているのだ。それが『問、「50・50」を――』の答えだ。

ひょっとしたら十隠の十は十字架をも表していて、原始キリスト教を持ち込んだ人々も今や戸隠に集っているのかもしれない。

蛍の光“さよなら戸隠”バージョンの意味することろは深い。

“遷宮”“遷都”“対称性”の“遷都”は戸隠のことか。今や戸隠も高天原。遷都高天原だ。

これで一応は戸隠で出されたテスト問題はすべて解けたことになるが、健太には懸念を抱くことがいくつか現れた。

というのも、内宮の遷宮がおこなわれたのは 10 月 2 日の夜。そして夜が明けた 3 日の朝、東谷山が火事になったのだ。

さいわい山頂の尾張戸神社にまで燃え広がるような大火事にはならなかったが、それは内宮に隠された、アマテラスの名に消されたニギハヤヒ尊を復活させねばならないということ。

『13813 にて 41 知らす』は、(20) 13 年 8 月 13 日に神から何らかの通知が届くことになっていて、届くには届いたが日にちが1日ズレた。

2013年8月12日、高知県四万十《しまんと》市で最高気温41度を記録した。高き天からの知らせは四万十（40010）に41度で示したのだ。

この1日のズレ、人にとってはたった1日でも神々にとっては大きな歪み。それでもって内宮の遷宮翌朝に東谷山の火事。

地球が変わる。健太はそう感じた。

ただし、それが善き流れを生むのか、悪しきに流れるのかは、まだ判らない。

伊勢の遷宮の約半年前の4月、健太はついに奥飛騨の神岡を訪れた。言納も誘ったが、素粒子にはまったく興味がないため断られ、仕方なく一人でやって来た。

「418」という数がスーパーカミオカンデに縁があるため、4月18日の朝は神岡で迎える。そのため17日のうちに古葉《こば》を尋ねることにしていた。

古葉とはKEK（高エネルギー加速器研究機構）の三浦に紹介された男性で、東北大学ニュートリノ研究センターの教授だ。彼は神岡の実験施設カムランドでの実験現地責任者もしている。そういえばカムランド入り口でも2012年の11月に火災が発生していた。

名古屋から国道41号を北上すること約4時間、神岡の町はずれにある道の駅「宙《スカイ》ドーム・神岡」へ着いた。

それほど大きな建物ではないが、入り口には小柴教授らのサインが書かれたボードが置いてあり、左奥の土産物売り場を抜けるとミニカミオカンデがある。
　ミニとはいえズラリと並んだ光電子増倍管は実際にスーパーカミオカンデで使用している増倍管と同じもので、さすがに直径 50cm（20 インチサイズ）はデカい。欲しいけど、部屋に置いたら邪魔になるだけだろう。
　それでも健太にはこの巨大な目玉がいとおしくて仕方がなかった。何しろこれはイザナミの子宮内に並んだ慈愛の真珠なのだ。
　東京のお台場近くにある日本科学未来館内にもスーパーカミオカンデのミニチュアバージョンが設置されているが、こちらの場合は増倍管もミニチュアの電球が用いられているため、本物の迫力はその比ではない。
　嬉しいことに道の駅のミニカミオカンデ内には、実際のスーパーカミオカンデ内部の様子がリアルタイムで見られるモニターもあり、チェレンコフ光が現れたり消えたりしていた。
　健太はしばらくそこで遊んでいたが、古葉との約束まではまだ 1 時間以上ある。なので東北大学の施設へ行く前に東京大学の施設へも寄ってみることにした。

　神岡の町から車で走ること約 20 分。今では廃線となってしまった神岡鉄道茂《も》住《ずみ》駅の川むこう、国道 41 号線沿いに東京大学宇宙線研究所の神岡宇宙素粒子研究施設はあり、スーパーカミオカンデはここで管理・運営している。
　残念ながらスーパーカミオカンデへは行くことができない。ここからさらに山奥へ走ること 15 分でスーパーカミオカンデのある坑口までは行けるが、それ以上は入ることができないのだ。

年に１度、夏に見学会があるが、それに申し込んだとしてもスーパーカミオカンデのタンク内には入れない。

タンクを開ければ超純水にホコリなどが入ってしまうため、2006年に水を入れ替えて以来は一度も開けてないことになっている。

だが、実際は一度だけ開けたらしい。天皇陛下が視察されたときに。

東京大学の神岡宇宙素粒子研究施設は、通称「IPMU《イプムー》」と呼ばれるカブリ数物連携宇宙研究機構が併設されていた。イプムーの機構長といえば村山斉《ひとし》教授で、その著書『宇宙は何でできているのか』『宇宙は本当にひとつなのか』『宇宙になぜ我々が存在するのか』等を健太は何度も読み返していたため、名前はよく知っていた。

ニュートリノだけでなく、ダークマター（暗黒物質）やダークエネルギー（暗黒エネルギー）の研究がここ神岡でも本格的に始まっているのであろう。

だが、宇宙の全エネルギーのうち約26％を占めるダークマター、約69％を占めるダークエネルギーの呼び名は何とかならんもんか。まったく正体が判ってないのでダーク（暗黒）の名が付けられているのだろうが、どっちがどっちだかよけいに判らん。

ちなみに現在判っている宇宙のエネルギーは、全体のたった5％程度で、内訳は星の質量がわずか0.5％、ニュートリノが0.1％で残り4.4％は宇宙空間に満ちた原子の質量である。

宇宙に存在する星を全部合わせても、そのエネルギーは宇宙全体の持つエネルギーと比較するとわずかに0.5％、200分の

1 しかないのだ。名前は変だけど、早いところダークマターおよびダークエネルギーの謎が解明されることを期待する。

入り口のドアを開けて声を掛けると、事務員らしき男性が出てきて対応してくれたが、どうやら健太の質問が専門的すぎたようで、3 階の公報室へ案内してくれた。しかし、そこでも満足な答えは得られなかった。

ただひとつ、ハイパーカミオカンデについて話がおよぶと、公報の女性は嬉しそうに計画を話してくれた。

「予算の問題がありますので、今は毎月関係者が集まり、計画を見直している段階です。興味を持っていただき、ありがとうございます」と。

国道 41 号を横切り細い路地を右折すると、すぐに東北大学のニュートリノ科学研究センターはあった。

裏口が開いていたので中を覗くと、工事現場用のヘルメットと大量の長靴が壁に沿ってズラリと並んでいた。

スーパーカミオカンデにしろカムランドにしろ炭坑内の地下深くに建設されている。そのため科学者といえども長靴姿にヘルメットを被り現場へ向かうのであろう。

日本でノーベル物理学賞を授賞した学者は、2013 年までで 7 人。

うち、実験屋（実験物理学者）の学者はニュートリノの小柴教授だけで、あとはすべて理論屋（理論物理学者）である。

したがって、学者という職業は大学の研究室のみが仕事場のようなイメージがあるが、いえいえ決してそんなことはなく、工事現場の作業員並みに肉体労働をすることもあるのだ。

古葉が健太を招き入れた部屋は、長机の上にパソコンが数台並べられた以外ほとんど何もない質素な空間だった。蛍光灯さえ半分は消してある。

先ほどの東京大学といい、ここ東北大学といい、世界最先端の研究をしている施設でも予算の問題は深刻のようで、健太が目にした範囲では無駄遣いなどいっさいないように見受けられた。

古葉の話は超専門的だった。

そして科学者らしく、自分が発した言葉が正しくないと感じればすぐに

「いや、今の表現は適切じゃないな。あいまいさを含んでいるため、状況いかんによっては誤解を与えてしまう。んー、つまり、“ときどき”と表現したのは同じ環境内における実験に限っての場合……」

といった具合で、互いの会話の中に曲解や誤解ができる限り入り込まぬよう配慮されていた。判らなくても判ったフリをして会話を進める一般人の世界とは違う。

カムランドは福井や新潟の原子力発電所から地中を飛んでくるニュートリノも観測していた。原発でつくられるエネルギーは、ウラン燃料が核分裂によって発生させる熱エネルギーよりも、外部へ放出するニュートリノのエネルギーの方が大きいので、カムランドではそのニュートリノも調べていたのだ。

しかし3・11以降は次々と原発が停止し、しかも昨年の火事が影響して実験に遅れが出てしまい、さらには予算確保のためのレポート内容が認められない場合、次の年からは実験ができなくなるとのことだった。

原発停止についてはよろこばしいことだが、健太の持つ物理学者のイメージは、この日で一変してしまった。お金に苦労しているのだ、世界最先端の実験施設さえ。

それでも古葉の話は興味深く、現在カムランドがおこなっている「ダブルベータ崩壊」探索についての話になると、急激に健太の心臓が高鳴りだした。

そして古葉の口からある言葉が発せられた瞬間、鼓動は激しく打つ和太鼓のような振動を伝え、脳内ではすべてのシナプスを破壊するような電流がかけめぐった。

「ダブルベータ崩壊で、もしニュートリノが放出されなかった場合、ニュートリノ同士が対消滅していると考えられるわけだ。となればニュートリノはマヨラナ粒子であると……」

ガーーン。

（マヨラナ粒子……マヨラナ……マヨラナ……何だそれ）

この衝撃は、かつて「ニギハヤヒ」という言葉が脳に伝わった瞬間に受けたそれに匹敵する。

以後、古葉の話がまともに聞けず、自分の中で動き出した“何か”を抑えるのに必死だった。

その夜、神岡のビジネスホテルに宿をとると、食事のため外に出た。

昭和の高度経済成長期、炭坑で栄えた神岡には３万人近くが暮らしており、３交替制で働く労働者は仕事が終わると町へくり出し、それはそれは賑やかだったそうだ。

今では廃墟となった山奥の集落にも数千人が暮らし、映画館まであった。若い男は仕事が終わると山から降りてくる。

「遊郭には 80 人〜 100 人の遊女がいたもんだ」

そんな話をあちこちで聞いた。
しかし、つわものどもが夢の跡。「スーパーカミオカンデとノーベル賞の町」がキャッチフレーズの神岡も現在の人口は９千人を割り、夕方ともなると地元の人以外に町をぶらついている者はいない。
それでもここは富山湾が近いため、新鮮な魚が食べられるのではないかと期待し、健太は一軒の居酒屋へ入った。
とにかく気になるのは“マヨラナ粒子”が何なのかということ。なので飛騨の冷酒と刺身を注文すると、古葉からもらった資料を真剣に読み始めた。

「いらっしゃーい。お一人さん？」
新たに客が来たようだが、健太はそちらに目もくれず資料に見入っていると、その客はカウンターへ向かい健太の隣りに黙って座った。他に席はいくらでも空いているのに。
健太は怪訝な顔でちらりとその客を見た。
「ハーイ、ケンタさん」
「ロ、ロバーあ――っ…………」
あまりにも意表を突かれた健太は椅子から落ちそうになってしまった。やって来たのは元NSAのロバートだったのだから。
※NSA＝国家安全保障局。CIAと並び莫大な予算を持つアメリカの諜報機関。
ちょうど半年前、生田が飛騨高山でロバートを見かけたと言っていたが、見間違いではなかったようだ。
「なんでこんなところにいるんだよ、ロバートが。あーびっくりした、ずーっとこっちにいたのか。だったら何で連絡してこなかったんだ。一人で来てるのか、日本へ」
　そんなに一度に質問されると答えに困る。
　ロバートも地元の冷酒を注文すると、自分が日本にいる訳を話し始めた。話せる範囲でだが。ということは、やはり特殊な任務があっての日本滞在だ。いや、潜入か。
「ケンタはずいぶんとニュートリノの勉強をしてるみたいだね」
「まぁ、大したことないよ、まだまだ。けど、何で知ってんの、そんなこと」
「公報の彼女に質問してるの聞いてて判ったよ。そうとう調べてるなって」
「はぁー、ちょっと待ってよ。ナニ言ってんの？」
　実は健太が東京大学の施設を訪ねたときにロバートも建物内にいて、公報の女性とのやり取りを隣の部屋で聞いていたのだ。
　ロバートは今回、ヨーロッパのある国の研究機関から、東大の研究に参加する研究員として日本に長期滞在している、表向きには。もちろん名前はロバートでないし、パスポートも偽造されたものを使っての入国だ。
　他にも外国人は、アメリカ、カナダ、スペイン、ポーランド、中国、韓国など、世界各地から研究に参加しているため、ロバートがそこにいたって不思議ではない。
　では日本滞在の本当の目的は？
　健太はあれこれと詮索してみたが、追求が厳しくなるとロバートは健太の意識をうまく外した。さすが元NSA。

「東北大学へも寄ってきたんだね。彼らも面白い研究してるからな、ダブルベータ崩壊の観測とか」
「えっ、知ってるの」
「ニュートリノがマヨラナだとすれば、素粒子の世界にまたひとつ新たな展開ができるわけだろ。それにしても天才だな、マヨラナって」
「…………マヨラナって、人の名前？」
「そうだよ。知らなかったの？」
「今日、初めて聞いた、その言葉」
「エットーレ・マヨラナは 20 世紀の初めごろイタリアで生まれてる、イタリアのシチリア島でね」

1906 年 8 月 5 日、イタリアはシチリア島東海岸の都市カターニアでエットーレ・マヨラナは生まれた。

幼少期の彼はまさしく天才児で、「神童」「神からの贈り物」と呼ばれるほど数学に関しては才能に長けていたようだ。

ニュートリノの名付け親、エンリコ・フェルミのもとで仕事をすることになったマヨラナは、フェルミをもってして「彼こそが一流の物理学者であり、私などは二流だ」とまで言わしめた逸材であった。

しかし、天才ゆえにまわりから理解されず、長くうつ病を患っていた彼は、ある日シチリア島のパレルモからイタリア本土ナポリ行きの船に乗り、それっきり消息を絶った。

1938 年 3 月 26 日。31 歳、春の日の出来事だった。

マヨラナの消息不明について、彼は遺書らしきものを残していたにも拘らずさまざまな臆測をよび、今なおイタリアでは若き天才物理学者の身に何が起きたのか、真相を追い求める者が絶えない。

例えばそれは、マヨラナが南イタリアの修道院に入った説、アルゼンチンで生きている説――これはまるでナチスの残党を思わせる――、マフィアとのトラブルによって海に沈められた説、核兵器の知識を欲している国の諜報機関に誘拐された説、そして定番のエイリアンに連れ去られた説などの憶測が飛び交っている。

だが、現代においてもなお彼が注目されるのは、エイリアンに連れ去られたかもしれないといった理由からではない。

1930年にオーストリア人の物理学者ヴォルフガング・パウリが存在を予測したニュートリノが、実際に観測されたのは1956年のこと。したがって、パウリがニュートリノの存在を予測した当初、ほとんど誰もニュートリノの存在を信じていなかった。

しかし、マヨラナは1932年に、ニュートリノは粒子と反粒子が同一であることを計算から導き出していたのだ。それで粒子と反粒子が同一の粒子をマヨラナ粒子と呼ぶ。

先にも述べた通り、粒子（物質）と反粒子（反物質）が出会うとその質量と同等の光エネルギーに変わり、そのエネルギーが高い状態だと再び光エネルギーは粒子と反粒子を生む。これが対消滅と対生成である。

対消滅や対生成は必ず粒子と反粒子、それは電子と反電子（陽電子）、クォークと反クォーク、陽子と反陽子、中性子と反中性子など電荷（電気的性質）が逆の粒子同士の反応で起きる。

しかしニュートリノは電荷を持っておらず、したがって粒子と反粒子が同一の可能性があり、そうなると粒子同士で対消滅が起きてしまう。それを調べるために古葉たちはダブルベータ崩壊を観測しているのだ。
　さて、ここからが重要なのだ。
　粒子は時間を順行するが、反粒子は時間を逆行するのだった。つまり過去へ向かう。そのことは健太も理解している。
「ケンタ、もしニュートリノがマヨラナ粒子だった場合、どうなるか知ってるか？」
「いや、判らない」
「過去と未来へ同時に向かう」
「………はぁーっ…………」
「ひとつの粒子が過去と未来の両方へ同時に進んでしまうことを、マヨラナは約 80 年前に計算していた」
「ひとつの粒子が？」
「そうだ、ひとつの粒子がだ」
　まさに“今”の意識のあり方が“未来”も“過去”も変えてしまう仕組が、物質的に存在するようなものだ。
　人の意識が素粒子化しているとすると、それはニュートリノ化しているのだろうか。
　いや、その答えを出すにはまだ早すぎた。

　ロバートの説明に少しだけ補足しておくと、マヨラナニュートリノは過去と未来を区別していない。なぜならひとつの粒子が相反する２つの時間に沿って進んでいるからで、マヨラナニュートリノ粒子は自分自身で自分の反粒子ということになる。まるで回文みたいだ。
“竹やぶ焼けた（タケヤブヤケタ）”とか“昼メシの楽しめる日（ヒルメシノタノシメルヒ）”“世の中バカなのよ（ヨノナカバカナノヨ）”みたいに、どちらから読んでも同じ意味になる回文とマヨラナは同義語である。すごい発見だ。

明け方、健太は腹の調子がおかしくて目が覚めた。ゆうべ飲みすぎたか。そんなことはない。それに、腹が痛いわけでもなかった。だが何となく圧迫感があるのだ。

水を飲んでベッドに戻ると、今度は腹の中で何かが動いたような気がした。

次の瞬間、

『お前の高天原じゃ
　お前の神降地じゃ
　素の粒子こそ　素の神なりと
　忘れるでないぞよ　亀仙人
　祝　遷都高天原』

と、自分の腹の底から響いてきた。

ここ神岡が健太の高天原であり神が降りる（ことを検出できる）地であると。

東谷山で受けた

『素の粒子こそ　素の神なりて
　素を求めよの　亀仙人』

と重なる部分もあった。それにしても健太の玉し霊まで健太のことを亀仙人と呼んだ。

そして、健太にとって高天原が遷都した先は神岡であることは間違いない。

戸隠が古き神々や女神たちの高天原なら、素粒子で人の意識や神の存在を説く健太にとっての高天原は神岡なのである。

これで腹はスッキリした。

4月18日、夜明けのことであった。

頭の中ではオフコースのヒット曲がエンドレスで流れていたため、健太はもう起きることにした。

♪マヨラナ　マヨラナ　マヨラナ――

さて、シャルマの伝えた“遷宮”“遷都”“対称性”は揃った。ニュートリノはそれ自体が対称性であったため、鍵となる素粒子はやはりニュートリノである可能性が高い。

だが、宇宙に満ちるエネルギーはまだまだ謎だらけで、全体の95%がさっぱり判ってない。

95%のうち約26%を占めるダークマター（暗黒物質）は、東京大学宇宙線研究所がここ神岡鉱山の跡地で、暗黒物質検出装置「XMASS（エックスマスと読む。クリスマスではない）」を使って超対称性粒子のニュートラリーノなどを探している。

が、これ以上の説明は専門的になりすぎるため省く。

それともうひとつ、神岡にはとんでもない装置の建設が進められている。大型低温重力波望遠鏡、通称「KAGRA《カグラ》」がそれだ。

望遠鏡といっても星の姿を観察する天体望遠鏡とはまったく違い、重力波を観測する装置だ。

重力波の存在はアインシュタインによって予測されたがまだ確認されておらず、それをKAGRAで検出する計画で、2015年末には初期観測を実施し、重力波の検出感度を大幅に向上させて2017年中に本格観測を開始する予定である。

重力波についても詳しく説明するとややこしくなるが、ものすごく簡単に説明すると、重力波をつかまえればブラックホールの謎や、宇宙誕生直後の謎などが解き明かされるかもしれないということ。

それで、とにかくスゴイのがこの装置の精度だ。

神岡鉱山の地下に長さが3kmもあるアームを2本、L字型に設置し、それを絶対温度20度（摂氏マイナス253度）の超低温に冷やす。

2本のアームはそれぞれ正確な長さを測ってあるため、少しでも歪みが生じればすぐに判る。

もし宇宙のどこかから重力波がやって来て地球を通過すると、2本のアームにわずかな歪みが生じるであろうから、その歪みを測っていれば重力波の存在が証明できる。

して、どれほどの歪みまでを検出できる精度かだが、2本のアームの長さの違いを“300垓《ガイ》分の1”の誤差まで測ることができるのだ。

万・億・兆・京・垓。垓は0が20個。

なので300垓は、3のうしろに0が22個。ということは3 × 10^{22}だ。それ分の1って、どれぐらいであろう。

地球と太陽の距離は約1億5千万km。

一般的には約1億5千万kmで何ら問題などないのだが、正確には1億4959万7870kmと691メートル。これが地球の中心と太陽の中心の平均距離だ。

何もそこまで詳しく判らなくても一向にかまわないが、300垓分の1の誤差というのは、地球と太陽の距離を2億分の1ミリメートル単位まで測ってしまう性能なのだ。

691メートルどころか0.000000005ミリメートルのレベルまで判ってしまう。スゴすぎる。

しかしそれでは判りにくかろうから、もうひとつ300垓分の1を実感してもらうための例題を。
よく晴れた日のお昼ごろ、東京スカイツリーの展望台に登ったとしよう。陽の光がさんさんと降り注ぎ、遠くまで見渡せる。
その広大でまぶしい景色の中で、それは新宿方面でも品川方面でもかまわないが、誰かがタバコを吸うためライターに火を点けた。
すると、東京スカイツリーの展望台から見ている景色の明るさが、300 垓分の1ぐらい増したことになる……のだそうだ。300 垓分の1とはそれほど微妙な誤差である。
恐しい精度としか言いようがない。
そんな訳で、ダークマターや重力波・重力子（グラビトン）が見つかれば、人の意識と密接な反応を示す粒子が発見されるかもしれない。

それにしても日本の科学技術は世界一の分野がたくさんあり、それは世界第2位ではいけないのだ。
もし日本よりもアメリカが先に何かを開発すれば、日本はアメリカ側に莫大な金額を支払ってそれを使うことになる。
ひょっとしたらその額はアメリカ側の研究費を上まわるほどのものかもしれない。
もし日本が科学技術の世界一を維持できれば他国に多額の予算を支払わずに済むし、日本国内の若い人たちが世界最先端の研究にたずさわるチャンスも増える。
だから科学技術においては世界一じゃないとダメなのだ。素人の蓮舫がいらんこと言うもんだから、みんな困ってるぞ。きっと、科学者のほとんどがあの代議士の無知ぶりを憐れんでいることだろう。

5月23日、茨城県東海村のJ-PARCで放射性物質が漏れ出す事故が発生した。
事故はハドロン実験施設内のため、スーパーカミオカンデへニュートリノを撃ち込む実験とは関係ないが、ハドロン実験も同じ加速器を使用しているため、ニュートリノ実験もしばらくは中止になってしまった。
数日後の夜、久しぶりに星太郎がやって来た。J-PARCの加速器が停止状態になったままなので、レディー・ググの気嫌が悪いとのことだ。怒れる女神に逆戻りか。

『ですからググ様をハリマの加速器へお連れする。ではキミ、さらばでござる』

まだ変な言葉遣いだ。
それよりも、ハリマの加速器って何だ。健太はすぐに調べたら、それは兵庫県播磨の「Spring《スプリング》- 8《エイト》」のことだった。Spring-8も高性能な加速器で、犯罪捜査ではこの加速器が力を発揮している。
（あいつら、いったい何してるんだ。まさかJ-PARCの事故もあの2人の仕業じゃないだろうなぁ）
いや、それはないであろう。

J-PARCの事故と時期を同じくして、トルコのカッパドキアで熱気球同士が衝突して墜落。外国人観光客2人が死亡する事故があった。5月20日のことだ。

そして5月末からはイスタンブールで反政府のデモ隊と警官隊が激しく衝突し、デモはすぐに首都アンカラを含む48都市にまで広がった。

この時期の情勢不安定はオリンピック誘致に不利であることは判っているはずなのに、ナゼだ。陰で何か力が働いている。

また、気球の墜落だが、この年の2月26日、「226」の日はエジプトのルクソールで熱気球が炎上して墜落。日本人観光客4人を含む19人が死亡する事故が起きたばかりだ。しかも、その日は旧暦で1月17日、「117」の日だった。

ルクソールでは熱気球の運営が中止されたので、彼らの中には拠点をカッパドキアに移すため、エジプトからトルコへ移動した者も大勢いた。それがまたしても。

ルクソールといえば、1997年11月17日に日本人の新婚旅行客ら10人を含む62人もの観光客が命を失うテロが起きている。11月17日は戸隠祭りと同じ日ではないか

ルクソールでの熱気球事故は2月26日。

“日之本開闢”は「226」になるが、思い返せば3･11でもこの数はマイナス面で現れていた。九段会館で2人死亡26人怪我。

九段会館は昭和11年の2・26事件で、戒厳司令部が置かれている。それが2011年に……。

※結局、九段会館は取り壊されることが2014年になって決定した。

おかしい。何かがズレている。

戸隠祭り直後、神岡のカムランド入り口で火事があり、遷都高天原で神岡を訪れた翌月にはJ-PARCで放射性物質漏れ事

故。
　そしてトルコでは不可解なタイミングでの大規模デモや熱気球の事故。
　エジプトでもルクソールの熱気球事故だけでなく、カイロでは民主化を求める住民とイスラム化を支持する住民が激しく対立し、そこへ警官隊が加わり、治安は独裁者のムバラク政権時代以下になってしまっている。
　健太の脳内で赤信号が点滅しはじめた。
　何かが起こる。

第８章　地球再編成の明と暗

2013 年夏至の翌日６月 22 日、「226」の逆で「622」の日に富士山が世界遺産に登録された。

登録は自然遺産としてではなかったが、二二八八れ十　二ほん八れ（富士は晴れたり　日本晴れ）の平成 22 年８月８日に健太と言納が富士山麓で富士山に詫びた日から 1050 日目。富士山の世界遺産登録が認められないのは、人々がその美しい姿を穢《けが》してしまっているからだと懺悔したあの祭りの日から。

数霊で“世界平和”は「105」だ。105 に 10(十＝神）を掛けたのが「1050」である。

それで言納は嬉しさのあまり、登録翌日から３日間、店のランチを半額にした。

健太もこれには希望が持てた。というのも、一火から以前にこんなことを聞いていたからだ。それに、カミオカンデは光電子倍増管が 1050 本だったし。

『鳴門の渦にて湧き出た力
淡路の島から琵琶湖へ至り
生まれた姿が富士の山』

鳴門の渦でエネルギーが生まれ、男根のハタラキをする淡路島から子宮琵琶湖へ至り、生まれたのが富士山である。もちろんエネルギーとしての話だが、父の“淡路”＝「107」、母の“琵琶”＝「116」。子の“富士”＝「88」が合わさると「311」。父と母と子で「311」になる。
「311」を2倍すると「622」。富士山が世界遺産に登録された6月22日、その日である。
“日之本開闢”は「622」を対称にした「226」なので、「311」の対称「113」にも意味があるはず。
「311」といえば忘れることができない。ならば3と11を入れ替えた11月3日は要注目である。
淡路島から琵琶湖へ発せられるエネルギーは鳴門の渦から生まれる。
“鳴門”は「81」で、それは“光”なので、富士山が誕生に至るまでのエネルギーは光である。さすが国番号81国家の象徴だ。

さて、11月3日は楽しみにしておくとして（20）13年7月3日、「1373（イザナミ）」の日、健太は神岡に注目していた。東経137.3度は137度18分で、その経線は神岡のスーパーカミオカンデ上空を通っているからだ。
カミオカンデ（スーパーカミオカンデ）は神を解明するための母なる子宮。注目するのは当然だ。
しかし1373《イザナミ》の日、エジプトでクーデターが発生した。軍部がモルシ大統領を解任したのだ。
翌日、最高憲法裁判所のマンスール議長が大統領に就任。それがさらなる混乱をまねき、8日にはモルシ氏支持派が軍や警察から銃撃を受け、51人が死亡している。

せっかく7日には大相撲名古屋場所で、アフリカ大陸初の関取となるエジプト人の大砂嵐が、初土俵で白星をあげたというのに。

モルシ派であろうが民主化を求める側であろうが、3千数百年前に肉体を持ってエジプトで生きたころの子孫である。健太はそれを思うと、自分の子孫たちに何もしてあげられないことが歯痒かった。

やはりエジプトは日本と何か連動している。

そしていよいよ迎えるは13813《イザヤイザ》の（20）13年8月13日。

しかし、先にも結果を述べたように、神（41度）が現れたのは前日の8月12日だった。

国内では観測史上最高記録がこのタイミングで41度なので、この「41」はたしかに“神”からの知らせであろうけど、1日ズレた。

13813翌日の14日、エジプトでモルシ氏支持派が集まる拠点2ヶ所を治安部隊が強制排除し、双方が激しく衝突。死者は少なくとも525人という大惨事になった。

その後、大統領府は全土に1ヶ月間の非常事態宣言を発令するまでになった。

密につながるエジプトに対し、古き先祖である日本人の意識が無関心でいることが1日のズレとして現れているのだろうか。

衝突で死亡した者の中には、エジプト時代の百数十代先の子孫もいるだろうし、当時残した子や孫の生まれ変わりもいるかもしれない。

終戦記念日の 8 月 15 日、福知山の花火大会で開始前に露店で爆発があり、小学生を含む 3 人が亡くなり 60 人が負傷した。

花火は 1 発も上がらなかった。

“福知山”は「123」になる。“琵琶湖”と同じだ。琵琶湖は子宮。“子宮”は「66」だった。“諏訪湖”が「66」になり、以前「123」と“諏訪湖”は 2013 年にも出てくると述べたのはこのことだ。

同じ 8 月 15 日には諏訪湖でも大きな花火大会が開催されたが、始まってすぐに雨で中止になった。

この雨があまりにも凄まじかったため、JR は運休になり高速道路も通行止めになってしまい、大勢の見物客は公民館などへ一時避難するありさまだった。「66」と「123」は合わせると 66 ＋ 123 ＝ 189 になり、「189」は“岩戸開き”なので、このような事故は気にかかる。

7 月には隅田川の花火大会も途中で中止になっており、第 36 回にして初めてのことだそうだ。

“花火”は「117」。“ありがとう（＝ 117）”が天に届かない状態とは、言い換えれば“恩知らず（＝ 117）”を天が受け付けないのだ。人の恩知らずな生きざまを。

13813 がズレて 8 月 12 日。対称的に数を入れ替えれば 12 月 8 日。開戦の暗示か。

これは数霊的にかなり危険な状況にあると言える。終戦ではなく開戦なのか。本当に。

この年は広島（8 月 6 日）と長崎（8 月 9 日）の原爆祈念式典に、映画監督のオリバー・ストーン氏が参列していた。

太平洋戦争を終わらせたのはアメリカ側が原爆を投下したからではない。日本はすでに降伏する用意があったため、原爆投下は不必要であった。それがオリバー・ストーン監督の見解だ。

ではなぜ2発も落としたのであろう。

監督曰く「ソビエトへの牽制だ。我々に逆らうと、お前の国にもこいつを落とすぞ、と」

式典では広島市長も長崎市長も安倍首相には怒りをぶちまけていた。

約4ヶ月前の4月24日、スイスのジュネーブで開かれていたNPT（核拡散防止条約）の会合で、「核兵器は非人道的であるため、いかなる状況であっても使用すべきでない」との共同声明が提出され、世界74ヶ国が署名しているにも拘らず、唯一の被爆国である日本は署名を拒否したのだ。

この声明は南アフリカの代表団が提出したもので「核兵器の使用によって人が死ぬだけでなく、社会や経済の発展は停止し、環境は破壊され、将来の世代は健康や食料や水を失うことになる」としたうえで、いかなる状況でも使ってはならぬと強調している。

こんなことは日本が率先してやることだ。

それを他国にやらせておいて、日本代表は署名を拒否。そりゃ広島や長崎の市長が怒るのは当然だ。

日本が署名を拒否したのを知った各国代表は、本当にがっかりしたらしい。

アメリカへの配慮だろうが、情けないにもほどがある。

しかもまだある。

シリア国内で化学兵器が使用された。
おそらくアサド大統領側が反政府勢力に対して使用したのであろうが、化学兵器が使用されたことについて菅官房長官は記者会見でこう述べた。
「いかなる状況であっても化学兵器の使用は許されない」と。
おやっ、すると日本政府の公式見解として、世界各国はこう考えるはず。
「化学兵器はいかなる状況であっても使用を認めないが、核兵器なら場合によっては使用してもやむをえない」とね。
もちろん使用していいのはアメリカだけですけど。
これら一連の政府対応があまりにお粗末で各方面から非難が相次いだため、しばらく後になってから政府は共同声明に署名すると発表した。
改心したからか。いや、違う。
共同声明には核保有国に対する拘束力がないことが判ったからである。
これならアメリカは安心して核兵器を使用でき、日本は陰でそれを支えているのだ。
天に届くは“恩知らず”な生きざまばかり。
“ありがとう”の“花火”も上がるまい。

日本時間９月８日。プロローグ part2 で詳しく述べたが、2020 年のオリンピック開催地はイスタンブール有利の状況が結果としては東京に決まった。
あんまり関係ないけど、「江戸」から「東京」への改称は、1868 年の７月 17 日だ。この日付、ちょっと気になったもので。

健太は東京に決まったことで、トルコを発った方舟が日本に降りた合図だと喜び、言納はイスタンブールが落選したことを、メデゥーサの悲しみだと苦しんだ。どちらも正しい。
しかし、疑問なのは５月末日から６月にかけて起こったトルコ各地の大規模なデモだ。
イスラム教国家でのオリンピック開催を何としてでも阻む力が、デモの背後にあるようにしか思えない。
翌９月９日。
カッパドキアで日本人女子学生が殺害された。一般の観光客はあまり足を踏み入れない地区での出来事に、ワイドショーに出ている連中は被害者の不注意さを非難ぎみにコメントしていた。もうバカはテレビで喋らせるな。
旅慣れた人なら、観光客だらけのカッパドキアなんぞ見たくもないはず。
いびつな形をした奇岩をシンデレラのお城に見立てれば、そこはディズニーランドと何ら変わりない。
なので観光地化されてない地域へ自分たちだけで行くのは素晴らしいことだが、パックツアーで“考えない”旅に慣れた日本人にその感覚は判らないであろう。
ところが、ニュースで現場が映されると、そこには大勢のトルコ人が大きなプラカードをかかげ、被害者を追悼しているではないか。
プラカードには日本語でこんなことが書かれていた。
「皆様の悲しみは、私たちの悲しみです」
「ごめんなさい」
「トルコは、マイ・クリハラを忘れません」
マイ・クリハラとは亡くなられた栗原舞さんのことだ。

「われわれは日本人です」
「トルコ　日本　友好は永遠にありますように」

もし日本でトルコ人が殺害されたら、日本人はトルコの国に向けて同じことをやるだろうか。

しかも彼らは、オリンピック誘致でイスタンブールが東京に敗れた直後であるにも拘らずだ。

プラカードには紅白の太極図が描かれ、白の中央には赤丸が、つまり日の丸だ。そして赤の中央には三日月と星が描かれ、日の丸とトルコ国旗が融合していた。

ハランの神事で用意した紅白の太極図と同じだ。

なのに日本側はダダ漏れ汚染水が完全にコントロール下にあるのだと世界をあざむき、間違いがあればいっさいコントロールの効かない原子炉を、親愛なるトルコに売り込んでやがる。

忘れてはいけない。シャンルウルファの神の怒りを。ウルファの神が贖《あがな》いを求めた真東の北緯 37 度 25 分ライン上には、柏崎刈羽原発があり福島第一原発が建っている。

政府はウルファの神の怒りを知らないだろうが、知らずとも判るであろうに、今の日本が他国に原子炉を売り込むことはあるまじき行為であるということぐらいは。

トルコの人々に申し訳ない。

10 月に入ると 2 日の夜に伊勢の内宮で遷宮がおこなわれ、夜が明けた 3 日の朝に尾張戸神社が鎮座する東谷山で火事があった。

5 日は外宮が遷宮で、5 月 10 日の出雲大社と 10 月 5 日の外宮は表裏の関係にあることが判明している。

8日はヒッグス粒子の存在を半世紀も前に予測していた英エディンバラ大学のピーター・ヒッグス名誉教授（84）と、ベルギーはブリュッセル自由大学のフランソワ・アングレール名誉教授（80）に、ノーベル物理学賞が授与されることが発表された。

ヒッグス教授らがヒッグス粒子の存在を予測するきっかけになったのは、現在米シカゴ大学の名誉教授南部陽一郎（92）である。

南部が提唱した「自発的対称性の破れ」理論を発展させて、ヒッグス粒子の存在が考え出されたのだ。

南部陽一郎は和製アインシュタインのような人だ。

南部の考えは時代を先取りしすぎていたため、まわりの研究者たちは10年後になってやっと理解できたという。

米カリフォルニア大学のある教授は、南部の考えを知ることができれば、他の研究者の10年先を行けるとの思いで南部のもとを訪れた。そして南部からいろいろと聞き出すことに成功したのだ。

「私は長い間、彼（南部）とのやりとりを続けた。ところが、私が彼の話を理解できたのは10年後だった」

名言。南部陽一郎曰く

「どんな自然現象でも、何らかの数式で解けるはずだと考えています」

「ひらめきじゃないですよ。2年間考え続けた」

「電車の中でも布団の中でも四六時中、頭の中で数式をひねくり回している。パズルのように少しずつ数式が組み立てられ、徐々に理論が完成していくのが楽しみ」

10月16日、台風26号により伊豆大島で甚大な被害が発生。「26」号というのがひっかかる。

そして10月29日。イスタンブールで、アジアとヨーロッパを隔てるボスポラス海峡の海底トンネル横断鉄道が、日本の援助と技術力によって完成した。

ちょうどトルコ建国90年にあたり、国番号90番と同じだ。そこへ日本の大成建設などの共同企業体が最新の技術を持ち込んで完成させたので、やっぱり「90」＋「81」で「171」である。

健太はこのトンネル開通で、大きな希望の光を見い出していた。

というのも昨年2012年は、滋賀県に女性２人のリーダーが誕生したことで、“壬《みずのえ》・辰《たつ》”が“妊・娠”になり、子宮琵琶湖から何が生まれるのかが期待された。

タガーマ・ハランの神事から66日、滋賀県の嘉田由紀子知事が日本未来の党を結成。“未来”は「81」なので、これは日本光の党でもあったが、中央道のトンネル崩壊が暗示したように、悪しき社会システムを壊すような流れは生まれなかった。

この一連の動きで鍵になった数は「66（子宮）」「77（産道）」「81（光）」と、キーワードとして“トンネル”である。

日本とトルコの歯車がうまく噛み合わず、何かズレを感じていたところへ２国が力を合わせてのトンネル開通だ。

健太からこの話を聞いた言納は、メドゥーサが地上に出られたのではないかと、涙を流して喜んだ。

イスタンブールの海底トンネル開通から５日後、とうとう

11 月 3 日がやって来た。3 月 11 日を入れ替えた日だ。
　この日、東北楽天ゴールデンイーグルスが日本シリーズでジャイアンツを抑え、見事日本一に輝いた。
　3 月 11 日は東北が途方もない大きな悲しみに暮れ、翌々年の 11 月 3 日は東北が歓喜の渦に包まれた。
　優勝を決めたのは本拠地仙台でのこと。
“仙台”は「81」になる。
　まさに仙台が光になったのだ。
　では「66」と「77」はどこかにないだろうか。
　あったあった。星野仙一監督が 66 歳だった。
　では「77」は。
　はい、星野監督の背番号が「77」でした。
　女神とはほど遠いイメージだが、監督自らが産道のハタラキを背負い、仙台を光の都にしたのだ。

*

　仙台が光の都になった日の夜、言納はイスタンブールで買った CD を聴きながら、トルコの情景を思い浮かべていた。
　ホテルのある旧市街からトラムと呼ばれる路面電車に乗ってエミノニュまで行き、そこからフェリーでボスポラス海峡を渡ったときのことだ。
　フェリーを降りたウスキュダルはイスタンブールのアジアサイド、つまりアジア最西端の地である。
　空は抜けるように碧く澄んでいるが、言納の心は曇ったままだ。ゆうべ、寝言のようにつぶやいたメドゥーサの嘆きが頭から離れないのだ。

『崇る神ぞと嫌われて
　忌むべき神ぞと押しつぶされて
　長き時空を彷徨《さまよ》いた
　女神のどれほど多きかを
　知りておるかや　日の民よ

　美しき　女神でありたメドゥーサは
　蛇神とされて蔑《さげす》まれ
　いかなる仕打ちか切なきぞ
　………………』

ここまでしか健太は書き取れなかった。それでも言納がメドゥーサの悲しみ、苦しみ、切なさを知るには充分で、ウスキュダルの港から離れた静かな海沿いで、戸隠の水を海に注ぎながら「水を尊ぶうた」をうたった。

メドゥーサのために何をしていいのか判らなかったからだが、このうたはエジプトのルクソールで封じられていたハトホル神を解放した実績がある。

うたの途中のに出てくる天《あめ》の数《かず》うたの部分、ヒト・フタ・ミ・ヨ・イツ・ムユ・ナナ・ヤ・ココノ・タリは、古代ヘブライ語で

「だれが　うるわし女《め》を　出すのやら
　いざないに　どんなことばを　かけるやら」

と訳すことができるらしく、なので天の数うたは別名ヘブルの合言葉ともいう。

♪みーずー　うるわし
　みーずー　うるわし

　とうとしやー

トンネル開通のニュースで判明したのだが、言納が水を尊ぶうたをうたって戸隠の水を注いだその場所こそが、アジア側の海底トンネル入り口の真上だったのだ。

それで言納はメドゥーサの解放を知った。

もうメデゥーサは蛇神なんかじゃない。美しき女神メデゥーサだ。

トルコ国民も早急にそこんところは改めないといけない。

また、イスタンブールは日本とトルコを結ぶアジアハイウェイ１号線「AH1」の終着点でもある。

正確にはイスタンブールを通り抜けてブルガリア国境までAH1は続いているが、ボスポラス海峡を渡ればもうそこはヨーロッパハイウェイと呼んでもいいのではないか。

なので実質のAH1終点はイスタンブールのアジアサイドである。

AH1は東京の日本橋付近、首都高速都心環状線江戸橋JCTが起点になっている。

そして福岡の博多港国際ターミナルから韓国の釜山《プサン》へと続き、通過する主《おも》立《だ》った国は北朝鮮・中国・ベトナム・カンボジア・タイ・ミャンマー・バングラデシュ・インド・パキスタン・アフガニスタン・イランを経てトルコに至っている。

最近はグルジア、ブータン、ブルネイなども加わり、ほんのちょい通過も含めると32ヶ国、総延長が14万2000kmになる見通しだ。14万kmは地球3.5周分。月までの距離の37%にあたる。

健太はトルコでの移動にこのAH1を走ることができるであろうと期待していた。

しかし日程表で確認すると、走るには走るが短い区間だけのようだ。

しかしチャンスは訪れた。おりこうさんガイドのムスターファがまたやらかしたのだ。フェリーに続いて2度目。今度は飛行機に乗り遅れた。

家柄がよく、イスタンブール大学出身の秀才でハンサムなムスターファはいつもいつも謙虚さを失っているので、近道をするつもりでバスの運転手に出した指示がことごとく裏目に出てしまい、エルズルムの空港に着いたころには乗る予定の飛行機は疾《と》うの昔に飛び立っていた。

仕方ないので首都アンカラ行きは中止にして、バスでシワスという町に向かった。それでAH1をズンズン走れてしまい、トータルで約700km。やさしいムスターファのお蔭だ。

一方、言納はシルクロードを示す小さな看板に感激した。

飛行機に乗り遅れた日の午前中、アルメニアとの国境が数百メートル先に見えているアニ遺跡へ行ったときのことだった。

1000年前には10万人もの人口を抱え、アルメニア教会の中心地として栄えていたアニは現在なにもなく、荒涼とした大地に残る教会の数は、数えるのに大した時間を必要としない。

かろうじて残る赤茶けたレンガ造りのそれらは、たしかに1000年前の時代へと誘《いざな》ってはくれるが、1001の教会を持つ町といわれた面影はどこにもない。

しかし、何もなく、ただ乾いた大地を貫く細い古道に「シルクロード」の看板が立てられていたのだ。

かつてはこの道を大勢が東へ東へと向かったのであろう。

言納は道端に腰をおろし、徒歩で東へと向かう人々の姿にしばらくは思いを馳《は》せていたのだった。

エルサレムの旧市街、城壁に囲まれた約1km四方は“田”の字型に4分割されている。

ユダヤ人地区（ジュイッシュ・クォーター）、イスラム教徒地区（ムスリム・クォーター）、キリスト教徒地区（クリスチャン・クォーター）、そしてアルメニア人地区（アルメニアン・クォーター）に。

このうち、アルメニア人地区は他と雰囲気が異なり静かなのだ。

おもむきのある石畳は雨が降るとツルツル滑りそうだが、細い路地の両脇には石造りの美しい住居が並んでいる。

しかし、健太と言納がここを訪れたときには、学校らしき建物以外に人の姿はどこにも見られなかった。ほんの数百メートル先のイスラム教徒地区では、通路の両側に隙間なく商店が並び、行き交う人々でごった返しているというのに。

このとき2人は疑問に思った。4つに分かれた地区でユダヤ教・イスラム教・キリスト教は、それぞれ宗教の聖地であるのに対し、なぜアルメニア人地区なのかと。

その謎がトルコに来て解けた。

アルメニアは世界でも最古に近い文明発祥地のひとつで、旧石器時代の住居跡も発見されている。

そして、西暦301年に世界で初めてキリスト教を国教とした国なのである。

そんな歴史ある国が、わずか20数年前まではソビエト連邦だったとは、にわかに信じがたい。

トルコではかつてアルメニア人を“ミッレティ・サードゥカ”と呼んでいた。信用がおける民族という意味だ。

今ではトルコ産のトルコ石はほとんど採れず、その多くは輸入されたものだが、古くからトルコ石の原石を削っていたのはアルメニア人らしい。

また、オスマントルコ時代の国家公務員で、身分の高い人はアルメニア人だったそうだ。

日本人にとって、アルメニアも高天原なのかもしれない。2人はそう感じていた。それに、アルメニアも地震国である。日本、トルコ、アルメニアは地震つながりなのだ。ということは大地のエネルギーは高く、地中には金鉱脈がねむっているかもしれない。

世の中の流れがよくなりつつあるのかと思いきや、いやいやとんでもない。まだ悪しきエネルギーの方が強い。

11 月 26 日、与党は特定秘密保護法案を衆議院で強行採決して通過させた。

維新の会は、翌日の本会議でなら賛成すると言っているのにも拘らず、とにかくムリヤリ通してしまったのだ。安倍首相は。なぜならその日は 26 日だったから。

アベベ首相は腹痛で辞任した第 1 期（2006 年 9 月）も第 2 期（2012 年 12 月）も 26 日に政権発足させているが、これはアメリカ政府への忠誠心だ。

アルファベットは 26 文字であり、A ～ Z に 1 ～ 26 を当てはめると“God”は「26」になる。

それに、表の「13」と裏の「13」をどちらも支配するとの意味も込められているのであろう。なぜなら一部の西洋人にとって「13」とは「12」を支配する中心点を意味するため、「13」自体が支配者の数であるのだから。

12月6日、これは26日ではないが2と6が並ぶ日に安倍川餅首相は、参議院でも特定秘密保護法案を通過させてしまった。

ここ数年、与党から「国民の声を聞く」との声は聞かれなくなった。都合が悪いときには使わないのだ。

政府に対して強行的に反対の意を表す者たちを「反政府勢力」と呼ぶが、圧倒的多数の国民が望んでない方向に国家を向かわせる政府は「反国民勢力」と呼ぶことにする。

12月26日、反国民勢力の腹痛首相は、絶対に中国並びに韓国から抗議があることを認識していながら靖国神社に参拝した。

戦争をしないとの誓いだったら、そこへ行かなくてもできるのに。どうしても“行った”という既成事実が必要なのね。

ただし、靖国参拝に関しては、アメリカ政府も「失望した」とコメントしている。表向きには。

12月13日にはカイロに雪が降り、ピラミッドもうっすら雪化粧した。エジプトに雪が降るのは何十年ぶりかのことらしく、健太は“清め雪”だと喜んでいたが、反国民勢力の暴走を目の当たりにし、ロバートから聞かされたことが現実味をおびてきた。

ロバートはかつてNSAに在席し、対アジア戦略を練る部署で対日工作を担当していた。現在はチューリッヒに本部を置く、表向きには貿易会社を経営し、その裏では各国政府機関に情報を売りつける民間の情報屋で、ユダヤ人社会から中国人の華僑に至るまでのネットワークを持っている。

４月に神岡の居酒屋で飲んだときのこと。ロバートは来日の目的を隠すためか、健太が興味を持ちそうな世界の情勢をいくつかバラしてくれた。特定秘密保護法に違反する内容のことばかりを。

「日本政府は原発を廃炉にするつもりなんて、さらさらないね。本気で脱原発を考えてたら他国に売り込みなんてするはずないだろ。むしろ核燃料の販売先ができて大助かりさ。余ったプルトニウムのね」

ロバートの言う通りで、あの役立たずの「もんじゅ」でさえ未だに予算を組んでいる。というのも、原発をフル稼働すれば電力会社は巨額の利益を得る。アメリカ政府はその利益をあてにしているのだ。横取りする理由などCIAの対日工作員たちの手にかかれば、いくらでもできる。

それも大問題だが、ロバートはさらに恐しい計画を健太に打ち明けた。それは集団的自衛権についてだった。

「中東では反日国家って聞かないだろ。反日感情とか」

「そうだね。反米はたくさんあるけどね」

「イランなんてトルコ並みだぞ、親日なのは。けど、アメリカはそれを潰す」

「えっ、何だって？」

「中東で反日感情をつくりあげる」

「どうして」

「集団的自衛権を行使させて、イランやシリアとの戦争に参戦させるためにさ」
「けど、そんなことは日本国内で大反対されるに決まってるだろ。イランやシリアに軍隊として自衛隊を派遣するなんて」
「いや、それは大丈夫だ。参戦せざるをえない理由をつくる。むしろ好戦的な連中は、参戦することに意欲を示すだろうね」
「なんでさ？」
「日本大使館で自爆テロを起こす」
「………………」
「イスラム原理主義組織がやったことにすれば、日本人はイスラム国家を敵対視するようになるさ」
「原理主義者とイスラムの一般市民は全く違うぞ」
「ああ。けど、日本人にそれは判らない」
「そもそも原理主義者が日本大使館で自爆テロを起こす理由がないだろ」
「いや、やるのは彼らじゃなくてもいい」
「はっ？」
「誰がやってもいいってことさ」
「意味が判んないって」
「誰がやってもイスラム原理主義者の犯行だって断定して、あとはマスコミに流すだけさ」
「じゃあ、誰がそんなこ……と……を……まさか CIA が……」
ロバートは健太から視線をそらし、冷酒の入ったグラスを口に運んだのだった。
その後、ロバートはこんなことも言っていた。
「別に大使館じゃなくてもかまわない。観光客やビジネスマンを人質にした後に殺害すればいい。雇ったアラブ人にそれをやらせれば済むことさ。日の丸をつけた旅客機を落とすよりも簡単だろ。いずれにしろ、奴らが本気になれば朝メシ前さ」

背筋が凍るような話だ。

しかも情けないのは、もしそのテロがCIAの仕業であることが判ったとしても、調査に当たるであろうアメリカ側の見解を日本政府は全面的に受け入れなければならないということ。そのことについて反論する権利は与えられてないのだ。

それでアメリカがどこかを攻撃すれば、日本は参戦する他ないではないか。

もし本当にエネルギーがそちらへ流れているとしたら、13813に現れた41が1日ズレたのはそこにあるのかもしれない。国家の歩むべき道がズレているぞと。

それとも現れた「41」は“神”でなく、別のものを“神”と錯覚しているからか？

U＝21　S＝19　A＝1

合計でU.S.A＝41

この「41」は“神”じゃない。“崩壊”へ向かうエネルギーだ。

そして残念なことに、崩壊へ向かう数霊エネルギーは他にも発見されている。

ここまで何度も「171」の持つ意味を述べてきた。“天地大神祭”“高天原”“白山菊理媛”、そして「日本（国番号81）―トルコ（国番号90）」だと。

しかし、その反作用といえばいいのか、今の地球上では「171」が崩壊へ向かう大きな力として働いているのだ。

国連安保理の常任理事国5ヶ国が地球上で悪の親玉であるが、その国番号には驚く。

アメリカ合衆国＝「1」
イギリス＝「44」
フランス＝「33」
ロシア連邦＝「7」
中国＝「86」

いいですか、合計しますよ。

1 + 44 + 33 + 7 + 86 = 171

神と人とで地球開闢をめざす天地大神祭を阻んでいるのは、常任理事国５ヶ国の政府であることがお判りいただけたか。

＊

年の瀬、健太は戸隠で出されたテスト問題をまとめることにした。それを生田に郵送し、戸隠神社の奥社まで持っていってもらう。

もし解釈に間違いがあれば、天狗が生田に知らせてくれるであろう。

〈第１問〉

171 は 41 の 8
1373・62、114 = 66
81 の 46、46 = 11 水
千とミロクの神顕《かみあらわ》れ　66 = 114
問、如何《いか》に？

〈解答〉

高天原（171）は神（41）岡（8）、
つまり、神岡が高天原になった。

イ《1》ザ《3》ナ《7》ミ《3》ライン＝東経137.3度（62）上の、
カミオカンデ（114）はイザナミの子宮（66）
光（81）の環（46）＝チェレンコフ光は、子宮内の超純水が羊水となって姿を顕す。
地球誕生から46億年、生命誕生に水が必要だったように。
その水を神仏の姿にしたのが十一面観音。
標高1369メートル（池の山）の地下。
カミオカンデに張りめぐらされた（チェレンコフ光検出のための）光電子増倍管は慈愛（66）の真珠（114）である。

答え。
神岡でおこなわれている素粒子の研究こそが、神の解明につながり、特にカミオカンデで検出したニュートリノが重要な存在である。
地球上に生命が誕生したのも、神の素《もと》の姿を見られるのも、そこに水があるからこそのこと。
科学的に神を分析するだけでなく、イザナミ（母)、水、十一面観音、それらの慈愛を素粒子のふるまいから学ぶこと。
そして十一面観音の望みは、日本が世界に先がけて水先進国になること。

〈第2問〉

114

62　真は表裏

50・50　☯

41 千尋の 91

問、「50・50」を日本神界的に因数分解し、

「41 千尋の 91」も含め説明せよ

〈解答〉
出雲＋伊勢（114）
第 62 回遷宮（伊勢の場合）の真なるミハタラキは、出雲と伊勢が表裏の関係であることを世に示すため。
遷宮が 5 月 10 日（旧暦 4 月 1 日＝ 41）の出雲と 10 月 5 日（旧暦 9 月 1 日＝ 91）の外宮が揃ってこそ、円満なる太極となる。
「91」は戸隠も表しているため、神（41）は、永きにわたり戸隠（91）の地にとどまることになる。

答え。
封じられてきた真なる歴史が、いよいよ明るみに出るときが来た。
それは出雲と伊勢が融合することであり、（歪んだままの内宮ではなく）外宮と伊勢の出雲の神々を復活させることで、太極図のような調和がこの国に生まれる。
神々は（トルコから遷都した新たな）高天原の戸隠に末長く鎮座されるであろう。
※戸隠はすでに存在している神々の高天原。神岡は、宇宙の法則（神の御心）をつかさどる素粒子（神の素）を検出する神の岡＝高天原。
なので高天原はひとつでなくともよい。

〈第 3 問〉
ハランの神事　66

ハランで孕んで　66に81
77　抜けたれば81

13138　$\frac{\odot}{8 \cdot 8}$

13813にて41知らす

答え、焦らず過ごすことじゃ

〈解答〉
ハランでの神事は子宮（66）の神事、その66日後にハランで宿ったエネルギーが、子宮琵琶湖の滋賀（66）県で日本“未来（81）”の党として生まれた。
産道（77）を抜ければ希望の光（81）。
イザイザヤ（13138）
息子タカクラジ（131）と三輪（38）山の父ニギハヤヒが始動する。
（20）13年、宇宙年齢が138億年に改められるが、宇宙空間も原子も人の意識も“間《ま》（⦿）”に注目すること。

（ニギハヤヒ尊・タカクラジ命の始動や、方舟が地上に降りたかなどは）2013年8月13日に神（41）が知らせる。

しかし子宮＝滋賀で生まれた日本未来（光）の党は、産道を抜けることができなかった。女性性への尊重が足りてないのか水への感謝が足りないのか、この出産は失敗に終わるであろうから方舟も降りず、焦らず過ごせと申されたのか。
結局は歪みが糺《ただ》されないままなので、イザヤイザ（13813）

が1日ズレた2013年8月12日、40010（四万十）に最高気温41度として表れた。
まさか“四万十”を“閉まる戸”とまで解釈しなければいけないのか。
それとも、隠されていた戸（戸隠）が開いたことで、いよいよ新た世の幕明けということなのか。
ともかく、焦らず過ごします。

生田は健太から届いた答案を、2014年の年明け早々に戸隠神戸奥社へ届けた。

第９章　神生み力

　ニュートリノが発見された1956年より26年前もにその存在を予測していたヴォルフガング・パウリは、他の物理学者から相当に恐れられていた。

　パウリの前で正しくない理論を述べようもんなら、「おやおや、それでは間違いにすらなってやしない」と叫ばれるのだ。

　また、論文を郵送してきた物理学者への返事には、「君、もっとまともなことを考えなさい」と返した。

　若い学生が発表した理論に間違いが見つかり、その学生はパウリに「自分は物理学の道をあきらめるべきでしょうか」と尋ねた。

　するとパウリはニッコリ微笑み、こう言い放ったそうだ。

「いいや、誰でも間違いは犯すものだよ。私を除けば、だがね」

　そんな不遜にふるまうパウリだが、挫折を味わい夜遊びにふける日々もあった。ビリー・ジョエルに似たこの物理学者は案外デリケートだったのだ。そして、もっと自分を理解したかった。

　信じられないことだが、パウリは自分のユメの分析をユングに依頼し、1952年には『自然現象と心の構造』をユングとの共著で発表している。まわりの物理学者からの反対を押し切ってまでして。

　物理学と心理学を結びつけようとする試みは、今に始まったことではなかったのだ。そしてパウリは、自分のユメとユングによるユメ分析をもとに「最先端の物理学さえも心的過程を象徴的に表すのに役立つ」と結論付けている。

これは健太の求める「宇宙の法則を司る素粒子のふるまいに、人の意識はどこまで影響を与えることができるのか」と違わない。あのニュートンでさえ、空間と時間を考えるにあたり宗教色が濃くしみ込んでいるとも指摘されている。

また、パウリは数秘術にも興味を抱いており、一般的なカバラ以外に「137」という数を追求していた。

ただしこの「137」については、微細構造定数（137分の1）なるものが出現して、理解するのに困難を極める。

数霊と結びつけるとすれば、パウリの師匠ゾンマーフェルトが算出した微細構造定数は $\frac{1}{137} = 0.00729$ であり、おや“七福（729）”がいるぞと思ったことぐらいだ。

健太は考え続けていた。タマシイは電荷（電気的性質）を持っているのかと。

もし中性子やニュートリノのように電荷がプラスでもマイナスでもなければ、加速器で加速されない。

J-PARCの場合は陽子を、KEK（高エネルギー加速器研究機構）のフォトン・ファクトリーの場合は電子を加速させているが、粒子を加速させたり進行方向を曲げたりするのは電磁気力を利用している。

プラスの陽子の場合、マイナスの力には引っ張られプラスの力には反発することで押されるし、マイナスの電子はその逆だ。

星太郎もレディー・ググも、本人たち曰く加速器で加速されたり、J-PARC では陽子を崩壊して生み出したニュートリノと一緒に神岡まで飛ばされたりして遊んでいる。

ということは、彼らは少なくとも電荷を持っていることになる。

たしかに、洋の東西を問わず幽霊やお化けらしきモノが出現する様子を科学的に調べると、電磁波の反応がある。しかし電磁波と電荷は違う。

電磁波とは光だ。正確には光が電磁波だ。

スピリチュアル系の、光は大好きだけど電磁波は大嫌いと思っているお嬢さん方に説明しておく。光は電磁波である。

電磁波全体を“光”と呼ぶ場合もあるが、可視光（目に見える光）のみを“光”と呼ぶならば、それは電磁波のうちの約 380 ナノメートルから約 770 ナノメートルの範囲の波のことだ。

電磁波はものすごーく細かい波のものから、ひと波が 1000 メートルを越えるものまである。

細かい波は 1 メートルの間に 1000 京（10^{19}）回も振動して、そのような超細かく高エネルギーの領域をガンマ線と呼ぶ。

波がちょっとだけ大きくなって、1 メートル進むのに 1000 億（10^{11}）回～1 億（10^{8}）回ほど振動するのは X 線だ。レントゲンに使う。

ならば目に見える電磁波、つまり“光”と呼ばれる可視光は、1 メートル進むのにだいたい 260 万回振動すれば紫色に見え、藍・青・緑・黄・橙・赤へと変わるにつれ、波は大きくなっていく。大きいといってもまだまだ細かく、赤色の光は 1 メートルで約 130 万回も振動している。

紫から赤までの可視光の範囲で、赤よりも少し波長が長い波、つまり赤の外側に当たる部分を赤外線と呼ぶ。なので紫の外側、それは紫とＸ線の間の領域なのだが、紫外線である。

ガンマ線は放射線で、エネルギーが高いから危険だ。ガンマ線より少し波長が長いＸ線も、人の身体を透かして見るぐらいなのでやはり危険である。電磁波は波長が短いほどエネルギーが高く、それはイコール人体にも害があるということだ。

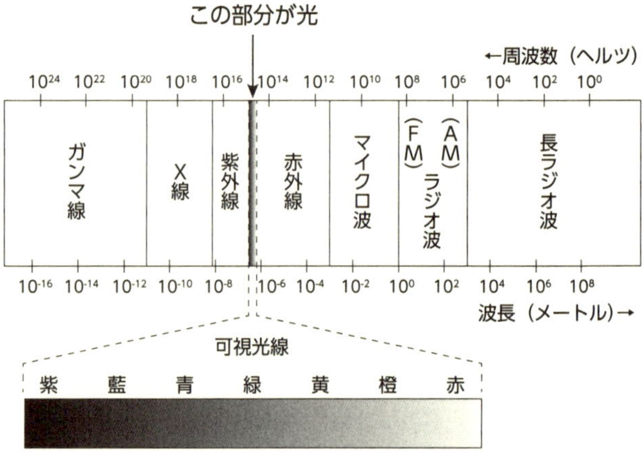

電磁波の周波数によるスペクトル図

なので紫外線は浴びすぎると人の肌を傷付けるが、赤色より波長が長い赤外線はエネルギーが低いので人を傷付けない。

赤外線よりも波長が長くなるにつれ遠赤外線（ストーブ）・サブミリ波・ミリ波・センチ波・マイクロ波（波長が１メートル以上）・極超短波（電子レンジ）・超短波（ラジオ）・短波（アマチュア無線）・中波・長波へと続くのである。

なのでショックかもしれないが、大好きな光は大嫌いな電磁波の一部であり、目に光として見える可視光域だけでなく電磁波そのものを光と呼んでいて、ここらで電荷に戻る。

ある夜、健太が風呂へ入っていると星太郎がやって来た。レディー・ググも一緒だと言う。入浴中に来るなってこと。健太は急いでシャンプーを流すと、あわてて湯船に飛び込んだ。

（星太郎に聞きたいんだけど、加速器で加速されるってことは、タマシイって電荷を帯びてるんだよねぇ、プラスかマイナスかの）

『さぁ、あるんじゃねーのか。違った。あるかもしれないっす』

（だとすると、プラスなの、それともマイナスなの。だってJ-PARCはプラスの陽子を加速するけど、フォトンファクトリーはマイナスの電子を加速させ……）

『ねえ、ちょっと』

ググが健太を遮った。

『あんた、そんなこと聞いてどうすんの？』

（いえ、タマシイとか意識体の素材が何なのかを知りたくて）

『ふーん、変な人。それで？』

（あの、超ヒモ理論ってご存在でしょうか）

『知らないわ。けど今、あんたに意識を合わせたら何となく判ったわ』

（やっぱりタマシイの素材はヒモのようなものの集合体なんでしょうか？）

『だから知らないって。いちいち自分の素材なんて意識したことないんだから。あんたは自分の肉体の細胞がどんな分子でできてるのかを感じながら生きてんの？』

（いえ、それはないですけど……）

ダメだ。ググでは話にならない。

超ヒモ理論は自然界に働く４つの力「重力」「電磁気力」「強い核力」「弱い核力」を統一できるかもしれないということで注目されている理論だ。

なぜ物理学の専門用語に「強い」とか「弱い」といった形容詞が入っているのか理解に苦しむが、とにかく自然界で作用するすべての力はこの４つ以外にないとされている。

だが、健太が超ヒモ理論を取り上げた理由は他にある。超ヒモ理論に出てくる素粒子は２種類しかない。正確には２種類の素粒子ではなく、２種類のヒモだ。

宇宙を説明する標準理論には17種類もの素粒子が登場し、それはちょっと多すぎるんじゃないのか、素《もと》の粒子がそんなにたくさんあったら変でしょ、といった疑問を解決してくれるかもしれないのが超ヒモ理論なのだ。

登場するのは開いたヒモと閉じたヒモの２種類。閉じたヒモが輪ゴムで、それが切れたのが開いたヒモと思えばいい。

閉じたヒモは重力を伝える重力子（グラビトン）であり、別次元から届いていると考えられている。

そして開いたヒモこそが、その振動の違いによって電子に見えたりクォークやニュートリノとして観測されたりしているのではないだろうか、と超ヒモ理論は予測している。

そうなってくると電子やクォークやニュートリノなど、17種類、あるいはそれ以上存在する素粒子も、実は元がひとつだけということになり、これこそが素粒子の素《もと》になる。

ただしこの理論にも多くの問題が含まれていて、物理学者はそのつじつまを合わせるのに躍起だが、まずその大きさに問題がある。

ヒモの大きさは予測として 10^{-35} メートル。

ちっとも判らないので、まず単位をミリに直すとヒモは 10^{-32} ミリメートルになる。

10^{-32} ミリとは、1ミリをキャベツの千切りのように1億分割し、そのうちひとつを取り出してさらに1億分割する。

その中からひとつをすくってもう一度1億分割して、そのひとつを最後に1億分割すると、残ったそれが 10^{-32} ミリメートルの大きさになる。

日本の数詞は世界でもっとも優れているが、小さい単位は 10^{-18} が「刹那《せつな》」、10^{-19} は「六徳《りつとく》」、10^{-20} は「虚空《こくう》」で 10^{-21} が「清浄《しょうじょう》」。

大きくなると4ケタごとに単位が変わるが、小さい方は1ケタごとに単位があるのだ。それで「虚空」とか「清浄」に至っては、もうそこには何もないといった様子を表していて、10^{-32} などは無に等しい。

そんな 10^{-32} ミリメートルのヒモがいろいろな振動を起こすことによって電子やクォークに見えたりするのはいいんだけど、電子の大きさは予想として 10^{-16} ミリメートルぐらいでクォークは 10^{-15} ミリメートルほどじゃないだろかと考えられている。ニュートリノはおそらく 10^{-22} ミリメートルか、もうちょっと小さいかな、が予測されている大きさだ。

ヒモの 10^{-32} とニュートリノの 10^{-22}。これは10ケタの違いがある。10ケタ違うとエライことになってしまうのだ。

例えば長さ14センチメートルのバナナを10ケタ大きくすると、

14センチメートル× 10^{10}
= 1400億センチメートル
= 14億メートル
= 140万キロメートル

になり、ちょうど太陽の直径に等しくなる。

14センチのバナナがどう激しく振動したり回転しても、太陽の大きさには見えないんじゃなかろうか。

クォークとのスケール差なんて17ケタもある。この違いは0.1ミリの微生物と太陽系全体の大きさの差があり、ゾウリムシがどれほど頑張って暴れたって太陽系の大きさほどに感じられることはない、と思う。ただし、この捉え方は少々乱暴であって、物理学的には必ずしも正確な表現ではない。

そして次の疑問。

電荷をもたないヒモが、どのように振動するとマイナスの電荷を帯びた電子やダウンクォークになったり、プラスのアップクォークになったりするんだろうか。

そのあたりはまだ未完成の理論なので答えは出てないであろうが、もしタマシイや意識体の素材がヒモ、またはヒモのようなものの集合体だとして、意識の在り方で振動が変わり、その振動いかんによってプラスにもマイナスにも中性にもなることができるとすれば、星太郎やググが陽子加速器でも電子加速器でも加速されることが可能になる。

健太はそのことについてググに質問したかったのだが、ググはそれを遮った。だが、ロックンロール女神はタダ者ではなく、健太に大きなヒントを与えた。

『陽子だか電子だか知らないけどさあ、その中にもぐり込んじゃえば、一緒にグルグル回れるわ。速いわよぉ』

（もぐり込む……んですか）

『もぐり込むっていったって、陽子や電子にしがみついてるんじゃなくて、私自身の「場」をその子たちと同じ振動で満たしてスキ間を埋めるっていうのか……よく判んないわ』

判んなくても健太には充分だった。

（“場”、それだ。素粒子の集合体が“場”を形成するんだ。だから陽子がターゲットにぶつかって壊れても、“場”は壊れずにそのままスーパーカミオカンデまで飛んで行けるんだ）

健太はJ-PARC見学で“間”の重要性に気付いていた。そして“間”は“場”に通ずることも意識の片隅にいつもあった。

それにシャルマから“波”でも“粒子”でもない状態を考えなさいと伝えられていた。“波”でもなく“粒子”でもない。それが“場”だったのだ。

粒子と場。これは概念として正反対である。粒子というのはひとつひとつが限られた位置に存在するが、場はその空間をスキ間なく満たしているのだから。

大勢がいるところで誰か一人が怒りを爆発させれば瞬時に場が凍りつくし、笑いが起きれば場がなごむ。場は空間全体だ。

それでひとまず、健太はタマシイが“場”として存在するのだと考えることにした。磁場、電場、ヒッグス場、場は其所此所に存在する。そして、すべての粒子は場から生じるのだ。

ただし、ここで注意しておきたいのは、ヒッグス場などと公園の砂場はその成り立ちがまったく逆だということ。

誰でも知ってる砂場は“砂”が大量に集まって“場”ができているため、その場が何でできているのかをすぐに見ることができる。

「砂場って、何でできているんですか」

「砂です」

「それを見せてください」

「はい、これです」

砂を手ですくい、あるいは指でつまめば砂を見ることも触れることもできる。

しかし、粒子に質量を与えるヒッグス場というものは、ヒッグス粒子が集まってヒッグス場を形成しているのではない。

ジュネーブのセルンで生成されたヒッグス粒子（らしき新粒子）は、ヒッグス場で振動する波なのだ。場に起こった波が粒子である。

タマシイの場はどちらの要素も含んでいるように思う。素粒子の集合体が場を形成し、その場から素粒子が生まれる。意識の波が素粒子を生むのでは？

（そうか。“場＝バ”は「66」だ。ってことは“子宮”じゃん。人のタマシイが場を形成して、その場から素粒子が生まれるってことは、タマシイの存在は子宮そのものなんだ。それに古代エジプトではタマシイを“バー”と呼んでいたんだし）

健太は大きく前進した。そしてタマシイの場状態を“独立した意識を持つ個体生命として存在する場”ということで、ひとまず「個体生命場」と呼ぶことにした。

タマシイを場として捉えることが正しいのかどうか、今はまだ判らない。が、確実に次のステップへと導くことになり、喜んでいる健太にググは強烈な一撃を加えた。

『何を生むかが問題ね』
（えっ？）
『邪霊を生むのか、それとも……』

ググの伝えたことを解説するとこうなる。
人が何かを意識すれば、その念は波となり粒子となって発せられる。強く念じればそれだけエネルギーの高い波になるであろうし粒子の数も増える。その最たるものが“決意”と“覚悟”であった。
もし人が誰かを恨めば、恨みの念は波となり粒子となって、すぐに相手へ届く。その速度はおそらく光速なので、30km離れたところにいる人であれば0.0001秒後に届くであろう。呪いであってもすぐに届く。ノロいわけではないのだ。
子どもが恐怖におびえ、助けてっ！と強い念を発すれば、母親はすぐに何かを感じ取るのと同じで“虫の知らせ”というやつだ。実際に虫が知らせに来るわけではない。キリギリスは知らせに来ない。トノサマバッタも来ない。波、または粒子が恐怖から発せられた振動を持って飛んで来るのだ。母親はその振動を感じ分けられる。我が子のものか、そうでないかを。
恨みや呪いの念を同じ人に向けて発し続けると、その波、または粒子は共鳴し合って集合体となり、どんどん凝縮される。
そして臨界点を超えると、その念のカタマリには意志が発生する。つまり、発した人から独立するのだ。それが俗にいう

“生《い》き霊《りょう》”だ。タマシイに比べ不完全ではあるが、独自に存在する未完成生命体とでも呼べばいいのか。
　もしその生き霊が、他の生き霊の持つ波、または粒子の振動と共鳴し合って合体し、さらにパワーアップしたとすると、それはもう悪霊と呼ぶに相応しい存在に発展するであろう。
　その悪霊を生んだのは誰だ。
　そう、人だ。悪魔ではない。人の心が悪魔と化して悪霊を生んだのだ。なので、その悪霊の“生みの親”は人なのだ。
　それでは逆のことをやってみたらどうだ。
“嬉しい”“ありがとうございます”を発するのだ。神社の神殿内であったり、偶像崇拝ならばさらに想いやすいので観音像の前でもいい。
　大勢が“嬉しい”“ありがとうございます”の念を発し続ければ、喜びの念の振動を持った波や粒子がどんどん観音像のまわりに集まり、同じ振動なので共鳴して凝縮する。
　するとやがてその波や粒子のカタマリは臨界点を超え、独立した意志を持つようになる。新たな生命体の誕生だ。
　して、誕生したその生命体を人は何と呼ぶか。
　そうだ。神だ。神でも仏でもかまわないが、神に統一するとして、そこに神が誕生する。
　ならば、その神の“生みの親”は誰だ。
　その神の“生みの親”は人だ。
　神が人を創造した、と一方的にしか考えてこなかった今までの宗教概念が、またここでひとつ覆された。新たな信仰の誕生だ。内側へ向けての。
　それでググは『何を生むかが問題ね』と伝えてきたのだ。

健太には衝撃だった。本当に強烈な一撃だ。まさか、人が神の生みの親になっていたとは。

大自然のエネルギーが、あるいは大宇宙の叡智が星を生み、生命を誕生させた。

それらはすべて素粒子のふるまいによって成されたことだが、その力を神と呼ぶならば、神が人を生んだ。

しかし新たな神生みは人の意識によるものであり、生まれた神にとっての神は人だ。人の喜びが神の元なのだ。“嬉しい”“ありがとうございます”“しあわせ”“感謝いたします”“大好き”“愛してる”……。人のそんな想いこそが、新たに生まれた神にとっての神なのだ。なので神仏は人を拝むことができる。

手を合わせて拝むのは人から神の一方通行ではない。神から人への相互通行なのだ。

マハリテメグル。

ここにもマハリテメグルはあった。

健太は以前、３千数百年前にエジプトで生き、千数百年前には日本でも肉体を持って生きていた。肉体人間として生きていたなら、子孫を残していると考えた方がより自然で、ならばモーゼは自分の玄孫《やしやご》かもしれず、空海は自分の曾孫《ひまご》かもしれないぞ、と問われたことがあった。

とすると空海が生きている当時、手を合わせた先の先祖には自分も含まれている。

そして今、自分は空海に手を合わせているが、時空を超えれば手を合わせた先にいる空海から、自分は手を合わせられている。

祈った先のその先には自分がいるのだ。

したがって、祈ることは時空を超えれば結果として祈られることになる。なので、祈る行為は祈られた責任が発生し、祈られた自分は祈ってきた自分に対してどうあるべきかの第一歩を踏み出した瞬間、自分にメシアが出現するのだった。メシアは内側からしか現れないのだ。外側に向けて何千年祈ってきたことか。して、未だに出現してない。これからも同じだ。

このことは『時空間日和』に詳しいが、やはりマハリテメグルであった。祈り祈られマハリテメグル、であると。

そしてこの祈り祈られマハリテメグルと、今回ググから教わった生み合いっこのマハリテメグルは、どちらも同じところへ人を向かわせている。0次元だ。0次元への集約。

向かうところはただ一点、それが0次元なのだが、それも『時空間日和』のくり返しになるので詳しくは省く。

『けどあんたたちって幼いわね。いつまでも。それに、ちっとも判ってない』

ググだ。まだいる。

健太は、加速器で加速されて大はしゃぎしているような相手から幼稚あつかいされたことには不服を申し立てたかったが、神生みの話に感激していたため、言われるままに聞いていた。

『あんたたちはさぁ、見えない世界に憧れたり崇拝したりしてるけど、勘違いもハナハダしいわ。大バカヤローのコンコンチキよ』

(はぁ…………)

『こちらの世界のエネルギーをそちらで物質化しようと思ったら、どれだけのエネルギーが必要か判ってないでしょ。

っ たくオタンコナスのアンポンタンなんだから、あんたたちは』

オタンコナスのアンポンタン…………ググは本当にトルコの女神なのか。実は明治か大正時代に生きた婆さんの霊じゃなかろうかとも思ったが、やはりそれは違う。

さて、ググの伝えたいことだが、意味が判らず戸惑っている健太に星太郎がヒントをくれた。

『$E = mc^2$』

（ん？　アインシュタインの？）

『そうだよ。知ってるだろ、キミも』

（まぁ、知ってるといえば知って……）

『あっ、ググ様がもう行くって』

（どこへ）

『ちょっと、素粒子の坊や』

ググだ。健太を坊や呼ばわりした。

『私、行くわ。あんたも変なことばかり考えるのはやめて、もっと健全な遊びをしなさい。そっちが表の世界なんだから』

加速器で加速されることが健全な遊びかどうかは疑問だが、ググの言うことにも一理ある。

『じゃあーねー、ベイビー。ラッケンロール』

行ってしまった。内田裕也か、あの女神は。
それにしてもなぜ星太郎は $E = mc^2$ という数式を残したのだろう。そしてググは『そっちが表の世界』だと。
これは物質とエネルギーの関係を健太に伝えたかったのだ。

アインシュタインのもっとも有名な数式、$E = mc^2$。
E はエネルギーのことで、m は物質の質量を意味している。質量は重さのことと考えていい。厳密には質量と重さは違う。が、ここでは同じと考えよう。
c というのは光の速さのことで、何でここに光の速さが出てくるのか、凡人には想像がつかないが、天才は不思議なことを発見する。とにかく、$E = mc^2$ を使ってググの想いを察してみる。

ここでも１円玉で考える。考えてみましょう。授業はやさしくまいります。
もし１円玉の持つ物質エネルギーを、いっさいのロスなく電気エネルギーに換えることができたら、その電気エネルギーは一般家庭で使用する電力の何日分になるでしょうか。
平均的一般家庭を両親と子供２人と考えてみると、冷蔵庫や洗濯機、テレビに電力が必要なのは当然のこと、夜になればあちこちの部屋が電球や蛍光灯に照らされる。
娘はヘアドライヤーで念入りに髪を乾かすであろうし、息子はヘッドフォンをあててクィーンをうたい、父親からうるさいと叱られればDVDで「荒野の用心棒」を観るであろう。
そんな父親も電子レンジで熱燗をあたため、母親は部屋に戻りネットでお買い物を始める。そして旦那に内緒でアンティークの人形をオークションで落札し、本当は８万円したのに「3500円だったから買っちゃったわ」と平気な顔で言うのだ。

本来は素晴しき個体生命場たるタマシイであっても、肉体に宿るとアホになる。タマシイ自体がアホになる訳ではないが、肉体社会に引っ張られてアホになる。けど、それが面白い。

さて、こんな調子で電力を使い続ければ、１円玉分の電力エネルギーなんて、何日分どころか何時間で使い果たしてしまいそうだ。

それでは計算してみましょう。

E（エネルギー）＝ m（１円玉の質量）× c^2（光速）をそれぞれ当てはめてみます。

m は１円玉の質量の１グラムを当てはめますが、単位をキログラムに直さなければいけません。

１グラムは 0.001 キログラムでして、１の前に０が３つあるので、10^{-3} キログラムです。

そして c の高速ですが、光の速度は秒速で 30 万キロメートルでしたね。

しかし、この単位はメートルにしなければならず、30 万キロメートルは３億メートルになり、億の単位は０が８つです。

したがって３億メートルは 3×10^8 になり $E = mc^2$ は、

$E = 10^{-3} \times (3 \times 10^8)^2$

になりまして、これを計算すると

$E = 10^{-3} \times 9 \times 10^{16}$

$= 9 \times 10^{13}$

で、単位を J（ジュール）で表します。

したがって、9×10^{13} ＝ 90 兆 J（ジュール）ということになります。

物理学では３ケタごとに単位が変わり、

物理学単位	キロ (K)			メガ (M)			ギガ (G)			テラ (T)			ペタ (P)		
０の数	3	4	5	6	7	8	9	10	11	12	13	14	15	16	17
日本の数詞		万				億				兆				京	

ちょうど 10^{12} が日本の数詞では兆、物理学単位でのテラ（T）と重なりますね。

ですから 90 兆 J は 90TJ と書き、90 テラ・ジュールと読みます。

さて、１円玉のエネルギーが 90TJ であることは判りましたが、それがいったいどのぐらいの電力量なのか、これでは判りませんね。

例えばです。1945 年の８月６日、広島に落とされたウラン型原子爆弾が放出したエネルギーですが、約 60TJ 程度だと計算されています。１円玉のエネルギーより少ないですね。

これはウラニウムが核分裂によって消失した物質的重量が、１円玉の３分の２程度であることを表しています。つまり、$E = mc^2$ から導き出される物質がエネルギーに換わった重量が 0.6 グラム～ 0.7 グラム程度でしかないのに、それだけの物質がエネルギーに変換されると、とてつもないエネルギーになるということです。

なので、１円玉の全エネルギー 90TJ は、一般家庭の電力に置き換えますと、信じられないことに 6800 年分に相当します。6800 年分です。数日とか数時間ではありません。

ただし、一般家庭で使用する電力の平均値にも考え方によっては誤差がありますので、90TJ を約 2000 年分だと計算してある専門書もあります。うーん、それでも 2000 年。

これはいったい何を意味しているのでしょう。レディー・ググが健太に伝えたかったのはここにあります。

「物質であるためには莫大なエネルギーが必要である」と。

KEK（高エネルギー加速器研究機構）の発表によりますと、$E = mc^2$ で導き出された日本で使用される 1 年間の全エネルギー消費量は、100 グラムのカップ麺 1800 個分の質量エネルギーに相当するそうです。1 日だと 5 個、たった 500 グラムの質量エネルギーですんでしまう。

カレー専門店で大盛りを注文すると、ライス 400 グラムとルーで合計が約 500 グラム。男の人の一食分です。

ここで疑問があるかもしれません。

ガソリンはすぐに数 10 キログラムぐらい使ってしまうし、木を燃やせば軽い灰になって質量はなくなっている、と。

あれは分子や原子に分解されているため、実際に質量が消失しているわけではありません。人には感知できない姿になっているだけで、質量は空気中とかに保存されているんですね。「質量保存の法則」と申します。

これは逆に考えると、わずか 1 グラムであっても物質をつくるのにはもの凄いエネルギーが必要なわけです。わずか 0.6 グラムの物質をつくるのに必要なエネルギーが、広島で炸裂した原子爆弾の放出エネルギーに相当するんですから。

もし体重 60 キログラムの人間が、その全質量エネルギーを瞬時に放出すれば、広島に落とされた原子爆弾の 10 万倍ですよ。

そう考えると、種が野菜になったり苗がお米にまで育つのに必要な大地のエネルギーや太陽エネルギーって、とてつもないものがありますよね。神と呼ぶべき高エネルギーです。

この理屈が判れば、物質として存在するためには、どれだけのエネルギーが必要になるかが判りますでしょ。

科学者や物理学者は $E = mc^2$ の観点から物質化に必要なエネルギー量を知っているため、手のひらや身体から金粉が出たといってもすぐには信じません。その金粉がたとえ0.01グラムであっても、それ相応のエネルギーが必要ですので。

世の中には本当に金粉を出してしまう人もいることでしょう。

もし次に出たら、ぜひそれを無くさないようにしていただきたい。本物の金粉が手のひらから次々と放出されれば、それを信じてこなかった科学者や物理学者も納得するでしょうから。

ですが、世間で"金粉が出た"話の多くはただ汗が光っているだけでしょうし、ときにキラリと光る物質が残っている場合がありますが、それも多くはセリサイトです。

セリサイト（絹雲母）はパウダーファンデーションの原料でして、手のひらで光る物質は、化粧品に含まれたセリサイトが手のシワにうずもれていて、汗で光ったのでしょう。専門家に成分解析してもらった結果、それが判明しました。

日本にもセリサイト鉱山が愛知県の三河地方にありまして、ここで採掘されるセリサイトの純度は世界トップクラスです。

そのため、国内はもとより海外の大手化粧品メーカーにも愛知県産のセリサイトが使われているんですね。

イギリスのスピ系少女やフランスの不思議現象大好きおばさ

んが手のひらから出した金の粉も、実は三河の山から採れたセリサイトかもしれません。
本当に金粉を出す人がいることを否定しているのではありません。以前、健太の目の前にも突如として円空仏が出現したこともありますので。
ただ、こういった科学的知識なくして仲間内で集団錯覚しているうちは、いくら心が純粋でもスピリチュアル界は科学の陰に追いやられたまま。世間も小バカにした視線を向け続けるのです。
科学の世界では、大自然のあらゆる現象をスムーズに説明できる法則が必ず存在すると信じ、科学者たちは日夜それを探し続けています。美しく、シンプルで、どんな現象に対してもつじつまが合う法則を。
同じように、タマシイの存在を肯定するならば、人の生きざまにもそのような法則があるはずです。輪廻を越えての法則が。
犯罪者が死をもって罪から逃れることができてしまえば大自然は抜け穴だらけで、つじつまが合わない法則が存在することになってしまい、大自然の法則から秩序が失われてしまうでしょう。
かつてヴォルフガング・パウリは、大自然の秩序を尊重したがためにニュートリノの存在を予測することができました。
中性子が単独で存在すると約 15 分で姿を変えてしまうことは先にも述べましたが、β崩壊することで陽子と電子に分かれます。
ところが陽子と電子の合計質量が、中性子の質量よりもほんのわずかに減っていたのです。

当時はそれを物理学者たちは「質量（エネルギー）保存の法則が破れている」と考えた。

しかしパウリは「そのような基本法則を軽々しく疑うべきではない」とし、きっと他に小さな粒子が存在して、それが足りない分のエネルギーを持ち去っているのではないかと主張しました。

それを聞いた他の学者はパウリを信用しませんでしたが、その27年後にニュートリノは発見されました。

タマシイが在《あ》るのならば、時空を超越してでも存在する“つじつまが合う自然法則”を予測すべきではないでしょうか。質量保存の法則のような「想念保存の法則」や「行為保存の法則」といったものを。

「想念保存の法則」は何を想ったかが保存されるため、悪想念ばかりを抱いていれば、やがてそのエネルギーは目の前に悪しき出来事として現れるであろうし、逆もまたしかり。「行為保存の法則はおこないが保存されます。なので悪しき行為はやがて暴かれ、良きおこないならいつかは報われることでしょう。

そのようなことはいちいち科学的に考えずとも、昔から“普段の心掛けが悪いから”だとか“おこないが悪いんじゃ。ちゃんとお天道様は見てござる”と教えられてきました。

つまり大自然の法則を知っているのです。

金粉が出る出ないで質量保存の法則が成り立つか否かも興味深いですが、目の前に厳然と立ちはだかる「想念（想い）保存の法則」や「行為（おこない）保存の法則」こそ逃れることのできない大自然の大原則でしょうから、いまいちど人はそれを尊重すべきです。その際に素粒子がどうふるまうかがスピリチュアル・サイエンスのテーマですが、そろそろ話を戻します。

『そっちが表の世界なんだから』

レディー・ググは去り際にそう残した。

物質界に何か影響を与えるには、超高エネルギーが必要で、見えない意識体の世界からはそう簡単には手出しができない。

だからこそ人類は外の神に依存するのではなく、自分たちの手で新たな社会をつくっていかなければならないのだ。

そのために必要なことは、地球を救うメシアは内側からしか出現しないということ。

もしあっちの世界からチョチョイと物質世界に変化を起こすことができるのなら、すでに原子爆弾など全廃させているだろうし、3・11だって止めることだって出来たはず。

それができないのは、物質世界においては一番の高エネルギーが物質的大自然であり肉体生命体であるということ。

戸隠の祭りで紅白の太極図をクルクル回した青渦女神は、それをするために何かやってはいけない掟を破ったか、あるいは相当なエネルギーを使ったはず。物質世界に物理的影響をおよぼすのは大変なことのようである。

こっちが表なのだ。

それは判った。

しかし、宇宙には巨大質量の星が大量に存在しているし、地球上には総重量4.2億トン（4.2×10^8トン）の人類や、重さの合計では人類の25倍（約100億トン）の動物と、人類の100倍（約400億トン）の重さの微生物と、人類の約2500〜5000倍（約1兆〜2兆トン）の重さの植物が物質として存在している。

※人類の総重量は70億人×60kgで算出。

1グラムの物質をつくるのに原爆で放出したエネルギーの1.5倍も必要だとしたら、地球上の生物や星を生むエネルギーはどこからきたのだろう。そんなエネルギーがあるのだろうか。それとも、$E = mc^2$ が間違いじゃないのか、とさえ思う。

そう唱える人もいる。しかし、それが正しいからこそ原子爆弾が開発され、実際に計算通りのエネルギーを放出した。

ならば宇宙に存在するすべての星やその他の物質の総重量を計算して、$E = mc^2$ から逆算すれば、宇宙にこれだけの星やその他の物質ができるためのエネルギー量が算出される。

そのエネルギーこそが宇宙の始まりビッグバン（やインフレーションが本当に起こっていたとして）の熱エネルギーなのだ。超々高温すぎてよく判らないが、すでに計算されている。

日常生活における温度というのは分子の動きのことで、激しく動いているほど温度は高い。言い換えると、温度が高いほど分子は激しく動き、低ければ分子の動きは小さくなる。

そして、宇宙にはこれ以下にはならない最低温度があり、マイナス273.15度だ。その温度ですべての分子の動きは完全に止まる。絶対零度と呼ぶ。

しかし熱いのには限度がないのか、特にビッグバン（やインフレーションが起こっていたとして）の際にはまだ分子も原子も存在しておらず、その温度は 1.4×10^{33}K らしい。

Kはケルビンという単位だが、一般的に使用するセ氏とは273.15度しか違わないので無視できる。

なので約 1.4×10^{33} 度の温度があれば、今の宇宙に存在する星などの物質をつくるだけのエネルギーが補えるのだろうが、41度でも熱くて死にそうになるため、10^{33} 度が何なのかはまったく想像がつかない。

　途中で金粉の話が出たが、現在の技術があれば金をつくることができる。
　金の原子番号は79番。ということは、原子核に陽子が79個含まれる。中性子の数は原子番号と関係ない。すべての原子番号は、その原子の原子核に陽子がいくつ含まれるかで決まる。
　基本的には電子の数も陽子と同じだけ含まれるが、電子は増えたり減ったりするため、原子番号は原子核に含まれる陽子の数と考えていい。なので、もし陽子の数が変われば、それはもう別の原子ということになる。
　さて、現代の錬金術だが、これには原子番号80番の水銀を用いる。水銀は原子番号が80番なので、原子核には陽子が80個ある。中性子の数は118～124個含まれている。
　この水銀に加速器で加速したベリリウムをバシンと衝突させる。するとその衝撃で水銀の原子核から陽子が1個はじき飛ばされる。
　中性子もいくつかはじかれるようだが、この場合はどうでもいい。大切なのは陽子の数だ。
　原子番号80番の水銀であっても陽子の数が1個少なくなれば、それはもう水銀ではない。陽子の数が1個減って79個になったんだから、それは原子番号79番の物質であり、79番は金だ。
　昔の錬金術師はインチキばかりだったが、現代では科学の粋により錬金術が可能になった。
　しかしだ、今の加速器では1年間かけてもわずか0.00018

グラムしか製造できないようで、金1グラムを5000円で計算すると0.00018グラムは0.9円分。90銭にしかならない。

　加速器はJ-PAPCの場合だと1500億円。電気代も億単位なので、金が欲しければ買うか、誰かに手のひらから出してもらうようお願いすべきであろう。

　セリサイトでないことを祈りつつ。

第 10 章　コトノスムマデ

福岡から西野のお母《かん》が来てくれたお蔭で言納のモヤモヤはふっ飛び、「むすび家　もみじ」は元旦のモーニングから大にぎわいだった。

言納が何か目標を見失っていると感じた西野は、年末に大量の食材をたずさえて犬山へやって来た。そして言納や亜美の前で西野流“何でもありなのよ”料理を次から次へとこしらえた。

これは大晦日の前日、30 日のこと。

西野は福岡から持ち込んだお気に入りの豆乳をヨーグルトにするのに

「植物性の乳酸菌はこれが一番いいのよね」

と、米の磨ぎ汁を豆乳に混ぜた。

「一度目の磨ぎ汁はよごればかりだから捨てちゃいなさい。二度目もいらないのよ。それで、三度目の純粋なのが大切なのよね」

そして翌日の大晦日。

「おいしいヨーグルトができてるわよ、ほら。これにかけましょか。コトちゃん、あなたやりなさい」

「えっ、おからにヨーグルトをかけるんですか？」

「そうよ、早くやりなさい」

言納は西野の弟子である。師匠の命令には逆らえない。それで言納はボールいっぱいのおからにヨーグルトを注いだのだが、余分にかけすぎてしまった。それで混ぜてみたらビショビショなのだ。しかし、おからはそれだけしかないので足すことはできない。

「わー、どうしよう。スープみたいになっちゃった」

「仕方ないわね。こんなときはどうしたらいいのか考えて。水分を少なくするには」

「えー、ガーゼでしぼりますか」

「ナニ言ってるの。そんなことしたら大切な栄養がなくなっちゃうでしょ。水分を吸ってもらうには何がいいかしらねぇ」

　西野は調理場を見まわすと、ある箱に目が止まった。

「あの箱は中身が入ってるの？」

「……入ってますけど、ドーナツですよ」

　西野が目をつけた箱は有名なドーナツ店のものなので、中身はドーナツだとすぐに判る。

　すると西野は箱からプレーンなドーナツをすべて出し、両手で無造作にちぎるとビショビショおからの中へ放り込んだ。

「あなた、かき混ぜてみなさい」

　呆然と見つめる亜美に向かって西野がそう言った。

　それでかき混ぜたところドーナツが見事に水分を吸い上げ、食感もよく、ドーナツの微妙な甘みが全体になじんで美味しいのだ。言納と亜美は何から何まで予想外の展開だったため、ドーナツ入りおからの豆乳ヨーグルト和えの絶妙さに腹をかかえて大笑いした。命名、おからにドーナツをまぶし、豆乳ヨーグルトで和えて。

「何でもありなのね」

　言納のつぶやきに、西野も返した。

「そうよ、何でもありよ」
“おからにドーナツをまぶし、豆乳ヨーグルトで和えて”は、北野流五穀甘酒などと一緒におせちモーニングの一品に加えられ、初詣で帰りの客にふるまわれた。
おそらくは、おからの中の歯ごたえがある何かの正体が、オールドファッションだと気付いた客はほとんどいないであろう。

西野が福岡へ帰ってからも、教わった味噌玉づくりに言納は夢中になっていた。それは西野にとって、各地に広めていくことが使命であるとまで考えている非常食である。
「お味噌はね、発酵食品の中でも最高にすぐれ物なのよ。こっち（愛知県）は八丁味噌があるじゃない。赤味噌もいいわよね。このお味噌にこうしておぼろ昆布やら乾燥させたおネギを入れて丸めるの。干したシイタケやカツオブシの粉なんかも入れるといいわね。おネギやシイタケは干しながら太陽、月、星、風のエネルギーを入れなさい。それで乾燥したらお味噌に混ぜて、ビー玉よりちょっと大きく丸めるのよ。それを和紙でくるんでヒモにぶらさげておくの」
それを本当は神社に持って行き、社務所かどこかに吊しておくのがいいらしい。
というのも、昔は災害があると人々は神社へ避難することが多かった。それで食料に困ると近くの竹やぶへ行き、竹でコップを作る。これはノコギリさえあれば簡単にできる。
田舎なら沢や泉も近所にあろうから、たき火でお湯を沸かして竹コップにつぐ。あとは干してある味噌玉をひとつ放り込めば、即席味噌汁のできあがりだ。まさに元祖永谷園だ。

現代では神社に味噌玉を吊しておくことは難しいであろうが、作っておけば普段でも忙しいときなど便利だし、何より楽しい。

それで言納はランチの営業時間が終わった閉店後、味噌玉作りに熱中していたのだ。

2月に入ると健太は言納を温泉にさそった。レディー・ググに言われたことが気になっていたし、言納は年末からほとんど休んでない。それで客室に露天風呂がついた奥飛騨の温泉宿を予約したのだ。

健太はここへ3年前の春にロバートたちと訪れている。が、言納は仕事で来られなかったため、一度連れて来たいと思い続けていたのでいい機会だ。

露天風呂から眺める一面の雪景色、味わいある郷土料理やとびきりの飛騨牛、心のこもったおもてなし、どれも申し分なかったのだが、星空を見上げながら風呂につかる2人のもとへ誰かがやって来た。

「ねぇ、健太。戸隠の天狗だって言ってるけど、呼んだの？」

呼んだわけじゃないが、理由はすぐに判った。生田に頼んで戸隠神社の奥社へ届けてもらったテストの答案について、何か伝えに来たのだろう。なにしろ生田は天狗遣いなので、安倍晴明が式神を操ったように生田も天狗を遣うのだ。けど、入浴中は止めろって、入浴中は。

『西に真珠
東に瑪瑙《めのう》
そろうたそろうた高天原よ

お山をはさんで対称に
ふたぁつそろうて二本立て
日本は何でも二本立て
そうよの』

「ですって。ねぇ、判るの、健太」
「判んないって。……けど……」
健太は気にかかることがあったので、風呂からあがるとすぐに地図を広げた。
そしてテスト問題に出ていた13813《イザヤイザ》を1373《イザナミ》（東経137.3度）のように東経138.13度と考えてみると、それは東経138度07分48秒になり、地図上では戸隠スキー場を貫いていた。
戸隠スキー場といえば、2010年10月10日に『古き神々への祝福』をおこなっており、会場になったゲストハウス岩戸はすぐ目の前にゲレンデが広がっていた。
今、地図を見て初めて気が付いたのだが、スキー場になっている山が瑪瑙山という名前だった。
ということは、『西に真珠』の真珠とはスーパーカミオカンでの光電子増倍管（慈愛の真珠）で、『東に瑪瑙』は戸隠の瑪瑙山のことである。
『お山をはさんで対称に』のお山は飛騨山脈（北アルプス）そのもので、神岡と戸隠のちょうど中間に位置していた。
距離を計ってみると神岡の池の山から戸隠の瑪瑙山までは直線で81km。ここで出るのか、81が。
飛騨山脈の尾根から西（実際は西南）には黒部第4ダムや立山、その先に池の山があり、東（北東）は白馬のスキー場や生田の暮らす鬼無里を通って瑪瑙山へと至る。シャルマの残したヒント“対称性”はこんなところにも現れるようだ。

ということは、最高気温が 41 度に達したのは 2013 年 8 月 12 日で「13812」だったが、それでも「13813」と伝えられたのはこんな意味が含まれていたからであろう。

それにしても 1373《イザナミ》で神岡を、13813《イザヤイザ》で戸隠を表すとは、イキな計らいなこと。

『日本は何でも二本立て』のように、高天原さえも二本立てとは。

しかも神岡の池の山は標高 1369 メートルで、戸隠の瑪瑙山は 1748 メートル。これを合わせると、

1369 + 1748 = 3117

「3117」になった。

この数、「311（東日本大震災）」と「117（阪神淡路大震災）」を思い起こさせる。

これはいったい何を意味しているのだろう。

それについては今の段階で判断はできないが、トルコからの方舟は瑪瑙山に降りたのかもしれない。健太はそう感じていた。

翌日、宿を出た 2 人は神岡へと向かった。ここ奥飛騨温泉郷からだと 35 分ほどで着く。

何をするわけではないが、言納はまだ訪れたことがなかったもう一方の高天原の地に、ほんのひとときでも立ってみたかったのだ。

そして確信した。遷都先の条件は、「清らかで豊富な水がある地」であること。その点では奥飛騨も信州もうってつけだ。それにスーパーカミオカンデ内も超純水で満たされている。

そういった観点だと、かつて繁栄した地であっても、現在は枯れた地になりつつあれば遷都先に向かない。枯れた地は色彩も乏しい。やはり遷都先は色彩が豊かでなきゃ。

＊

高天原小旅行からわずか 1 週間、言納屋敷が大騒ぎになっていた。亜美の娘、小学校 1 年の茜が入院してしまったのだ。しかも、かなり危険な状態で。

バレンタインのその日は 2014 年 2 月 14 日。“0”をはずせば「214・214」の日だった。

言納から連絡を受けた健太も、仕事を終えるとすぐに病院へかけつけた。教えられた小児病棟へ向かうと、病室の前で言納と亜美が泣いていた。

「茜ちゃんは？」

「中で検査してる。検査中は出ててくれって」

「で、何があったの？」

「私たちにだって判んないわよお。きのう近所のお医者さんへ連れて行ったら風邪だって言われただけなのに、今日お店のランチが終わってから 2 階へ様子を見に行くと、ほとんど意識がなかったの。名前を呼んでも返事しないし、私たちの顔も判らないみたいで、ただ苦しそうに呼吸してるだけなの」

その言葉で、言納に抱きしめられていた亜美は泣き崩れた。

親族を病室から出したのは、脊髄注射に痛がる病人の姿を見せないためで、茜の容体はかなり危険な状況であった。

「あっ、先生」

病室のドアが開き、担当医が出てきた。まだ若く、物腰はやわらかだ。

「お父さんですか？」

「いいえ、そうじゃないんですが、彼女の容体は……」

「まだ何とも言えませんが……もし今、ケイレンを起こしたら呼吸が停止することを覚悟しておいてください」

「そんなに悪いんですか。助かる……助かる確率はどれぐらいあるんでしょう」

「それもまだ判りませんが、茜ちゃんの場合ですと、仮に助かったとしても大きな障害が残る可能性があります。とにかく急いで原因を調べますので、これで」

その後、病室へ入ることが許されたが、茜は静かに呼吸を続けるばかりだった。

夜半、担当医が様子を見に病室を訪れたが、まだ原因が判らないという。原因が判らないので治療法も決められず、なので薬の投与もできない。

だが健太は原因を目の疲れだと読んでいた。というのも頭蓋骨の両サイド、具体的には頭頂骨と側頭骨のつながり目あたりから蝶形骨にかけてが異様に膨《ふく》れているのだ。

一般的なイメージだと、頭蓋骨は頭の部分に下アゴ部がくっついただけの骨と思われがちだが、厳密には15種類23個のパーツで成り立っている。種類と個数に違いがあるのは、例えば前頭骨や後頭骨は中央に1個ずつしかないが、左右両側にあるパーツもあり、それで15種類23個なのだ。

頭蓋骨は脳を保護するために外からの衝撃には強い。しかし、内側からの疲れにはすぐに変形する。

なので頭蓋骨を触れば、眠りの質の悪さやストレスがどの程度かも、その硬さや歪みからある程度は判断できる。だが、硬いうちはまだいい。本当に問題があるのはブヨブヨした状態だ。頭皮と頭蓋骨の間に、何かラードのような油のカタマリが溜っているような、そんな状態だとかなり悪い。
　茜は耳のすぐ上あたりが横に大きく膨れあがり、熱を持っている。
「亜美さん。茜ちゃん、下痢はしてませんでしたか」
「してました。もう３週間ぐらいずっとお腹の調子が悪くて。だから負担にならない食事にしたり漢方を飲ませたんだけど、ちっとも良くならなくて」
　やっぱり思った通りだ。目の疲れが原因で蝶形骨横が腫れ、脳圧も高いままで血が降りてない。これでは消化器系が血液不足になり、働きも悪くなる。下痢が続いたのもそのせいであろう。
　そこで健太は脳圧を下げてもらうよう担当医に頼んでみたが、原因さえ特定できてないのにそんなことはできないと断られた。当然といえば当然だ。医師は医師としての責任がある。

　茜は生まれつき右股関節に問題があり、幼稚園では他のみんなと同じように園庭を走りまわったりすることができなかった。あの日、突然の奇跡が起こるまでは。
　３年前の３・11。津波から逃げる道中、茜が急に走り出したのだ。それ以来、犬山の小学校でも友達と同じように体育をし、帰ってからも走って遊びに行っている。
　亜美は静かに眠る茜の手を握りしめ、幼いころのことを思い出していた。外で遊べず、家の中でいつもテレビを観てすごしたあの頃。

買い物に行っても散歩に出ても、茜の歩き方を嗤《わら》われてるようで、人目を避けるようにしてたこともあった。

なのに茜は屈託のない笑みを浮かべ、亜美の手をギュッと握り一歩一歩を一所懸命歩いた。好きなチョコレートを買ってもらうとそれをリュックに入れ、不自由な右足をひきずるようにして急ぎ足で家に向かうその姿に、我が子が恥ずかしいと思った自分が情けなく、泣き明かした夜もあった。

そんな茜が今では他の子と同じように走ることができ、親としてはこんな嬉しいことはないのだが、同時に亜美は少し寂しさも感じていた。最近は手をつないで一緒に過ごす時間がほとんどなかったからだ。亜美は言納の店を手伝うことで忙しく、茜は茜で友達と遊ぶのが忙しい。なので亜美は、茜と２人で手をつなぎ、静かな時間を過ごしたいと望んでいたのだ。

と、そんなことを思っていると、気のせいだろうか、ほんのかすかにだが茜が亜美の手を握り返した。

その瞬間、亜美はハッと気付いたのだ。

（私、夢が叶ってる。茜と手を握り、一緒に静かな時間を過ごしてるじゃない。それに茜は今この瞬間、ちゃんと生きてる。死んじゃうかもしれないんじゃなくて、今は生きてる。ありがとう、茜。ありがとうございます）

これが“今”という瞬間を生きることなのだ。

そして亜美はこんなことも思った。

もし手足に大きな障害が残り車イスの生活になっても、自分が生きているうちはお世話をさせていただく。

もし脳に障害が出て養護学校へ転校することになれば、新しい学校で自分も仲間に入れてもらい茜と共に生きていく、と。

もし茜がすべての記憶をなくし、自分はこの子にとって知らないオバサンになってしまっても、これから新しい絆を深めていけばいい。この子と生きられるならそれでも充分だ。

そう覚悟を決めた瞬間、これまでは茜が自分でできたことさえできなくなったって、もうそんなことはいい。今、生きてくれてるんだから。

この先、今までのように友達の家へ遊びに行けなくなっても、そんなことはいい。算数の計算ができなくなっても、自分の名前さえ書けなくなってもいい。もう過去をうらやむこともしないし、未来を勝手に思いえがいて悲観することもしない。

たとえ次の瞬間に死んでしまっても、茜は今、生きてるじゃない。きっと私よりも精一杯に、とそう思った。

そしてついに亜美は気付いた。過去にとらわれず、未来を悲観せず、ただ“今”という瞬間のみを生きることは、こんなに幸せなんだと。

たしかにそうだ。観音さんが過去のことにいつまでも執着して、“今”という瞬間を嘆いて過ごすだろうか。

先のことを思い悩み、例えばちっとも寄付が集まらず、このままでは今年中に本堂の建て直しなんてできやしない。あぁ、早く新築のお堂に祀られたい、と嘆くだろうか。

そんなことはないだろう。

亜美は知った。“今”という瞬間のみを生きることは、蓮の葉に立つ観音菩薩と同じ目で世の中を見ることができるのだと。それで、今夜にでも我が子が死ぬかもしれないその日に、今まで経験したことのない絶対的幸福感に包まれた夜を過ごした。

これまで生きてきた日々の中で、これほどまでおだやかに朝を迎えたことはない。
　それを、我が子が死ぬかもしれない日に経験したのだ。ソチオリンピックではフィギュアスケートの羽生結弦選手が金メダルに輝いたのと同時刻に。羽生選手は仙台出身ということで、これまた“仙台”＝「81」が光に包まれた。いや、国番号通り、日本中が光に包まれた瞬間だった。
　亜美が体感した幸福感は“覚悟”と“決意”による。
　娘が命を懸けてまで親に悟らせてくれたことだ。本当はどっちが親なのだろうか。
　どっちもだ。
　親は子の肉体を成長させ、社会のルールや生きる智恵を教える。子は親の精神を成長させ、愛とは何か、愛と思って与えていたものが実は不浄愛で、それは子のためでなく自分を悲しませないためのものであったことなどを教えてくれる。
　肉体社会では親が先輩。肉体に宿る玉《たま》し霊《ひ》の進化は子が先輩。どちらも互いに育て合う。
　これもひょっとして“対称性”なのか。

　祖母のことを気にしていた言納を家まで送ると、健太は再び病室に戻った。
「どう、茜ちゃんは」
「うん。……コトちゃん、お店は大丈夫かしら、一人で」
「今日は休むって」
「そうなの？　何だか申し訳ないわね」
「仕方ないですよ。それより…………」
　健太は茜の頭を触わったが、まだ変わりはない。
「先生は何て？」

「まだ原因は判らないみたい。脳波の測定もMRIの結果も大きな異常はないんですって。それでステロイド剤がどうのって」
「亜美さん……」
健太はまだ何も伝えてないのに、亜美はそれを察しているようだった。母は強し。
「お願いします。どんなことが起こったって、すべて受け入れる覚悟はできてます。なので、健太君にお任せします」
「…………判りました」
覚悟を決めた亜美に促され、健太は茜の頭蓋骨を両手で包みこんだ。

やはり蝶形骨に問題がある。健太は頭蓋骨両側から丁寧にゆるめ始めたのだが、死に直面した子供を前にすれば、どうしたって心の中では「神様、どうかこの子の命を助けてください」、と祈ってしまう。健太も無意識にそうしていた。

だがここで、健太は大きな疑問に気付いた。
まず第一に、日常では信仰する対象として神仏を限定する。あそこに十一面観音が祀ってあるとか、ニギハヤヒ尊を祀る神社へ行かねばとか。つまり神仏を選んでいるのだ。
なのに命を助けてもらうほどのお願いだと対象は神様仏様全体で、ふだんは目を向けてない神仏であっても助けてよと要求している。助けてくれるのならイスラムの神でもヒンズー教の神でもかまわないし、神なら助けるのが当然とさえ思う。一度も挨拶したことないのに。何ていう勝手な信仰なんだろう。
しかしこの疑問は大したことない。問題は次だ。
神仏に救いを求めるのはいいとして、それではいったい神仏に何をしてもらいたがっているんだ、自分は、と。

命を助けてもらいたがってる。そんなことは判ってる。

そうじゃなくて、命を助けてもらうためには、神仏に何をしてもらいたがってるのか、ってこと。

何か強力なエネルギービームをビービービーって注入してもらいたいのか。

肉体から抜けかかっているタマシイを、肉体の奥まで戻してほしいのか。

血液やリンパ、その他で流れが悪かったり滞《とどこお》りがある箇所の流れをよくしてもらいたいのか。

あるいは心臓とか仙骨あたりにジュワーっと生命エネルギーの素になるような神様パワーを送ってもらいたいのか。

助けてくださいと請い願うばかりで、何ひとつ具体性がない。これでは「神様、私をしあわせにしてください」と同じではないか。

健太は頭蓋骨をゆるめながらも、自分の信仰心の幼さに、顔から火が出るほど恥ずかしくなった。

（ナニが人のタマシイは神の分けミタマだ。よく言うぜ。一人一人は創造主とつながっているのだから、私は私の世界を創造する、って。冗談じゃないぜ。そんでもって困ったときには神様助けてくださいだ。バカじゃなかろうか、オレ）

気持ちは判るが、その思いから発生した素粒子が茜に入るからもう止めろ。

健太は気持ちを切り替えた。

（神が持つ力なら、神の分けミタマの自分にもその力が備わっているはず。たとえ外の神の何十分の一、何百分の一であっても、神の分けミタマである以上、必ず同じ力を持っている。それを使ってこそ、自らがメシアであり高天原は我が内にありだ……)

そして自らがメシアになるという“覚悟”と“決意”が素粒子を生み、あるいは素粒子のふるまいに変化を起こさせる。

表現を変えれば、自らが発した「場」で茜を包むのだ。

個体生命場たるタマシイが神の分けミタマと信ずるならば、規模は小さくても神の持つ力は自分にも備わっている。

備わっているのにその力を使おうとせず、すぐ神に向かって“やってください”“お願いします”では、お金を持ってるくせに“お前が払っといてくれ”と人に払わせている状態だ。それではいつまでも開かんわね、奥の戸は。

神でも素粒子でも、どっちだっていい。

それらに動いてもらいたければ、“覚悟”を決めること。不動の“決意”をすること。その覚悟と決意が外の神を動かし、素粒子のふるまいに変化を起こす。

ゆるめ始めてかれこれ３時間。黄金に輝く観音像が健太の目の前に出現し、その直後、突然スーッと茜の頭蓋骨がゆるんで小さくなった。

「あっ、完全にゆるんだ」

全体を触ってみると産まれたばかりの赤ちゃんのようだ。それに、心《こころ》做《な》しか呼吸が深くなったようにも感じる。

茜はそのまま眠り続け、途中で様子を見に来た担当医にもいっさい反応を示さなかったが、ゆるんでから２時間ほど経ったころだろうか。亜美がそっと手を握ると、それからほんの１分もしないうちに茜は目を開けた。

その目はまだうつろだが、入院時の無表情で焦点のズレた目つきを思えば、生きた人間に戻ってる。
よかった。本当によかった。
まだまだどんな障害が残るかは判らないが、このまま容体の急変がなければ、命は取り止めることができたようだ。
2人の覚悟と決意は、決まりかけていた未来に変化をもたらしたのだ。神のお蔭か素粒子のふるまいか。
神が素粒子を動かしたって？
それはそれでいいでしょう。
ならばその神を動かしたのは？

『今ここで
お人のためとの覚悟なら
神々　共なるお働き
されたることを知りたもう

みをつくし（澪つくし・身を尽くし）
救いの舟は荒波に
もがく人草　櫂《かい》のべて
引き上げんとや　いつの日も
観音の
慈愛なるかや　そを知れば
己れと共に観音は
働きおるとわかりてほしや』

神の素材がどのような素粒子であろうが、人のためにと覚悟を決めたのなら、そこには『神々　共なるお働き』が現れるということで、健太の意識が観音さんの持つ「場」に共鳴したのであろう。

言納が祖母を連れて来た。祐輔は、茜の父親だが、ゆうべのうちに宮城を出ているようなので、夕方までには着くであろう。

214・214は生涯忘れられない日になった。

*

3月には茜の父、祐輔がこちらに越してきた。茜はまだ退院できずにいるが、父親がそばにいてくれるだけでも心強いだろう。年に数回は一緒に過ごしてはいたが、離れて暮らすようになってもう3年だ。

祐輔はずいぶん思い悩んだ。亜美と茜を宮城に呼び戻そうかと。しかし茜は犬山で小学校に入学し、楽しそうに通っている。

ならば老いた母を連れて一緒に犬山で暮らそうか。しかし、それは母が拒否した。

漁師だった夫（祐輔の父）を海で亡くし、次男（祐輔の弟）の命を津波に奪われても、この地は母にとって唯一の住み慣れた土地であり、互いの境遇をよく知る友人もたくさんいる。それで祐輔は母を連れ出すことができずにいた。

それに、被災地では大勢の人たちが街の復興のため、日々努力している。なので、復興したら帰って来ればいいでは、苦労を他人に押し付けているようでそれだけは避けたかった。

しかし我が子のことを想えば……それで決断したのだ。

そうと決めたらあらゆる事がすぐに動いた。

被災地へ手伝いに来ていた大工の棟梁が岐阜県の材木屋兼建

設会社の社長で、そこは犬山からだと車で30分程度の距離だった。
しかもその会社は「日本の家は日本の木で建てる」が信条であり、祐輔は棟梁にわけを話すと、すぐに雇ってもらえることになった。
そればかりか、犬山では棟梁の兄が不動産業をしており、茜の通う小学校の校区内で住まいまで手配してくれた。
これでまた家族が一緒に暮らせ、茜は転校せずにすむし、亜美も言納の店まで徒歩か自転車で通える。
まさに“覚悟”と“決意”から発せられた素粒子が世の中を動かしたのだった。
そして引っ越しの荷物がまだ片付かないうちに、茜は無事退院することができた。
心配していた障害も特に残らずおそらくは元通りの生活に戻ることができそうだ。
まわりの大人たちにとっても茜が入院した5週間は、大きな学びになった。7才の幼子が命を懸けて大人たちを成長させてくれたのだ。

2014年度、新学期。消費税が8%になり、茜は2年生になった。
亜美と茜が出てった言納屋敷の夜は、以前のように言納と祖母2人きりの静かな夜に戻った。が、それは長く続かなかった。
年明けごろから何となく生気が薄れているように感じていた祖母が他界した。茜が2年生になったばかりのその週末、4月12日のことである。

2014年4月12日、例のごとく“0”をはずすと「214・412」で対称性が現れる。それに、茜が入院したのは「214・214」で、どちらも「1」と「2」と「4」ばかりだ。「124」は“ごめんなさい”でもあり、“解毒”も“羅針盤”もそうなる。

さて言納だが、高校を卒業すると同時にこちらで祖母との生活を始め、この春で丸々10年になる。ショックを受けないはずはない。

しかし、ほんの2ヶ月前、茜が死と直面する場面に遭遇していたため、ある程度は覚悟ができていた祖母との別れに、言納は案外冷静でいられた。それでも庭に生えられた梅の老木を目にすると、涙があふれて止まらなかったが。

（おばあちゃん。……せっかく梅の木が今年は実をつけてくれたのに……）

言納屋敷の庭にはずいぶん昔から梅の木があった。寒風の中で咲く花は春の訪れの知らせであり、やがてたわわに実った梅の実を摘むのは代々からの女の仕事で、祖母も嫁いでからというものずっとそうしてきた。

あれは言納がまだ札幌で中学校に通っていたころなので、かれこれ15年前のこと。その年も梅の実を摘んでいた祖母が、脚立から落ちて腕を骨折してしまったのだ。

そのとき祖母は梅の木に向かい、こんなことを思った。

（お前がたくさん実をつけるもんだから、毎年毎年わたしゃ苦労するわ）と。

それでか、梅の木は次の年から花も咲かせず実もつけなくなってしまった。

祖母はそのことを悔いた。思い出すと梅の木をなで、そして詫びた。それでも花を咲かせないので、あるときは厳龍に頼んで地鎮祭ならぬ“梅の木鎮祭”をしたこともある。梅の木に供え物をし、神主に扮した厳龍が祝詞をあげて幣《ぬさ》で祓《はら》ったが、それでも梅の木が蘇ることはなかった。

それで祖母はそのことをいつまでも苦にしており、このままじゃ死んでも死にきれんと言納に話したこともある。

それがどうしたわけか、今年の２月に突然白い花を咲かせたのだ。祖母も言納も大喜びして赤飯まで炊いた。

そして、もし実が生ったらどれだけかは梅酒にし、どれだけかは梅干しにしたり……そうだ、仁王門屋さんみたいに梅干しの天ぷらにしてお店で出そうと話し合っていた矢先、梅の実が大きくなるのと入れ替わるようにして祖母は逝ってしまった。

今年から梅の実を摘むのは言納の役目だ。この梅の木が実をつけ続ける限り、言納はいつまでも祖母と暮らした日々を忘れないであろう。

祖母の死においては言納よりもむしろ亜美のほうが落ち込んだ。というのも、言納と亜美は従姉妹同士だが、言納の祖母は亜美の祖母ではない。3・11 で亜美の家は津波に襲われ、頼る親戚は福島の避難区域にあるため、それで犬山へ来たのだ。

しかし、一緒に暮らし始めてちょうど３年。亜美にとって言納の祖母は本当の祖母以上の祖母になり、茜にとっては疑いのない大おばあちゃんであった。

亜美は茜が入院中、こんなことを考えていた。

もし茜の呼吸が止まってしまったとして、そこへ神様とか宇宙人が現れこんなことを言ったら……。

「1000万円払えば、この子を24時間だけ生き返らせてやってもいいぞ」

神様はそんなこと言わないけど、仮にの話だ。

亜美は思った。たとえ24時間だけであっても茜が生き返ってくれるのなら1000万円払う、と。

もちろんそんなお金など持ってない。ないけど働いて返せばいい。そんなことより、24時間だけでも茜と暮らせるなら、これまでのことでいろいろと謝りたいこともあるし、ちゃんとお礼も言いたい。もういちど一緒に買い物に行ったりテレビを見たり…………ごく当たり前に過ごしてきた1日が1000万円以上の価値があることに気付いた。

それで茜が退院してからは、茜が“おはよう”と起きてくるだけでも毎日宝くじが当たった気分になった。茜だけじゃない。自分も生きてるし、言納や祖母にもまた会えた。そうなってくると、普段の1日はいったいいくらの価値があるのだろうか。朝、顔を合わせるだけで嬉しくってたまらない。

亜美がそんなことに気が付けたのは茜の入院がきっかけだが、それだけではない。亜美と茜を本当の孫のように屋敷へ迎え入れてくれた祖母のお蔭でもある。

そんな祖母が、茜の身代わりになるようにして逝ってしまったため、亜美は言納以上に涙を流したのだ。

葬儀が終わった夜、健太は言納の伯父である横浜の隆史から大きな頼まれ事をした。隆史は言納の母の実弟で言納屋敷の跡取りだが、仕事の都合上横浜を離れられないため、屋敷に住んでくれている言納のスポンサーだ。「むすび家　もみじ」は隆史の協力なしにはオープンできなかった。
その隆史が健太に、
「健太君。亜美ちゃんたちも婆さんもいなくなって言納が一人だと心配でね。あれ（言納）、ちょっと天然だから。もし君が言納と一緒になるつもりがあるなら、ここで一緒に住んでやってくれないだろか」
それは健太も考えていた。もし一緒に暮らすとすれば言納屋敷なら家賃も必要ないし、店の防犯にもなる。健太の仕事に支障もなければ、互いの両親が反対することもない。まったく問題ない。
なので葬儀の翌日、言納にそれを伝えようとしたときのこと。

『コトノスムマデ　シバシマテ』

どこから来たのか判らない。
健太は、言納から祖母が亡くなった知らせを聞いた日の夜、ある神社から呼び出しをくらっていた。しかしそれどころじゃなかったので、
（今はムリ。用があるならそっちが来い）
と返しておいたから、ひょっとしたらその関係者からかもしれない。たしかに健太からすれば“来なくていい”とか“すぐに来い”とか、反発したくもなるのもよく判る。
それで『コトノスムマデ　シバシマテ』の後半は“しばし待て”であろう。それ以外に考えられない。
ならば前半は？　どうやら“言納　澄むまで”だ。
祖母を亡くし心が乱れているから、落着きを取りもどし心が

澄むまでしばし待てということであろう。

　そして4月21日。また何か始まった。
　2014年4月21日なので、0を抜くと「214・421」。いつもの数だ。

　『ミロクひそむ洋の日は
　　6つの6のカクレミノ
　　コトノスムマデ666
　　イヨヨ　マコトノ　コトハジメ

　　イヨヨ　マコトノ　コトハジメ
　　タツノアマテル　ミノノウラ
　　ミロクとイザヤの交わる先で
　　四方八方十六方
　　カゼオコセ　フリハラエ
　　キヨメワ　オトタレ　コトハタレ』

　これは言納へのもので、ついでに健太へのものも来た。

　『イヨヤ　マコトノ　タマムスビ
　　ケンタイノママ　ミノママニ
　　コトノムスマデ　タツトナリ
　　コケノムスマデ　ヨキメオトタレ』

　よく判らないが、健太も何かしろということだ。
「“完了”したんじゃなかったのかよぉ」

健太はぼやいたが、無駄な抵抗だ。どうやら“完了”したのは女神神事だけであって、すべてが終わったわけではなかったようだ。ご苦労様。

その日、健太の自宅に鬼無里の生田から荷物が届いた。大きな箱を開封すると、日本刀でも入っているかのような筒が出てきた。

（んっ、何だ。……えっ、大幣《おおぬさ》？）

神社でお祓いの際に神主が振るあれだ。しかも一番大きなサイズで、素材は栃木産の麻である。

栃木県は産業用大麻の生産が日本一で、大麻畑へ行くと柵も囲いもない場所で大量に大麻が育てられている。

生田は大麻農家にも仲間がいるらしく、最高級の素材を用いた大幣を、ナゼか判らないが健太へ送りつけてきた。ひょっとしたら戸隠の天狗が指示したのかもしれないが、それもやがて判るであろう。

*

言納たちの新たな行が始まったころ、一人の娘が愛媛県八幡浜市の故郷をあとにした。地元の高校を卒業するとそのまま父の会社の事務を手伝っていた彼女だが、不況のあおりを受け父は廃業を決意したため、職は失ったが同時に人生で始めて大きな自由を手に入れた。それで愛車のバイクにまたがり、今まで夢だった城めぐりを思う存分するのだ。

彼女の名前は村上怜奈《れいな》、24才。平成元年の８月生まれで、戦国時代の歴史が大好きな歴女《れきじょ》である。

城めぐりの中でも特に楽しみなのは、彦根城、松本城、犬山城である。これまで国宝は姫路城しか訪れたことがなかったので、この旅で残りすべての天守閣に登るつもりだ。

今治から瀬戸内しまなみ海道をバイクで走り抜ける気分は最高だった。こんな解放感は今まで一度たりとも感じたことはない。

だが瀬戸内の風を受けて大島、伯方島を渡っているうちに初めての長旅が少し不安にもなり、大三島《おおみしま》の大山祇《おおやまづみ》神社で安全祈願をすることにした。

インターを降り案内通りに走ると15分程で目的地に着いたが、怜奈はがく然とした。大山祇神社周辺は観光客でごった返していたからだ。

怜奈は神社前を通過し、そのまま海岸へ出た。海岸に沿って細い道があったため、そのまま進んで行くと、小さな社《やしろ》がある。

それほど手入れのいきとどいた神社ではなかったが、怜奈は何か引き付けられるものを感じたので、バイクを停め、ここで参拝した。

本人は気付いてないが、ここ阿奈波《あなば》神社はイワナガヒメを祀る。

大山祇神の娘としてはコノハナサクヤヒメばかりが注目されるが、神話はイワナガヒメが蔑《さげす》まれるように意図されている。ということは、記紀には残したくない何か重要な立場の媛であったのだろう。

怜奈は無意識のうちにここへ導かれた。これも何か訳があるのかもしれぬが、本人は参拝をすませたことで晴れ晴れとした気分になり、本州へ向けバイクを走らせた。

第11章　ゆえに日本は二本立て

「本当にこの道で大丈夫なの？」
「うん、多分。ちゃんと案内も出てたから間違いないと思アッ、また底を擦っちゃった。もう3回目だ、これで」
「壊れないで、お願い」
「よかった、フェラーリで来なくて」
「持ってないでしょ」
「………………ほら、あそこ。山頂っぽいぞ。着いたかも」
2人が向かっていたのは、長野県上伊那郡の鶴ヶ峰山頂。ここに「日本中心の標《しるべ》」がある。最後の2kmは未舗装なため、持っている人もフェラーリでは行かない方がいい。

『ミロクのひそむ洋の日は
6つの6のカクレミノ
コトノスムマデ666
イヨヨ　マコトノ　コトハジメ
………………』

ミロクを数で表すと「36」「369」の他に、3つの6で「666」。出《で》口《ぐち》王《お》仁《に》三郎《さぶろう》は「567」をミロクと読んだ。567は7×81だ。
ここでのミロクがどれを示しているのか判らないが、『洋の日』は西暦のことと判断した。
西洋・東洋、どちらも洋が付くが、洋食といえば西洋食であり、洋服は西洋服であることに疑問の余地はない。音楽や映画も、洋楽・洋画と邦楽・邦画に分けてある。
なので『洋の日』は西暦でいいのだが、『ミロクのひそむ』をあれこれ考えてみると、
6×6×6＝216
に何か引っかかるものがあった。たしかにミロク（＝666）がひそんでいる。
そうだとすれば2016年2月16日は例のごとく0を省けば「216・216」なのでミロク（＝666）が2つもひそんでいるし、
「216・216」＝「6×6×6・6×6×6」
になり、『6つの6の隠《かく》れ蓑《みの》』になっている。ただし『カクレミノ』には他にも解釈があるようで、それはまたのちほどに。
『コトノスムマデ666』は、まさかと思ったが、メッセージを受けた2014年4月21日＝「214・421」の日から数えたら、2016年2月16日は666日後だった。
このことに気付いた瞬間、健太の脳裏にロバートの顔が浮かんだ。
（あいつ、日本に来てる理由は言わなかったけど、何か知ってるはずだぞ。キリスト教を“隠れ蓑”にして、世界中で混乱と対立を巻き起こそうとしている連中の何かを……）

『イヨヨ　マコトノ　コトハジメ』については2回続けて出てきた。
言納の解釈によると、最初のブロックの最後の行の『イヨヨ

マコトノ　コトハジメ』は、“いよ（い）よ誠の事始め”であった。

とうとう本番が始まったとも受け取れ、その期限が2016年2月16日。その日まで残すところ、あと666日ということなのであろうが、だから何をすればいいのだろう。

それに、隠れ蓑軍団はその日までに何かを完成させようとしているのか、その日に何かをやらかす計画なのか、そのあたりはまださっぱり判らない。ロバートなら知っているかもしれないが。

次の『イヨヨ　マコトノ　コトハジメ』は、“144＝（20）14年4月、真《ま》（なる）言納《ことの》（の）言葉締《ことはじ》め”だそうだ。

『イヨヨ』は（20）14年4月、つまりそれを受けたそのときのことで、真なる言納の言葉締め＝言霊による清めだとか封印解除などを、今から2016年2月16日までにやり遂げよ、との解釈で間違いなさそうだ。

名前からして“言納”なので、最終的には“言霊を納める”ミハタラキを持っており、名は“体《たい》”以外にも表すものがある。

それで次の『タツノアマテル　ミノノウラ』について、これが判らなかった。

『タツノ』……。龍《りゅう》の、ではなく、辰《たつ》の。今年は辰年じゃないし、今までリュウのことをタツと表現されたことはなかったはず。

『タツノアマテル』……辰に乗ったアマテルか。アマテラスではなくアマテルなので、これはもうアマテルクニテルヒコ、そう天照国照彦《アマテルクニテルヒコ》天《アメノ》火《ホ》明《アカリ》櫛甕玉饒速日《クシミカタマニギハヤヒ》尊《ノミコト》であろうが辰の背にニギハヤヒ尊が？
『ミノノウラ』については、キリスト教が隠れ蓑だとすれば、裏に当たるのは何か。ユダヤ教かイスラム教か。
　それともキリスト教は一神教のため、裏を多神教と考えれば神道・仏教・ヒンズー教などがそれに当たる。
　あるいは“美濃の裏”とすると……『カクレミノ』も“隠れ美濃”か。まさか白山神界の…………。
　岐阜県奥美濃地方の石徹白《いとしろ》にある白山中居《ちゆうきよ》神社で、諏訪の豆彦《まめひこ》が殉死して国底立大神《くにそこたちおおかみ》になったときのこと。

『ククリの御名《みな》に隠された
　真なる白《はく》の御姿は
　調和のとれた太極図
　高皇産霊《たかみむすび》と神皇産霊《かみむすび》
　共に揃いて白《はく》をなす

　国常立なるクナトの大神
　白山比咩たるククリ媛
　共に来たるは九の次元
　いよよ地上に九の波長
　降ろす準備は整いた
　……………』

　美濃の裏……裏美濃……怨みの……健太は戸隠でこんなことも受け取っていた。決して無関係ではないように思う。

『人々よ

長き時空のその中で
渡り来たりた神々は
先着の神　後進の
神を遮《さえぎ》り防戦す
後進の
神々次つぎ渡り来て
大八洲《おおやしま》
支配と服従入り乱れ
怨念の
連鎖ここまでつながりぬ
………………』

怨念の連鎖はまだまだ続いているのだろうか。健太は何気なく戸隠の位置を地図で確認すると、近くを東経 138 度線が通っていた。その線に沿って南下していくと辰野《たつの》という町があり、そこで北緯 36 度線と交差している。

『ミロクとイザヤの交わる先で』、つまり北緯 36 度と東経 138 度が交差するその先に何かがありそうで、それはすぐに判った。

すぐ先の山の頂に「日本中心の標」なるものがあるのだ。山への入り口には大神《おおみわ》神社があるし、JR 辰野駅の裏には三輪神社がある。

大神神社、三輪神社、どちらもニギハヤヒ尊だ。ということは、『タツノアマテル』は辰野の大神神社・三輪神社のことであろう。

さらに驚いたのが、駅裏三輪神社を真西に進むと奥美濃の白山中居神社を通過する。どちらも北緯 35 度 59 分 15 秒〜 30 秒あたりに位置しており、これってオモテとウラの関係なのか。
　となると、ここでは美濃の裏を辰野と考えるべきなのかもしれない。

　ここが日本の中心だと名乗っているのは辰野町に限らない。
　円空の里でもある岐阜県の美並町には「日本まん真ん中センター」なるものがあり、建物自体が秤《はかり》をモチーフにしてあって、中に入ると日本列島がバランスよく吊りさがっている。ここが日本の中心だということを表しているのだ。
　人口分布においては刃物の町、岐阜県関《せき》市が重心点であるし、長野県諏訪市は諏訪湖を日本のヘソと呼んでいる。
　辰野町においては北緯36度00分00秒と東経138度00分00秒の交わる地点を日本の中心と考え、「日本中心のゼロポイント」の大きな看板が掲げられている。
　ゼロポイントとは緯度と経度の00分00秒が交わるところで、日本列島にはそのようなゼロポイントが約40ヶ所存在している。その中で、辰野町のゼロポイントがもっとも日本の中心っぽい。
『ミロクとイザヤの交わる先で』ということで、ゼロポイントから北西方向に直線だと約2km。ここにもうひとつ「日本中心の標」が建っており、100メートルほど先にある展望台にも日本中心の展望台と、大きく書かれていた。みんな中心が好きなのだ。
　全国各地で「ここが日本の中心だと神様がおっしゃってます」とか「世界の中心はここなんです」と聞く。あれは、そう伝える神に問題があるのではないか。その神がそこを拠点にしているので、伝え聞いた人はそう考える。一人一人が中心であるのはいいが、他を認めずここが唯一の中心だと思ってしまうと、そこには争いしか生まれない。

さて、「日本中心の標」の地点を日本の中心と定める根拠は、ここが太平洋と日本海の海岸線からもっとも離れた内陸部にあるためだ。

何を基準にするかの問題だが、地理的において日本の中心はいずれも岐阜県か長野県であるため、その範囲の中で考えれば、岐阜と長野はそれぞれが中心としてオモテウラのハタラキがあるのであろう。

八方にかしわ手を打ち、言納が鈴を鳴らして健太が磐笛《いわぶえ》を吹く。そして弓の弦を虚空に向けて鳴らした。

言納はひふみ祝詞の言納バージョンをうたうようにして奏で、健太は大幣を四方八方十六方に向けて日本列島を祓った。生田はそのためにLサイズの大幣を送ってよこしたのだ。

『四方八方十六方
　カゼオコセ　フリハラエ
　キヨメハ　オトタレ　コトハタレ』

については、四方八方十六方、日本の中心からぐるりと全円360度、大幣で風を起して邪念を振り祓えということだ。
『カゼオコセ』には他にも“風を越せ”なる解釈もあるようだが、ここでは触れないことにする。
『キヨメハ　オトタレ　コトハタレ』もそのまま“清めるのは音霊であり言霊なり”なので、鈴の音と磐笛、そして言納による言霊でお清めをおこなったのだ。

鈴は奈良県大神神社の鈴なので、これもちょうどよかった。それは金色の鈴が8つ連なっており、木製の柄の部分に「四方八方除守」と書かれてある。まさにうってつけだ。

日本の中心ということで、中心を示す数霊は「41」。また、“清め”の言霊数は「81」になるため、“神”と“光”の大祓いになった。

他に、健太は弓の弦を鳴らしたが、空間に振動を起こすためだ。

振動を起こすことで“場”にゆらぎが伝わる。ギターなどの弦楽器でも振動は起こるが弱い。それで弓が必要になる。

弓といっても50cm程度のものだが、弦をグイッと力強く引いて放す。すると“場”がゆらぎ、波が起こる。その波が素粒子なのだが、目的は他にあった。

“場”に強い振動を起こすことで余剰次元をこじ開ける。それでこちらの空間と異次元空間がつながるのだ……と、健太は考えた。

そんなわけで自作の弓を持参したのだが、どうやら振動による余剰次元の開放は、予想以上の効果をもたらした。

余剰次元の説明は後ほどする。

辰野駅の裏手にある三輪神社の御祭神は三柱で、健御名方《たてみなかたの》命《みこと》、大己貴命《おおなむちのみこと》、少彦名命《すくなひこなのみこと》。

健御名方命は諏訪の建御名方命《タケミナカタノミコト》のことだ。大己貴命はおそらく大国主命《おおくにぬしのみこと》であろうから出雲の神である。面白いことにタケミナカタとオホナムチは言霊数が共に「103」になる。

意外にも御祭神に天火明命《あめのほあかりのみこと》やニギハヤヒ尊の名が入ってなかったので辰野町の役場で尋ねたところ、そんなことに関心がある職員はいないようで、隣接する町民会館内の教育委員会事務所へまわされた。

それで、判ったことといえば、現在は小さな祠《ほこら》しか残ってない大神神社が元の神社で、のちに三輪神社へ移ったのだとか。

地元では大神神社をオオミワとは読まず、オオガミさんと呼んでいるらしい。

資料によると、奈良の三輪信仰に憧れをいだいてこの地に三輪の神を祀ったらしく、だとすれば三輪神社に移す前はニギハヤヒ尊が信仰の対象だったはずだ。

それが、大神神社から三輪神社へと移る際に、ニギハヤヒの名が健御名方命にすり変えられてしまったのかもしれない。訳はのちほど述べる。

健太へのメッセージを解読してなかった。

『イヨヤ　マコトノ　タマムスビ
　ケンタイノママ　ミノママニ
　コトノムスマデ　タツトナリ
　コケノムスマデ　ヨキメオトタリ』

これもなかなか奥深かった。

『イヨヤ　マコトノ　タマムスビ』のイヨヤは（20）14年8月のこと。『マコトノ　タマムスビ』は“誠の魂産霊《たまむすび》”であり“真・言納（と）の魂結び”なので、一緒に暮らすのは、あるいは結婚するのなら8月にしろよ、ということらしい。

いずれにしても祖母の四十九日が終わるまでは親類縁者の出入りが激しいし、祖母が亡くなってすぐに男が暮らし始めると、田舎はどんな噂が立つか判りゃしない。初盆がすんでからの方がいい。神々も世間体を気遣ってくれているのか？

『ケンタイノママ　ミノママニ』

①献替《けんたい》のまま　身のままに

②健太　意のまま　身のままに

③……美濃ままに

などなどと解釈できる。

①に出てくる献替とは辞書によると、「献」は勧める、「替」は捨てるの意。君主を輔佐し、善を勧め悪を捨てさせること、となっている。この場合の君主とは言納のことであり、言納を輔佐（補佐）せよ、と。

②もまぁ重複する要素が見てとれるが、タマシイの声に逆わず、意のまま身のまま歩めというようなことで、③については省く。

『コトノムスマデ　タツトナリ』、はコトノスムマデと間違えやすいが、ここはムスマデだ。まずは前半部分。

④事の産《む》す（生《む》す）まで

⑤言納（が）結すまで

であって、後半部分は

Ⓐ辰（竜）となり

Ⓑ立つ　隣り

というわけで、組み合わせは自由だ。

④とⒶをくっつけて“事の産すまで辰（竜）となり”だと、言納の与えられたお役が成就するまで、健太は龍になって言納を守護しろというものだ。

龍は神そのものでもあるが、そのミハタラキとしては神の手となり足となって動く。それが龍の道である。健太にもそれが求められているのだ。言納の遣いとなれよ、と。

もし④にⒷを組み合わせれば、やはりこれも言納の隣りに立ち、しっかり支えよということになる。

⑤も“言納がやり遂げるまで”の意なので、いずれの組み合わせであっても健太は最後まで言納に仕えなければいけない。

2016年2月16日までのお役、言納ひとりでは成せない。2人揃って調和のとれた太極図だ。

多分だが、日本古来の信仰において、はじまりは「2」である。高皇産霊《たかみむすび》と神皇産霊《かみむすび》のように。

健太たちはイスラエルへ向かう前に対馬を訪れた。和多都美《わたつみ》神社の磯良《いそら》エビスへ挨拶するために。その前日に訪れた多久頭《たくづ》魂《だま》神社の宮司も、

「元来神道における神のはじまりはタカミムスビノカミとカミムスビノカミです。一般的にはじまりだと考えられているアメノミナカヌシは“あと付け”です」と。

今はそれが健太にもよく理解でき、男女の交わりから人が生まれるように、あらゆるものが陰陽揃って初めて誕生するのであろうと。

なので“産霊《むすび》”“結び”の元を「一」と考えるのは自然の摂理に反しているのかもしれない。日本はいつも二本立てであるように、はじまりを「二」と考えてみると、生むに必要なのは何と何、ということが見えてくる。

さて最後の『コケノムスマデ　ヨキメオトタレ』は、もうそのまま“苔のむすまで　よき夫婦《めおと》たれ”で、いつまでもよき夫婦でいろよ、である。

実は『ヨキメオトタレ』は“佳き（善き）め、音たれ”も含まれているが、そろそろ話をすすめる。

　螺旋階段を登ると八角形の展望台からは360度が見渡せた。
「ねぇ、健太。それ貸して」
　言納は大幣を手にすると、先ほど健太がしたように、四方八方十六方に向かいお祓いを始めた。ひふみ祝詞の言納バージョンを口ずさみながら祓う姿は神々しく、本気で日本全土を清めているのであろう。
　そんな言納のために何をしてあげられるのだろうか、自身に問いつつ健太は天を仰いだ。すると、

『背に気を通すは背降つ（瀬織津）の
　天地《あめつち》つらぬくミハタラキ
　背保根（背骨）のつまりは背降りず（非瀬織津）に
　閉じた奥の戸　意気止まり』

　これは瀬織津姫からなのか。
　日本の中心（のひとつ）で身体の中心のメッセージとは粋なはからいだ。身体の中心を貫くのは背骨であり、それは健太の仕事と直接結びつく。
　また、背骨を『背保根』と表現するあたりはさすが背降りつ姫。根となるものが保たれているのが背骨であって、そこに気が通らずつまっていると『背降りず』だそうで、“非背降りつ(非瀬織津)”と書く。
　非瀬織津＝瀬織津に非ず＝背降りず、なのだ。
『意気止まり』は、背骨に気が通っていなければ、なかなか思いを達成できないよといった意味合いであり、“行き止まり”“息止まり”にも通ずる。

以前に言納が京都の上賀茂神社を訪れた際に、境内の梶田社でこんなことを受けている。梶田社の御祭神は瀬織津姫だ。

『背に降りつしは　秘めたる力
　歪みがありては　秘めたまま

　背折りつ姿勢は　閉ざした死生
　背すじそらせば　道すじそれず

　天の気通る　背降りつ姿勢
　人々至る　臨界点』
（『日之本開闢』42ページ、『臨界点』265ページより）

瀬織津姫といえば祓《はらえ》戸《ど》の神であることはよく知られているが、祓う＝背骨にたまったつまり（邪気）を祓い、気を通すミハタラキなのかもしれない。

山から降りてもまだ午後２時すぎだったので、帰りは高速道路は使わず一般道を走ることにした。

この季節、伊那谷は右に中央アルプス、左に南アルプスの残雪がまぶしく、新緑と色とりどりの花が心おどらせてくれる。

健太としては駒ヶ根で名物のソースカツ丼が食べたかったのだが、めずらしいことに言納が「お腹すいたー」と言わない。

不思議に思った健太は助手席に座る言納をよーく見てみると、目を開けたまま寝ていた。そして寝言のようにこんなことをつぶやいた。

「戸隠　片ハタラキ
　神岡　片ハタラキ
　真珠と瑪《め》瑙《のう》
　揃うて役を果たすんじゃ」

完全にジイさん神が罹《かか》っている。まぁそれは慣れているが、目を開けたまま寝るのは怖いってこと。続きがある。

「信濃　片ハタラキ
　飛騨美濃　片ハタラキ
　ヒョウリ一体
　サンミ一体
　シンギ一体じゃあ」

一緒に暮らすようになっても別々の部屋で寝よう、健太は本気でそう思った。

それでジイさん神だが、ここらあたりの地方神というか氏神であろう。それでもその表現は面白く、『ヒョウリ一体　サンミ一体　シンギ一体』のうち、表裏一体と三位一体については、岐阜と長野は表裏一体であり、旧国名の信濃（長野県）と飛騨・美濃（ともに岐阜県）は三位一体ということらしい。

そして『シンギ一体』は心技一体ではなく、信岐一体なのだそうだ。つまり、信濃と岐阜のことで、どれも同じことを言い表していた。

“山”の長野と“川”の岐阜。説得力はないが長野が陽で岐阜が陰、っぽい。合い言葉の代表格、「山」「川」は長野と岐阜か。

『奥の戸　杉の戸　ま中の戸
よもや開くか　時、満ちて
まさかまさかと思うたが
最後の閂《かんぬき》　抜け落ちて
いよいよ陰陽　結ばれし

信州は　神州なりて　神の国
飛騨は火騨
美濃は水濃にて　火《か》水《み》の国』

これは「日本中心の標」から下山している最中に車中で言納が受けたのだが、今となってはよく理解できる。
信州は信濃の別名。美濃は木曽三川などで水が豊富なので、かつては本当に水《み》濃《の》と書いた。

辰野から帰った夜、信じられないことが起こった。レディー・ググが星太郎を伴いやって来たのだが……。

『お邪魔してもよろしいでしょうか』
（どなた様で？）
『ググと申します』

その口調があまりにもしおらしいので健太は信じることができなかったが、星太郎も間違いないという。ならばググなんだろうが、いったい何があったというのだ。

『わたくし、お二人のお姿を拝見して、

いたく感動いたしました。
損得の心、ひとつもなく、ただただお心よりこの国の平安を願い、邪のモノの攻撃をものともせずにお祓いなさるるそのお姿に、わたくし、改心いたします』

(……………………)

健太はどう対処していいのか判らずいた。レディー・ググと星太郎が辰野へ来ていたとは、まったくもって感じていなかったのでなおさらである。

『かの地にて言依姫様がお出ましになりました。ハランの地でお会いしておりますので、すぐに判りましたわ。
そして言依姫様が高貴な姫神様と引き合わせてくださり、わたくし、おごそかなお山でしばらくお世話になることにいたしました。
つきましては、あなたがたお二人に5月10日、石徹白のお社においでいただきたく、本日はそれを伝えにまいりました』

(5月10日って、もうすぐじゃないですか)

『はい、出雲の神々様もいらっしゃるそうで』

(そうか。去年の5月10日は出雲で60年ぶりに遷宮がおこなわれた日だ。それで出雲と伊勢の外宮が表裏だと……)

ということは、10月5日も何かすることになるであろう。

それよりもだ、石徹白のお社といえば白山中居神社のことだ。出た。

ならば高貴な姫神様は瀬織津姫か菊《くく》理《り》媛《ひめ》であり、おごそかなお山とは白山に他ならない。
（中居神社かぁ。怖いなぁ）
そりゃそうだ。
言納の祖母が亡くなった直後、健太はある神社から呼び出されていたが、忙しかったため“今はムリ、用があるならそっちが来い”と返したのだが、その神社こそ白山中居神社なのだ。
千数百年前、健太は肉体人間としてそこにいたらしく、そのころいつも一緒に悪さをしていたのが、今やグリーゼ581gで星開きのために尽くしている一《かず》火《ひ》である。
それにしてもあのレディー・ググが、あそこまで変わるとは…………。
ほんの２ヶ月ほど前、怒れる女神に逆戻りしたググは、健太にこんなことをブチまいていた。

『あんたたちって、ホントにバカね』
（突然どうしたんですか？）
『神をおだてるのはおよし。人間たちがアイドル扱いして追いかけ続けるから、勘違いしてるのがいっぱいいるのよ、この国の神界は』
（……おっしゃる意味がよく判らないんですけども……）
『だーかーらぁ、アイドルみたいに追っかけまわしたり、恋愛してんのよ、神に。そんなんだから神の中の愚かな部分がどんどんおだてられて、調子に乗っちゃうのよ。人間どももそれが判らないから、助長された神の愚かな部分と共鳴しておかしな方向に引っ張られるのよ。あんたたちって、信じ仰いでるんじゃなく、神からただ注目してもらいたいだけでしょ。神に好かれようとしてあちこち追いかけたりご気嫌とって。それでちょっと不思議なことがあると、神が喜んでるとか、神からのメッセージよ、って。アホちゃうか』

（たしかに、そういった面もあるには……）

『とにかく幼いのよ。平和ボケのなせる業ね』

（はぁ）

『あんたも気を付けや』

と、こんな調子だった。訴えたいことは判る。ググはお世辞が通用しないタイプだし、顔色うかがわれてご機嫌取られると、よけい腹が立つのであろう。

ところがである。

突然お上品に変身したググは、お山で姫神から新たに和名を授けられたという。

『わたくし、本日より雪椿と名乗らせていただきます』

健太は吹き出しそうになってしまった。あのロックン・ロール女神が、レディー・ググから雪椿に改名とは。

しかも改心したのはググだけではなかった。

『ボクも今日から心を入れ替えます』

星太郎だ。どうやら叱られたらしい。

（シャルマさんにかい？）

『いえ、国底立大神様とおっしゃ…』

(豆彦だ。豆彦が来てるのか、地球に)

『へい。ケン様たちが石徹白の社へいらっしゃるときには、国底立様もおいでになるとのことでござる』

ていねいだけど、まだ変だ。けど、まぁいい。とにかく星太郎もこれからは真面目に過ごすことにしたようだ。

*

5月10日、晴天。

土曜日のため言納は店を休むわけにはいかず、ランチタイムを終えてから大急ぎで奥美濃へ向かった。

北海道から母が来ていたが、訳を話したところで理解できるはずもないので、田舎の農家へ野菜を仕入れに行くと言い残して家を出た。特に言納の母においては、娘が「6つの6のカクレミノ」だとか「信濃　片ハタラキ」なんて言い出そうものなら、警察、自衛隊、保健所、消費者センター、あらゆるところへ相談に行くであろう。たまったもんじゃない。

大杉のすき間を抜け、結界にもなっている川を渡ると、中居神社の境内は新緑の若き気に満ちて清々しかった。

いつもは本殿手前の磐座に挨拶するのだが、言納はそこで軽く会釈をしただけで、すぐに本殿への階段を登って行った。

普段は磐座の前面に、紙垂《かみしで》が付けられた細い杭がずらりと立てられており、言納はそれと同じものを北海道の二風谷《にぶたに》で見ている。アイヌの小屋に泊まった際のことだ。

この日はそれが撤去されていたが、翌週の大祭のため新調されるのだろう。

参拝途中、言納が何かを受け取るように両手を前へ差し出した。すると“ギギーッ”という音がして、健太にもそれが聞こえた。

何と、岐阜と長野を隔てていた『奥の戸　杉の戸　ま中の戸』が開いたのだが、戸を閉じるための閂《かんぬき》になっていたのは、1メートルほどもあろうかという剣だった。言納の発した言霊がその閂なる剣を引き抜き、それで『奥の戸　杉の戸　ま中の戸』が開いたのだ。

その剣、長さから判断して十拳《とつか》はあろうかと思われる。鞘におさまった姿は優美で神々しく、細身の剣で、全体から白い光を放っていた。その剣を言納が受け取ったのだ。

健太には豆彦の姿がはっきりと見えていたが国底立大神豆彦は何も語らず、真中大柱大神《まなかおおはしらのおおかみ》と申される老婆の姿の神が、健太に語りかけた。日本の真ん中に立つ柱は女神のエネルギーということか。とにかくこの老婆は迫力があった。

『国として
何を望むか日の民よ
自国の幸か　自国の富か
他国を圧する国力か
望みしものを手に入れて
魂《たま》の底まで安寧か
魂は満たされ平安か

自国のみ
満たさるるならそれでよし

今の今まで人々は
己れの快《かい》を追い求め
狂乱の世をつくりたる
まこと切なきことなるのう

日之本《ひのもと》よ
いまだ明けぬるこの闇を
このまま放りておけぬわのう
国として
独立さるればそれぞれに
志すことありたると
そを忘るるな　日の民よ

平安を望みし人よ　日の民よ
いかで世界を成り立たせるか
己れのお胸に手を当てて
ひとときこれが目を閉じよ
国として
何なすべきか　今ここで
己れの魂に耳澄ませ
しかと聞くべきとき来たり

四季ありて
海の幸　山の幸にも恵まれて
火と水　調和の国なれど
何ぞ不服か　日の民よ』

まったくおっしゃる通りだ。ただし、これは健太にではなく首相の奥様に伝えていただきたい。鳩ちゃんもアベベ君も奥方は完全にスピ系の人なんだから。

健太は途中の『このまま放りておけぬわのう』の部分で、あることを思い出した。

3・11直後も同じようなものを受けていたが、そのときは震災の衝撃が大きすぎ、深く考えることはなかった。

しかしここへきて、トルコやベトナムなどの諸外国へ無責任にも原子炉の輸出を決定し、さらには武器を携えた自衛隊が場合によっては他国を攻撃可能にしようとさえしている。それで健太が思い出したのは、3月10日、ちょうど2ヶ月前の伊勢での出来事だった。

3・11大震災から3年が過ぎようとしている前日、三重県伊勢市で65年ぶりに巨人対阪神のプロ野球試合がおこなわれた。

オープン戦とはいえ地元にとっても両チームにとっても意義ある催しだったようで、プロ野球に関心のない健太にもこのニュースは目に止まった。

というのも、試合前、グランドにズラリと並んだ両チームの選手の背番号が、阪神は全員が「19」番、巨人は全員が「14」番を付けていたからだ。

阪神の「19」番は、戦前に阪神で活躍し、その後34歳で戦死した西村幸生投手が付けていた背番号だ。

そして巨人の「14」番は、やはり戦前に巨人で大活躍しつつ27歳の若さで戦死した沢村栄治投手の背番号である。沢村投手の名は、毎年優秀な成績を残した投手に贈られる「沢村賞」として今でも残っている。

この「19」番西村投手と「14番」沢村投手は共に伊勢市出身なので、2014年に球団創設80周年の巨人と、翌年が80周年の阪神が両投手を偲んでおこなった試合である。

ニュースでは両投手が並んだ銅像のうしろ姿が映し出され、背中には「19」と「14」がはっきりと見てとれた。

健太はこの銅像の「19・14」や、両チームの選手が並んで「19・19・19・19…」と「14・14・14・14……」を目にした瞬間、脳裏に誰かが銃殺される映像が流れたのだ。

(えっ、何だろう。19・14……もしこれが1914年なら、ちょうど今から100年前。1914年……うわっ!!)

1914年6月28日、ボスニアの首都サラエボを訪問中だったオーストリアの皇太子夫妻を、反オーストリアの秘密結社に所属するセルビアの青年が暗殺してしまった。

それでオーストリアはセルビアに宣戦布告。イギリスやドイツも加わり第一次世界大戦が勃発した。

健太が見せられたのはこの映像か。だとすると、今は開戦前夜ということか。いや、必ずしも第3次世界大戦が起きるのではなく、このままではその未来も可能性としては有り得るであろうから、その未来へ向かうベクトルを改めよ、ということかもしれない。

1914年は日本国内でも海軍の汚職により内閣が総辞職したシーメンス事件や、135年ぶりに大噴火した桜島によって東京にまで火山灰が降ったりしている。

太平洋戦争の開戦は「1941」年だ。

しかし、モノは考えようだ。

「1914」の裏は「4191」だ。「41」を国道41号にして「41＝神岡・91＝戸隠」を表していると考えれば、共に今や高天原となっているし、長野と岐阜を隔てていた杉の戸も、閂が抜けた。

また、別の角度で考えると、2013年の遷宮、旧暦だと出雲は4月1日で、伊勢外宮が9月1日だったので、これも「4191」である。出雲と伊勢が結ばれるのか？　もしそうなら近々カタチに現れるであろう。

そして3月26日には天皇皇后両陛下が伊勢の外宮内宮に参拝され、同時に三種の神器も伊勢に揃った。26日は日本政府がアメリカ政府に忠誠を示す日であるが、これはその反対の動きなのだろうか。だとしたらありがたい。

ただし、熱田神宮に保管されている（ことになっている）草薙剣については皇居からレプリカが携行されたと発表されているが、実際のところは判らない。熱田から伊勢へ、本物の剣はすでに移されているとの噂も絶えないので。

しかし、草薙剣は出雲系の血すじの者だからこそスサノヲ、ニギハヤヒ、そしてヒノモトタケルが受け継いだアマツシルシ。本来の神が封じられたままの伊勢にそれを持ち込むことができるのか、はなはだ疑問である。

ともかく、健太が受け取ったものの内容と言納が授かった、いや、預かった剣。今後の国の行く末を暗示しているようだ。

参拝を終えるとすぐ、言納が妙なことを言いだした。

「ねぇ、健太。カブチ神社って知ってる？」

「神淵なら知ってるけど」

「今から連れてって。白い剣ね、これは人間が持つべきものじゃないんだって。今からそこへ持って行かなきゃ」
「今から行くの？」
いくら日没が遅くなったとはいえ、ここから神淵神社まで2時間は必要だ。暗闇の中、あの狭い山道を登って行くのは気が重かったが、『コトノムスマデ（事の産《む》すまで・言納、結《む》すまで）　タツトナリ（竜となり・立つ隣り）』なので、連れて行かないわけにはいかない。それでまずは奥美濃の山を急いで降り、郡上八幡の町を抜けるとひたすらカーブの多い山道を、国道41号線めざして車を走らせた。

第12章　ワレ、剣ナリ

　白山中居神社から神淵神社へ向かう道中、言納はほとんど何もしゃべらなかった。なのでその時間を利用して、星太郎が健太にあれこれ伝えてきた。本気で改心したようだ。言葉遣いもあと一歩というところまできた。

『ケン様は個体生命場を独立した存在だと考えてるんですよね、違いますかな？』

　健太は今のところ、人のタマシイや神としての想念体を、素粒子が集結したカタマリとして“個体生命場”と呼んでいる。
　ただしこの場合、“場”という表現を使ってはいるが、物理学で使用する“場”とは性質が明らかに異なる。
　物理学での“場”は個として独立した存在ではなく、あらゆる空間に遍満している。そして、その遍満する場がエネルギーを受けて揺らぎが起こると、人はその揺らぎを素粒子として認識する。
　しかし健太が表現する“個体生命場”はそれぞれが独立した存在であり、そこに意思や想念が発生すると、それが揺らぎとなって空間を伝う、タマシイの正体のことだ。

『タマシイを個体生命場と表現した理由は判りました。けど、完全に分離した存在ではなく、他の個体生命場といつでも交われます。もちろん交わることを拒否することもできますです』

（どうやって拒否するの？）

『意思です。意思が個体生命場をコントロールしています』

（だったら、意思の方が個体生命場よりもタマシイに近いの？）

『いえ。タマシイは存在の元です。けども、個体生命場はフワーッとした存在なので、放っておくといつでもどこでも他の個体生命場と混ざってしまいます』

（だから意思なき肉体は邪のモノに乗っ取られてしまうのか）

『はいな。意思・想念はタマシイと肉体をつなぐもの。それが剣のハタラキですが、それは神淵の社で教えてもらえます』

（そうなの？）

『みたいです。なので剣の話はあとにして、個体生命場同士の交わりですが、ケン様は「この人、ヤバイ」と思うとギューッて気を引き締めてますよねぇ、いつも』

（うん、まあ。よく知ってるねぇ、そんなことまで）

『あれは、その相手と個体生命場の交わりを拒否してるんです。自分の“場”に相手の揺らぎが流れ込まないように。それを許すと何らかの悪影響がありますからな』

（そうだね）

『では逆に、相手を受け入れたければ心を開放しますよな。それは個体生命場同士の交わりを許可してるというか、それを望んでいるというか…………』

（なるほど。それで個体生命場がタマシイとしての存在であっても、その前には意思があって“場”の開放や閉鎖をコントロ

ールしているということなんだ)

だから心を閉じた状態はタマシイに問題があるのではなく、自らの意思によるのだ。開放すれば交わることもできる。

(それで神社仏閣へ行くことで神仏の個体生命場と交流ができるというわけか……でもさ、人は肉体があるから移動するのに時間が必要だったり、いろいろと制約があるけど、神仏は肉体がないんだから自由に動けるんじゃないの？　何も人間が暗い夜道をこんな苦労して神社まで行かなくたって)

『たしかに。それは正しくもあり、そうでなくもあり、モハメド・アリです』

(……お前ねぇ、ジジイか)

『ごめんなさい。神仏を肉体に押し込めて移動を制約してるのは人間だよ』

(というと？)

『ボクはどこにも祀られてないから自由に動けるし、ケン様たちが余剰次元って呼んでる空間にも行くことができるよ』

余剰次元とは、宇宙に働く４つの力「重力」「電磁気力」「強い核力」「弱い核力」を統一した理論で説明しようとする超ヒモ理論や超重力理論に出てくるもので、スピリチュアル的にいう高次元に近い。

超ひも理論は 10 次元理論、超重力理論は 11 次元理論であり、時間軸の１次元を除いて残りはすべて空間次元である。つまり、超ヒモ理論には空間次元が全部で９次元あり、超重力理論では10次元の空間次元があることになる。
　物理学において時間軸が複数あると都合が悪いため、空間次元を増やして理論を組み立てているのだ。
　それで、肉体人間が暮らすこの世の中の空間が3次元なことは承知の事実だが、物理学では本気で残りの6次元、あるいは7次元を空間で探しており、それを余剰次元と呼ぶ。
　死んでしまった人と交流できないのは、死後のタマシイが余剰次元に隠れてしまっていると考えば、これがなかなか面白い。

『ワープする宇宙』や『宇宙の扉をノックする』（共にNHK出版）の著者でハーバード大学の理論物理学者リサ・ランドール教授は、理論上だがすでに余剰次元を発見している。
　ただし彼女は『宇宙の扉をノックする』の中でこのようなことを述べている。
「量子力学を用い、ポジティブな考えが財産や健康や幸福を引き寄せるといったことを、いかに多くの人が信用しているかと思うと、頭が痛くなってくる」
「量子の理論を用いればどんな奇妙なことでも起こりうるわけではない。量子力学は何があろうとも、遠い出来事や現象と人間とのあいだに働くという、いわゆる“引き寄せの法則”についての秘密を説明することはない。そのような大きな距離では、量子力学がその種の役割を果たすことはないのである」
　というわけで、スピリチュアル・サイエンスを真《ま》っ向《こう》から否定しているため、リサ・ランドール教授と出会う機会があっても健太は無視され本著は蹴飛ばされるであろう。
　先ほどの超ヒモ理論や超重力理論の「超」は、“超おいしー”

とか“超カワイイ”で使う「すごく」を意味する「超」ではない。超対称性理論の「超」だ。しかし、本著で超対称性理論を説明するにはむつかしすぎて超不適切なので省く。

話を戻そう。

『ところが、仏は仏像に、神は社やご神体に押し込められてるもんだから、自由に動けないのさ』

それ、聞いたことがあった。

たしか大黒天を祀り、その功徳を独り占めしようと必死に大黒天をまつり上げる者に対し、

『こちらの大黒様
あなたは善かれと思ってのことでしょうが
その神小屋の窮屈さに
“ワシは終身刑かの”
とおっしゃってますが』

と。犬小屋ならぬ神小屋ですって、社じゃなくて。

かといって神社へ行き、勝手に社を壊すわけにはいかないし、その場にはそれぞれの見えない設備が整っているのであろう。波動領域が異なるので感じられないだけだ。

岩肌に「御《み》佩《けぎ》郷《ごう》」と刻まれた巨石の下を通り過ぎた。じきに赤い鳥居がライトに照らされるはずだ。

鳥居には「天王山」の額が掲げられていることからも、ここはスサノヲ尊を祀った社だと判る。祀ったのは天武天皇で、672年6月のことと記されている。ということは、壬申の乱

における戦勝祈願のため、この地にスサノヲ尊を祀ったのか。
のちに織田信長もスサノヲ尊を信仰していたことから、ここ神淵神社に厚い崇敬を寄せている。
また、ここは火のミハタラキを持っており鳥居をくぐってすぐ左手奥に注連縄《しめなわ》で囲われたカマドが目につく。火に対して水のミハタラキを持っているのは、岐阜県中津川市の恵那神社である。この2社は対になっていて、後からその関係性を説明する。

さて、神淵神社の御祭神は須佐之男命《スサノヲノミコト》、櫛稲田姫命《クシイナダヒメノミコト》、十拳剣神霊《トツカノツルギノシンレイ》で、おやおや、やはり言納が預った剣をお返しするのに相応《ふさわ》しい。
だがそれ以上に驚いたのは、本殿東に蛇骨《じやこつ》神社、祭神は麁正之剣神霊《アラマサノツルギノシンレイ》が、そして西には蛇尾《じやお》神社として祭神に草薙之剣神霊《クサナギノツルギノシンレイ》が祀られているのだ。
蛇骨神社の麁正之剣とは、神話においてスサノヲ尊が八岐大蛇《ヤマタノオロチ》を退治した際に用いた剣ということになっており、奈良県の石上《いそのかみ》神宮に布都斯魂大神《フツシノミタマオオカミ》の名で祀られているが、いずれも十拳剣《トツカノツルギ》の別名のようだ。
そして、十拳剣にて退治した大蛇の尾から出てきた（わけではないが、神話では一応そうなっている）のが天叢雲剣《アメノムラクモノツルギ》であり、のちの草薙剣である。蛇尾神社の御祭神だ。
これら神話のデタラメさにはあきれる他ないのだが、糺《ただ》すことを国民が求めないため、ここではそれに目をつぶることにして、神淵神社は剣の保管庫のようだ。
健太は白山山頂で剣を授かっているが、白山妙理大権現菊理媛《ククリヒメ》は剣の神でもある。ならば白山中居神社で言納が預かった白き剣も、菊理媛が白山で管理すればよさそうなものなのにと思っていたが、これで納得した。

　言納はていねいに剣を返納すると、白山中居神社と同じ言霊をうたにした。

「天《あめ》の祝歌《いわいうた》

　天《あ》地《わ》の主《ぬし》
　今はなき代の　平安の
　都に立てり　神柱《かんばしら》いざ
　御《おん》迎えしは　日の元つ霊《ひ》ぞ

　萎《な》えし代に
　御《み》柱《はしら》立てる　身《み》澄《す》まるの
　種なる人の　業《わざ》とならんや
　神《かむ》魂《す》　御《み》顕《あ》れて　輝けるかな

　貴《み》柱《はしら》は
　龍《りゅう》華《げ》の路を　塞《ふさ》ぎたる
　魔がつ詰まりを　取り除きけれ
　清し世をなす　久《く》那《な》斗《と》祓《はらえ》戸《ど》

　種人《たねびと》が
　千年《ちとせ》を数え　時を経て
　待ちに待ちわび　迎え今こそ
　岩戸開きの　蘇《よみがえ》りなす

霊《ひ》の元《もと》の
新なる世の　産霊《むすび》なす
眼出度《めでた》き御世《みよ》の　時ぞ近づく
女出度《めでた》き御世の　時ぞ近づく」

内容は少々むつかしいが、この祝歌は京都の南紅から教わっているためそのままうたった。するとお返しがあった。

『言霊姫よ　真言納よ
己れいずこにおられしも
己れの社《やしろ》の杉の戸は
今や開放されしまま
己れの訪れ待ちたると
知りておるかや真言納よ
昼夜を問わず　場を問わず
いついつなりても開かれて
詣でる己れを光で包み
無限の愛で抱きたる

言霊納《ことたまおさ》めし神事《かみこと》の（神言納《かみことの》）
光の社　それこそが
己れの姿ぞ　知りたるか
己れも詣でし光の社
万象万物あらゆるすべて
己れの社に詣でしを
知りておるかや神言納

“時”すでに満ち　産霊《むすび》屋《や》の（むすび家の）
真《ま》真《ま》中《なか》の戸は開かれし
悪も邪も
出入り自由となりたるが
ワレ剣ナルを忘れねば
焼き尽くされんと知るがよし

愛に満ち　光に満ちた人々の
住まう世界は護られし
剣《つるぎ》　ただしく使われし』

言納に対しての呼びかけ方が実に面白く、特に『産霊屋の（むすび家の）』に至っては、産霊の行をしているので産霊屋なのだが、そのまま言納の店の名前になっている。このあたりが日本の神々の持つ親しみやすさだ。

教えとしては、己れ自身の社に詣でることで、参拝される側の思いが判り、またそこに責任感も発生する。参拝する側から参拝される側へ。それは意識次元としての確実なステップアップであり次元上昇だ。それらはすべて内にあり。

次に現れたのは、ぼんやり銀色に輝く剣のうしろに身を隠す年老いた神だった。姿は見えないが、白く長いあご鬚《ひげ》が剣の放つかすかな光に浮かんで見える。

『剣は天と地をつなぐもの
剣は表と裏をつらぬくもの

剣は神と人を結ぶものじゃ

剣は己れの邪念を振り払い
己れの悪想念を断ち切るものじゃぞ

よいか　若いの
剣は人の意識・想念がカタチになった姿なんじゃ
ならば己れを糺《ただ》すと決意すりゃ
己れの内に輝く剣が出現し
邪悪を祓うと覚悟すりゃ
己れの手には鋭い剣が握られておる

しかして己れに怒りの心があるならば
己れ剣となりて人を傷付け
恐怖の心　大きけりゃ
剣の刃は欠け霊気は失せる

剣とは
人の心でいかようにもなるもんじゃ
むこうとこちらを分け隔《へだ》て
分断・分裂望むならば
戸が開かぬよう“閂《かんぬき》”にさえなるもんじゃ

若いのよ
剣の使いよう　心しての』

老神《ろうがみ》はとても大切なことを教えてくれた。ついつい神宝として物質の剣を持つことが重要だと考えてしまうが、剣は人の想念が生むものであるのだと。

そして発心《ほつしん》いかんによって剣は身を護るものにもなれば、身を糺すものにもなる。同時に人を傷付けたりもするし、ときには戸を閉じる“閂”にさえなるのだと。

それで信濃と飛騨・美濃を分断している杉の戸は、剣が閂になっていたのか。

だが、今やその閂は抜け、神淵の社に預けられた。真中の戸が開いたことで、どのような変化が表れるのであろう。

言納が剣のハタラキを教わっているとき、タツトナリの健太には課題が与えられていた。といっても戸隠で出されたテスト問題とは違い、仕事でも大きなヒントになるであろう「人体内における物質的“剣”の秘めたる力」についてだ。

健太にとって課題が出たことは精神衛生上よかった。というのも、ここ一連の辰野→白山中居神社→神淵神社への流れで、岐阜と長野が表裏だとか杉の戸の閂が剣だったりとか、その剣を保管庫に運んだりといった出来事を素粒子のふるまいで考えてみたところで、何が何だかさっぱり判らなかったからだ。

こんなときは握っているものを一旦は手放したほうがいい。するとその隙間（透き間）にひらめきが発生するかもしれない。以前、シャルマからも戸隠で教わっている。ただあの教え、むつかしかぁ。

さて、「人体内における物質的“剣”の秘めたる力」とは何ぞや。

実は胸骨《きようこつ》のことなのだ。

身体の中心線は背骨に例えられるが、胸側（身体の前面）にも真っすぐな、しかも先が尖った剣のような骨があり、それが胸骨である。

厳密にはひとつの骨ではなく、上から「胸骨柄《きょうこつへい》」、中心部分の「胸骨体《きょうこつたい》」、剣の先のような「剣状突起《けんじょうとっき》」、およびほんの小さな「胸上骨」と呼ばれる部分から構成されてはいるが、ここではその全体を“剣骨《つるぎこつ》”と呼ぶことにする。

背骨は頸椎《けいつい》と呼ばれる首の骨が１番～７番まで、胸部にあたる胸椎《きょうつい》が１番～12番まで、そして腰の骨の腰椎《ようつい》１番～５番で成り立っており、腰椎５番は骨盤中央の仙骨《せんこつ》へとつながっている。

つまり頸椎１～７番・胸椎１～12番・腰椎１～５番・仙骨・尾骨が身体の中心線になり、その中の胸椎部分が剣骨と密接な関係にあるのだ。

というのも、背骨の中で胸椎にだけ肋骨があり、その肋骨は身体の前側で剣骨へと集結している。胸骨11番と12番から出ている肋骨のみ長さが足りず途中までしか来てないが、他はすべて肋軟骨《ろくなんこつ》が肋骨と剣骨を結んでいるのだ。

背骨はただただ身体を支える土台なだけでなく、そのひとつひとつにとても重要なハタラキがある。

例えば胸椎３番なら肺の働きに影響があるし、４番は心臓とつながっている。

一方、腕の疲れは胸椎上部に溜り、特にヒジから肩にかけての疲れは胸椎３番４番に表れる。

もし腕の疲れにより胸椎３番の可動性がなくなれば、それはそのまま肺の働きを悪くするし、４番の場合、心臓の働きに影響を与える。腕の疲れで胸椎４番左側が硬くなり、それによって不整脈が出たりするが、もともと心臓に問題がないのなら、腕の疲れが溜っている肩甲骨の一部分をゆるめてやればいい。するとすぐに胸椎４番に可動性が戻って不整脈もおさまるはずだ。

胸椎５番はその人の汗の出かたにも影響するし、７番は糖尿病の人にとって絶対的にゆるめた方がいい。インシュリンの分泌を促してくれるのだから。９番肝臓、10 番腎臓、11 番はホルモン、12 番は……といった具合で、心臓は４番だけでなく８番もお友達みたいだし、腎臓は 10 番だけでなく６番や 12 番も回路がつながっているようだ。

それで、そのような可動性を失ったり疲れが溜った背骨は、何が原因でそうなったかを分析するにはある程度専門の知識が必要になるし、分析できたところで自分の背骨をピンポイントでゆるめるにはかなりむつかしい。

ところがである。胸椎には肋骨がくっついているため、その情報を剣骨まで運んでくれるのだ。

なので胸椎２番の右側に問題があれば、２番と結ばれている右側の肋骨がその情報を剣骨まで伝えてくれるため、２番肋骨と接する剣骨部分を触ると痛い。

扁桃腺やゼンソクで悩みをかかえている人は、鎖骨のすぐ下で剣骨と１番肋骨がくっついている部分を触ってみるといい。そこにはヌルーッとしたゼリーのようなものが溜っているはずで、押さえるとかなり痛いはずだ。

他の肋骨もそうで、肋骨の構造上８番～ 10 番までは途中でひとつにまとまって剣骨につながっているが、剣骨を触って痛い部分は背骨の問題点を肋骨が伝えてくれているのだ。

なので、ナゼ剣骨のその部分が痛いのかが判らなくても、自分でそこをジーッと押さえてゆるめてやれば、その部分と結ばれてる肋骨がゆるみ、さらにはそのゆるみが背骨まで伝わり、胸椎の何番かは知らずとも病いを防ぐことも可能である。

健太が納得したのは、もし背骨を直接触ってでしかゆるめることができないのなら、人間の肩関節は自分の背中が触れるように腕がうしろ側へ向く構造になっているはずだ、と教えられたからだ。

しかし人間の肩関節は背中全面を触るようにはできていない。ということは、剣骨で情報を得て、剣骨で対処すれば誰でも病《やまい》を防ぐためのある程度の効果が出せるのではなかろうか。

知識も技術もお金も必要なく、すべての人に与えられた智恵だとすれば、健太はそれを追究し、人々に伝えていくことが健太にとっての“龍の道”であり“剣の使いよう”でもある。

そういった行為が年間30兆円も必要としている医療費の削減につながるであろうと努力している人は全国各地にいる。理論やアプローチの違いはあれど、国民全体の意識が向上すれば30％ぐらいの削減など充分可能ではなかろうか。

健太もそのようなカタチで国造りの一端を担え、とのことだ。

というわけで、真っ暗闇の、しかし美しい星空の下、本日のおつとめは終了した。

「お腹すいたね」

「途中で何か食べよう。店がやってればの話だけどね」

山道を下りつつ健太は気になっていたことを言納に尋ねた。

「白山中居神社にググ、じゃない、何だっけ」
「雪椿」
「そう、雪椿って来てた？」
「いたよ。だって私､白い剣を雪椿姫から受け取ったんだもん」
「そうだったのか」
「詳しくは判らないけどね、白山に“雪椿之宮”っていうのを建ててもらって、外国の神々の窓口になってるみたい。特に中東とか中央アジアから来た人っていうか神っていうかを受け入れてるんだって」
なのだそうだ。
それであのググはおしとやかに宮殿で案内役でもやっているのだろう。
しかし3日後の5月13日、星太郎がやってきてこんなことを伝えた。

『雪椿様のふるさとで大きな事故があったようなので、しばらくトルコへお帰りになるようです。ボクも途中までお伴しますので、ケン様はご安心ください』

たしかに5月13日にトルコ西部マニサ県のソマで、大規模な炭鉱爆発事故が起きた。被害のほどは大きく、数日後には死者不明者が301人と発表された。
ググは、いや、雪椿は永らく地中に封じられていたので、そういった意味で地中の事故は雪椿の管轄かもしれない。彼女も根の国の住人だったのだ。

（いや、まてよ。雪椿が戻ったのは炭鉱に閉じこめられている人を助けに行ったんじゃなく、石炭採掘の危険性が原発推進をますます加速させることを懸念してのことじゃないのか。だとすると、おとなしく雪椿でいられるはずがない。また怒れる女神が復活するぞ）

『さぁ、どうでしょう。ボクにはそこまで…………』

（で、星太郎も行くんだろ）

『はい、途中まで』

（途中って、どこさ）

『カザフスタンでございます』

（カザフスタン？　何でまた）

『明日、ソユーズが帰って来ますので、上空からお護りするのがボクの仕事です』

ということは、ISS（国際宇宙ステーション）から帰還する若田光一さんらの乗ったソユーズのカプセルを、空から護衛するのか。すごいな、星太郎。ニギハヤヒ尊のミハタラキまでするなんて。っていうか、自由だなぁ、君たち。

やっぱりタマシイの素材は素粒子じゃないといけない。陽子や中性子の集合体なら雪椿は地中にもぐることができないし、星太郎だって重すぎて上空で漂ってられない。

タマシイはヒッグス場と相互作用するのだろうか。タマシイの素材が素粒子だとすると、多くの素粒子がヒッグス場と相互作用して質量を得るように、やはりタマシイにも質量が生まれるものなのか。

仮りにタマシイの素材はニュートリノやクォークのような素粒子が凝縮しているのであれば、どれだけかは質量があるだろうし、質量がゼロの状態で意識体が存在できるのは不可能のようにも思える、この3次元空間ではの話だが。

以前、タマシイの重さは21グラムだとか、のちにやっぱり30グラムだったとアメリカ合衆国の医師ダンカン・マクドゥーガル氏が発表して話題になったことがあった。たしか「21グラム」という映画にもなっている。

だが、あの実験は6人の患者に試みただけで、しかも2人は計測に失敗している。

人は呼吸の際、呼気には水分が含まれるし、発汗によってたえず体重が減り続けるため厳密な計測はむつかしいであろうが、30グラムって1円玉30枚の重さだ。ハガキだと10枚分なので、ぶつかれば気付きそうだ。それとも素材が素粒子なので人の身体など通り抜けてしまうのだろうか。

仮りにわずかでも質量があれば通常の移動は光速以下になる。なったところで地球上での移動の場合、地表を通ってブラジルへ行っても必要なのは0.07秒ほどなので問題ないかもしれない。ほぼ光速で移動できればの話だが。

しかし、タマシイを個体生命場と考え、それが物理学での“場”と同じ性質を持つとすれば、質量を考えなくてもいい。その中で意思や想念が生まれれば個体生命場に揺らぎが起き、その揺らぎが素粒子として質量を持つので、場自体の質量は考えずにすむ。

だが物理学的な“場”ならば空間のどこにでも存在していることになるが、個の存在となると矛盾が出てくる。

たしかに神はあらゆる空間に遍満し、その想いはどこであっても満ち満ちている……ことを否定するつもりは一切ない。

しかし、ならばナゼわざわざ神社へ出向かねばならないのか。
　社に祀られることで身動きが自由にできず、それは余剰次元へ行き来することを絶たれた３次元空間に存在する霊体だからなのか。
　星太郎も雪椿も、祀られてない＝《イコール》束縛されてないから余剰次元への行き来が自由にできたり、トルコやカザフスタンへも行くことができるのだろうか。
　もしも個体生命場があらゆる空間に遍満しているのなら、わざわざ現地へ行かずとも日本にいながらにしてトルコでもカザフスタンでも存在できることになるし、神々だって人をわざわざ神社へ呼び出さなくても済むじゃないか。
　いったい余剰次元空間って、どんな世界なのだろう。
　と、勝手に妄想してみたものの、困ったこともある。というのは、今のところ超ヒモ理理や超重力理論において余剰次元の未知なる空間へ行き来できるのは、重力子（グラビトン＝未発見）だけなのだ。
　それに星太郎やググのように加速器で亜光速（光速にかなり近い高速度）にまで加速されたとなれば、電荷についても解決する必要があるし、ニュートリノがマヨナラ粒子だとすると、ひとつの粒子が過去と未来へ同時に向かうというのも、さらに理解を深めたい。
　ここへきて健太のスピリチュアル・サイエンスは大きな壁にぶちあたっていた。

＊

「やぁ、ケンタ。明日会えないかい。今週末に日本を発つことにした」

「ロバート？　帰るの？　次はどこへ？」
「ポーランドで用を済ませたら、すぐウクライナへ向かう予定だ。キエフで知人が待ってるからな」
「ウクライナって……大丈夫なの？」
「あぁ、多分ね。それより健太、またやらかしただろ、地球いじりを」
　ロバートから電話が掛かってきたのは、健太たちが白山中居神社へ行った翌週のこと。
　待ち合わせたのは名古屋のセントラルパーク内ロサンジェルス広場だ。この周辺で冷酒と刺し身が旨そうな店を探す。

「弥栄《いやさか》」
「弥栄」
　日本酒で乾杯すると早速ロバートが切り出した。
「今度はいったい何をやらかしたんだい」
「何をって？」
「すごかったぞ、地震。神岡もずっと揺れてたんだから」
　それは５月３日のことだ。震源が岐阜と長野の県境あたりで、高山市の奥飛騨温泉郷や長野県側は松本市の上高地で震度３の振れが８回、震度１以上は計 42 回にも達した。
　当初は活火山の焼岳《やけだけ》が噴火するのではと思われたが、発表によると火山性の地震ではないということだった。
　震源地は岐阜県と長野県の県境であり、しかも揺れたのは健太と言納が辰野の山の頂で四方八方十六方のお祓いをした翌日なので、健太も少しは気にしてた。
　何しろ受け取ったのが

『戸隠　片ハタラキ
　神岡　片ハタラキ
　真珠と瑪瑙
　揃うて役を果たすんじゃ

　信濃　片ハタラキ
　飛騨美濃　片ハタラキ
　………………』

であり、さらに

『奥の戸　杉の戸　ま中の戸
　よもや開くか　時、満ちて
　まさかまさかと思うたが
　最後の閂　抜け落ちて
　いよいよ陰陽　結ばれし
　信州は　神州なりて神の国
　飛騨は火騨
　美濃は水濃にて　火水の国』

であった。
　なので翌日の地震が気になり地図を広げてみたら、神岡と戸隠を結ぶ線と、もう一本は辰野の日本中心の地と白山中居神社を結ぶ線のぴったり中間地点の県境が震源地だった。
　それで岐阜県側は高山がグラグラ揺れ、長野県側は松本がユラユラ揺れたのだ。
　やはりその日のうちに杉の戸の閂が抜けたのか。健太は確かにそうも考えた。ただし、その閂が剣だとはまだ知らなかった。
　続けて翌日は関東から中国・四国にかけての広い範囲で虹色の光が真横向きに浮かぶ「環水平アーク」が現れ、さらにその翌日は関東でやや強い地震があり東京都千代田区で震度５弱が観測された。
　なので高山・松本地震と自分たちを結びつけて考えないようにしていたのだが、ロバートは神岡で揺れながら健太の仕業であろうと察していたというわけだ。
「まいったぜ。いくら神岡鉱山の岩盤が日本一固いからって、巨大なのが来たらスーパーカミオカンデもカムランドもアウトさ。せっかくカグラのトンネルも完成したっていうのにさ」
「それはボクも心配してた。だから電話したんだぞ。ロバートがまだ神岡にいるかもしれないと思って、３回も」
「ソーリー。そうだったね」
「あのさぁ、ロバート。人のことより自分はどうなんだよ。本当は何しに日本へ来たのさ。ユーは何しにニッポンへ、だ」
「あー、オーケイ。もう話しても大丈夫だ。実は、神岡の実験に参加してる研究者の中に、どうやら諜報機関のエージェントがいるらしく……」
「スパイってこと。どこの？　中国？」
「どこかは知らないほうがいい。そいつが情報を盗みに来た産業スパイなら、わざわざあんな山奥にまで行くことはないさ。報告によれば奴の所属する部署は他国で実際に破壊工作をおこなっているんでね」
「じゃあ、ロバートはテロを防ぐために来てたってわけ？」
「テロを起こすとは限らない。いざというときのための下見かもしれないし」
「その人って科学者なの？」
「そうさ。いいかい、ケンタ。スパイが科学者になるんじゃない。科学者をスパイにするんだ、諜報機関がね。日本の優秀な大学には引き抜きがたくさんいるぜ。教授として働いてるから見抜くのはむつかしいけど」
「で、神岡に来てるスパイはどうするの？」
「もう日本にはいないし、少なくとも奴はもう２度と来日しない。今ごろはキエフにいるさ」
「キエフって、ウクライナの首都でしょ。だからロバートもウクライナへ行くわけ？　でも何で」
「神岡から手を引かせたのは日本を護るためだけじゃない。奴らを利用するのさ」
「利用？」
「神岡へ来たばかりのころは奴らをどうするか、まだ決まってなかった。しかし今年になってから状況が変わったのさ。ほら、クリミアで住民投票があっただろ」
「たしか３月に」
　３月 16 日、クリミア自治共和国でロシア編入の是非を問う住民投票がおこなわれ、予想通り賛成多数の結果となった。
「それで２日後にプーチンはクリミアをロシアに編入させると宣言した。“住民の意思を尊重する”ってね」
「その後にドネツク州とルガンスク州もウクライナからの独立宣言をしたよね」
「あぁ。けどそんなのはクリミアに比べたらどうだっていいさ、ロシアにとってはね」
「そうなんだ。それで、ロバートはウクライナで何をするつもりなのさ」
「ウクライナじゃない、ロシアだ。それに、やるのはベジタマンたちさ」
「ベジタマン？」
「神岡に来てた奴さ。ベジタリアンなんだ奴は」
「スパイなのに」
「肉は食べないけど要人暗殺は引き受けるスパイ。自分の身体には気をつかうけどよその国家は破壊するスパイ」
　２人は大笑いしつつ、冷酒のおかわりを注文した。

　それでベジタマンたちに何をさせるのか。ロバートは声のトーンを落として話しはじめた。
「ロシア連邦内にはロシアから独立したがってる国がたくさんある。チェチェン共和国しかりイングーシェチア共和国しかりだ。他にも北オセチアやダゲスタンもそんな連中がいる。もし彼らがロシア連邦からの独立を問う選挙をして結果が賛成多数だった場合、プーチンが“住民の意思を尊重する”なんて言うと思うかい」
「絶対に言わない。その選挙を無効にするか、その前に選挙をおこなわせない」
「そうなるだろうね。というより、すでにそうしてる。けど、それでは可哀相だろ。彼らが」
「まぁ、そうだね」
「だから、ちょっとだけお手伝いさせてあげるのさ、ベジタマンたちに。彼らが活動するための資金を出してくれるところもあるし」
「それって、アメリカ？」

ロバートはニヤリと笑った。
「まさか、CIA じゃないだろうね」
「そのまさかさ」
「何でそんなテロリストみたいなことするんだ」
健太が噛み付いたがロバートはいたって冷静だった。
「ロシアの混乱はアメリカの望むところさ。だから CIA と取り引きした。日本に来ている連中に資金を出してくれたら、あんたたちが喜ぶことをロシアでやってくれるかもしれないぜって。その代わりに CIA がテヘランあたりでやらかそうとしている日本大使館襲撃を中止させた。テロリストに観光客を襲わせるのもね。そのためにはアメリカ側がそれ以上の利益になるものを与えてやるしかないからね。彼らにとってロシアの内部崩壊は、日本との集団的自衛権の拡大解釈よりも旨みがあるのさ」
「ロバート…………」
彼は何者なんだろう。まだその正体は判らないが、ストーンフェラー家の血筋でありながら祖国を追い出されたことと、元 NSA（国家安全保障局）の職員であったことまでは判ってる。それとイスラエルのモサドや華僑にも力が及ぶ立場であるということも。

CIA はすでにロシアや中国を内部崩壊させるためのエージェントは送り込んである。
しかし昨今のアメリカは自国内での問題が山積しており、他国での破壊活動にまで充分な予算と人員がまわらない。しかも近年はスパイの質が低下している。
それで日本の郵便局に預けてある 150 兆円もの預金をあてにしたり消費税率を上げて貢がせようとしているが、それでも追いつかないので他国の諜報機関に頼ることになった。
　むしろアメリカ政府はドル暴落によって経済が崩壊した際、国内の暴動や内乱に対処するため、ホロー・ポイント弾という殺傷能力の高い銃弾４億～５億発を国土安全保障省に用意させたとささやかれているのだが、その銃弾で目障りな国民を次々と撃つつもりなのだろうか。
　とにかく世界情勢が不安定であることは確かである。

　さらに酒を追加すると、健太はもっとも聞いてみたかったことを質問した。
「2016年２月16日、０を抜いた216・216は６が６つ隠れてるんだけど……」
「ナゼその日付けを？」
「ナゼって…………」
「そうか、教えてもらったのか。日本には本当に神がたくさん存在しているんだね……………たしかに動いてるよ、その日に向けて、バチカンが」
「やっぱり」
　しかし、ロバートはその話題についてそれ以上は何も語らなかった。

　しばらくの沈黙の後。
「円空さん、飛騨にもたくさんあったでしょ。見てきた？」
　健太が円空の話をもち出した。
「グレイト。素晴しかったね。特に清峰寺」
「十一面千手観音さんね」
「あと千光寺の両面宿儺《りようめんすくな》、国分寺の弁財天、東山白山神社の如意輪観音、柱峰寺の……」
　閉店時間が過ぎ、店を追い出されるまで２人は円空を語り続けた。

第13章　神界の糾明是正

健太はその日、岐阜県土岐市の「核融合科学研究所」にいた。ここを訪れるのはこれで５度目になる。自宅から車で40分程度なので、調べたいことがあると直接来てしまうのだが、この施設を訪れるきっかけになったのは、健太が核融合による発電に賛成しているわけでは決してなかった。むしろ核融合への反対運動に疑問が生じたため、それを調べに来たのが始まりだ。

福島があのような状態なので核融合に反対する気持ちも理解できるのだが、新聞によると、実験に反対する市民団体はトリチウムの危険性を訴えるとともに、「微量でも放射性物質を出すエネルギーはクリーンとは言えない」とのコメントが出ていた。

それは判る。しかし、核融合科学研究所がある岐阜県の東濃地方は日本で一番自然放射線量が高く、さらに人々はラドン温泉、ラジウム温泉でくつろいでいるが、微量ではない放射性物質のお風呂はよくて、何で発電はダメなんだろうか。

水素の原子核は陽子が１つだけの状態だが、そこに中性子が１つくっついて重たくなった状態を重水素（デュートリウム）と呼ぶ。

重水素にもうひとつ中性子がくっつくとそれが三重水素、つまりトリチウムだ。

どれも陽子は１つだけなので原子番号が１番の水素には変わりなく、このような仲間を同位体（アイソトープ）と呼ぶ。

トリチウムは放射性物質で、

原子核の陽子×１＋中性子×２

→陽子×２＋中性子×１

へと変化してヘリウム３の原子核になるのだが、このときに放射線が出る。

しかし土岐市の核融合科学研究所はトリチウムを用いた実験はおこなっていない。燃料にするのは重水素で、それは海水１トンあたりに33グラム含まれている。

また、微量でも放射性物質が出ることを問題にするのなら、石炭を燃やす火力発電所もすぐに停止させなければいけない。石炭に含まれるウランやトリウムなどの放射性物質が放出されているからだ。

それに、人体に含まれるカリウム40や炭素14、ルビジウム87、セシウム137やトリチウムなどの放射性元素は、体重60kgの日本人で平均13垓3000京個（$= 1.33 \times 10^{21}$）にもなる。これは13億3000万の１兆倍の数だ。

しかも毎秒毎秒7000個ほどの放射性元素が崩壊、つまり体内は7000ベクレルで、放射線は体外へも微量に放出されている。一般的なガイガーカウンターではその放射線を検出するのは難しいが、感度の高いホールボディカウンターなどの測定器なら、体内のカリウム40が放出する放射線を検出できるようで、だとすると赤ちゃんは大人にだっこされるたびに被曝していることになるのだが、それが問題になることはない。

なので健太は、トリチウムを使用せずとも実験過程でそれが危険なほど発生するのかどうかを現場で直接確かめたかった。

健太の反原発は年季が入っているが、同時に火力発電で使用する石炭は、掘り出すための炭鉱で毎年必ずといっていいほど事故が起きている。
掘り出された石炭のすべてが火力発電に使われるわけではないが、中国では年に千人を越える人が崩落事故で命を落としているし、ロシアでも同じことが起きている。
2014年5月に起きたトルコでの炭鉱崩落事故は一度に300人以上が犠牲になった。雪椿が現場に飛んだ事故だ。日本人じゃなければいい、などという問題ではない。日本は石炭を輸入に頼っているのだから。
かといって今現在、クリーンエネルギーだけで大都会の電力はまかないきれない。ならば核融合について、ちゃんと話を聞いてみてから判断しよう、そう思ったのだ。

「やぁ、いらっしゃい、君か」
「また来てしまいました」
健太が行くと、質問が専門的すぎるため、広報の女性は手の空いてる研究員を呼び出して対応させている。今日は佐々木だった。
核融合をおこなうにはいくつか方法があり、この施設ではヘリカル方式をとっている。
LHDと呼ばれる大型ヘリカル装置はまるでメカキングギドラの首がからみ合ったような姿をしている。
内部は電子温度で2億3千万度をすでに達成しており、太陽の内部で起きていることが少しずつ実現しつつあった。
2020年からフランスで開始される核融合実験はトカマク方式と呼ばれ、日本はこれにも参加する予定だ。国際熱核融合実験炉「ITER《イーター》」という。
　また、実現が不可能とまでいわれたレーザー核融合は、スーパーカミオカンデなどの光電子増倍管を製作する浜松ホトニクスが、かなりの成果をあげているようだ。
　変り種としてはイギリスのジェイミー・エドワーズ少年が作った装置で、「慣性静電閉じ込め核融合」に成功したらしいが、わずか13歳の少年がとんでもないことをするもんだ。ただし、この方法での発電は今のところ無理らしい。

「まず制御室から行きましょうか」
「はい、お願いします」
　ガラス越しに中が覗ける制御室の巨大モニターはLHD内の様子を映し出し、プラズマ化した粒子が青白く光る様は神々しささえある。
　実験は3分間隔で3秒ほどプラズマ生成をおこなっており、モニター上部に今までの実験回数がカウントされていた。
　笑ってしまったのは、健太が初めてここを訪れたとき、モニターのカウンターが「117171」回目だったことだ。
「117・171」に分けると「117」は“ありがとう”で、「171」は“天地大神祭”であり“高天原”なのだから。

「そうだ。今日はあれをお見せしましょう」
「えっ、何ですか」
「超伝導コイルを冷やすためにマイナス270度の液化ヘリウムを作るための……」
　健太が初めて佐々木に案内されたとき、核融合システムの安全性に佐々木は“絶対”をあたまに付けた。絶対に安全です、と。
　健太はそんな佐々木に少々声を荒らげこう言った。
「なぜあなたたちは“絶対”と言い切るんですか。福島だって“絶対に安全”“絶対に大丈夫”と言っておきながら、今じゃ手が付けられない状態なんだから、“絶対”なんて言わないでください」と。
　それを聞いた佐々木は、自分よりもずっと若い健太に対し、素直に謝った。
「おっしゃる通りですね。以後は言葉にも充分気を付けるようにします」
　そのやり取りがあってからだ、健太と佐々木との間に信頼関係が生まれたのは。それで健太は核融合に関して、関係者以外は知り得ない情報までを教わることができ、これが面白くて仕方ない。
　実状を把握する努力をせずしてただ声高に反対反対と叫ぶだけでは、相手も警戒して興味深い話は引き出せない。
　それとは別に、この施設へ来るたびに浮かぶ想いがあり、今日はそれが具体的になった。したがって佐々木の説明は上の空だった。
（核分裂から核融合へ。核融合により太陽は輝く。地球にとって光の源は太陽の輝きであり、その素は核同士の融合。人間にとっての中心核は個体生命場。その個体生命場同士が融合することによって新たな光が生まれ…………）

　健太なりに核融合の科学的解釈とスピリチュアル・サイエンス解釈の双方を模索していたのだ。
　核融合発電と原子力発電の一番大きな違いは、原子の原子核を融合させるか分裂させるかだ。

原子力発電の場合、原子炉内でウラン 235 を核分裂させて、その際わずかに減った質量エネルギーが熱エネルギーに変わることで炉内の水を沸騰させている。

核燃料として使われるペレットに含まれるウラン 235 は全体の 3%～ 5%で、残りはウラン 238 だ。

ウラン 238 は炉内でゆっくり動く熱中性子（サーマルニュートロン）を吸収してベータ崩壊を 2 回くり返す。そしてできあがるのがプルトニウム 239 である。そのプルトニウムを利用しようというのがプルサーマル計画だが、今ここで止めておかないと本当に取り返しのつかないことになるのでは。

一方の核融合はミニ太陽をつくる発電だ。

水素の原子核である陽子 4 つが、太陽の超高温と超高圧により 1 つに融合する。4 つの陽子のうち 2 つは原子核反応で中性子に変わるため、陽子× 2 ＋中性子× 2 ＝ヘリウムの原子核になるのだ。

この場合も陽子 4 つの質量がわずかに減ってヘリウムの原子核になっているので、減ったわずかな質量エネルギーが莫大な熱エネルギーになる。

もし 1 グラム分の陽子が核融合によってヘリウム原子核になると、失ったごくわずかな質量エネルギーだけで 25 メートルプール大の氷を溶かし、沸騰させ、蒸発させてしまう。

それが $E = mc^2$ であり、金粉でも同じことだ。もし物質が消えたらその質量エネルギーは莫大なエネルギーへと変化するため、科学者は金粉が出たり消えたりする現象を、再現性のある実験で証明しないと信じない。

「金粉は出まーす」と可愛い顔して言っても駄目だ。

　さて、太陽の内部では毎秒毎秒約６億トンの水素が核融合によってヘリウムになっている。６億トン、グラム単位だと600兆グラム（6×10^{14}）だ。600兆個のプール大の氷を蒸発させてしまう。
　その何兆分の１、何京分の１のミニ太陽をつくろうとしているのが核融合実験だ。

　核融合であっても危険は伴う。が、核分裂原子炉と違って緊急時にはシステムが瞬時にストップするし核のゴミが出ない分は将来性がある。燃料も海水に含まれているし。
　ただし、トリチウムの放出が実際にはどの程度になるかは、しっかりと見届ける必要がある。“想定外でした”は、もう許されない。
　核融合科学研究所で必要とする年間４億円の電気代についても反対者は問題にしているが、将来性があるならば必要経費のうちだ。J-PARCは年間の電気代が50億円かかっている。あの役立たずの「もんじゅ」は年間200億円の維持費を必要とするが、いまだに電球ひとつ点ける電力さえ発電していない。
　本音を言えば、核融合発電が実用化されるであろう30年先までには、本当にクリーンなエネルギーで電力の供給ができればそれに越したことはない。水そのもので発電するとか。それが水先進国になるための日本に与えられた課題なので。
　以上が健太の核融合における今のところの解釈だ。そしてスピリチュアル・サイエンスとしての解釈は、分裂から融合へ、である。
　核融合では水素の原子核同士が融合してヘリウムという別の原子に変わる。

太陽内部では核融合により水素核が少なくなると、やがてはヘリウム核同士が融合しはじめて炭素12（陽子×6＋中性子×6）や酸素16（陽子×8＋中性子×8）を生み、最終的には原子番号26番の鉄になる。鉄はもっとも安定しているため、核融合はそこで止まるのだ。

数霊的には、もっとも安定している鉄の原子番号が「26」であることは、アメリカの安定に結びついて非常にやっかいだ。

しかし核融合に話を戻すと、人の中心核をなすタマシイたる個体生命場も、人と人の、人と神の個体生命場同士が融合することで新しい意識が生まれるということ。戸隠で紅白の太極図が高速回転してピンク色が生まれたように。

そして融合をくり返すことで個体生命場は成長し、安定すると個体生命場融合は止まる。ひとつのステップとして完成するのであろう。

完成に至るには不安定ではいけない。ブレず不動でなければ。

ちょうど“安定”も数にすると「26」になる。もっとも転がりにくい形を安定した形と考えれば、三角形は一番ころがりにくい。

“サンカク”も「26」になる。

ところが「26」はアメリカに牛耳られている。アルファベットは26文字から成り、“God”は「26」だ。

こうなればもう日本は新月祭や満月祭よりも、日本人だからこその微妙な感性を呼び覚まし、二十六夜祭で「26」を意識してみてはどうであろう。

特に二十六夜待《にじゅうろくやまち》は旧暦での1月と7月の26日に月を拝す

る習慣だ。月の光の中に阿弥陀仏・観音菩薩・勢至菩薩が姿を現わすと伝えられている。

たしかに新月や満月は区切りとして認識しやすいが、日本人の感性は妙《たえ》なるものに心ゆさぶられるはず。極めて細身の月や、満月の翌日ためらうように昇る十六夜《いざよい》の月。

二十六夜は新月前の三ヶ月。その姿を早朝、一人きりで孤独を感じつつ東の空に見る。内なる陰の感性がきっと呼び覚されることだろう。

満月祭が陽なる祭りならば、二十六夜祭は孤高な陰の祭り。『いよいよ陰陽　結ばれし』とは、こんなところにも当てはまるかもしれない。

そして「26」は“開国”である。

核融合科学研究所を出た健太は、そのまま犬山の言納屋敷へと向かった。この日は健太の誕生日の“年対称日”なので、言納が祝ってくれるという。健太は 29.5 歳になった。

誕生日だけを意識すると、地球が太陽のまわりを回るうえでバランスが悪い。なので年対称日が 0.5 歳の誕生日であることを認識するとよい。これも陰陽であり“対称性”だ。

夜 11 時、亜美一家が帰ってからもワインを飲みつつ話していると、あわてた様子で星太郎がやって来た。

『て一へんだ、て一へんだぁ。底辺×高さ÷ 2 だ一い』

健太はイラついたが言納にはウケたようだ。

これは星太郎がただふざけていたのではなく、ちゃんと訳があった。

底辺×高さ÷２、三角形の面積の求め方だが、言納は三角形が２つ記された地図を見せられた。忘れぬうちにと地図帳に線を引くと面白いことが判った。スピ系の人間は地図に線を引くのが大好きなのだ。それであれとこれとそれが一直線上にあることを発見して大喜びをし、五芒星や六芒星が現れるようもんなら都市伝説までつくりあげてネットで発表する。健太もそうだ。

地図の、まずは木曽御嶽の三笠山と愛知県の猿投《さなげ》神社を直線で結んだ。三笠山は木曽御嶽７合目、田の原駐車場から 10 分程度で登れ、山頂には三笠山神社がある。

三笠山といえば太古の昔に霊団が降臨したことを『日之本開闢』に書いた（31 ページ）。

「西・鞍馬三十六神、東・御嶽四十八神の神々を“御《み》主《す》穂《ほ》の霊《れい》団《だん》”と呼び、降臨以来絶えることなしに日之本を守護し続けている」と。

あのときは書けなかったのだが、本当は“御主穂”ではなく“ミカミ”だ。“ミカミの霊団 84 神”である。

ただし、ミカミが“御神”なのか“御上”なのか“三上”なのかはよく判ってない。

猿投神社へも何度か行っている。神社裏手には標高 629 メートルの猿投山がそびえ、500 メートル地点あたりに大碓命《おおうすのみこと》の墓がある。大碓命はヤマトタケルの兄ということになっている。

地図には三笠山神社と猿投神社を結んだ線を底辺にして、東西にそれぞれ正三角形を描いた。なので底辺×高さ÷２で三角形が出てきたのだ。

東の三角形の頂点には近くに光岳《てかりだけ》（2591 メートル）、西の頂点には能郷白山《のうごうはくさん》（1617メートル）があるが、どちらも少しズレている。

「違うんだって。三角形の中心を探しなさいってことみたいよ。そこが陰陽でペアになってるみたい。陰陽を結ぶの。霊線をつなぐって言ってた」

言納に言われた通り、健太は分度器を使って東西それぞれ正三角形の中心を割り出した。

すると驚いたことに西正三角形の中心は、剣を預けに行った神淵神社で、東正三角形の中心には恵那山の恵那神社がある。恵那神社は“水”のハタラキが強い。胞衣《えな》は胎盤で女性性そのものだし。一方、神淵は“火”だった。

「そうか、“火”と“水”を結ぶってことなんだな」

「そうみたい」

これで言納はこの度の行のコツがつかめた。

結び（産霊）の行なので、必ずペアでおこなう必要があるのだ。でなければ結ばれないし産まれない。陰陽結び。さすが「むすび家　もみじ」のオーナーだ。それに“対称性”というハタラキも含んでいる。

高天原の戸隠と神岡もそう。辰野の日本中心の標と白山中居神社もそう。なので神淵神社へ行ったからには、剣を預けるだけでなく、陰陽結ぶために恵那神社へ言霊を納めに行かなければならないのだ。そして“結び（産霊）”は数にすると「116」。“剣”も「116」になり数霊の持つハタラキにはアッパレである。

以後、言納の行はすべてペアを探して結んだ。

期限は2016年2月16日、「666・666」の日まで。

『ミロクのひそむ洋の日は……』なので、36ペア72ヶ所を結ぶのかと思ったが、星太郎によれば、そうではないらしい。

666のミロクは6＋6＋6だと18になる。

369のミロクも3＋6＋9で18。

王仁三郎ミロクの567も5＋6＋7は18。

また、ミロクが36《ミロク》の場合は3×6で18。

どれもこれも「18」に至る道を持つため、18ペアでいいそうだ。

ただし「666・666」はミロクがペアである。ここにも大きな意味があり、神（土地）と神（土地）を結ぶこと18ペア36ヶ所。そして人と人を結ぶこと18ペア36人をやれとのことだ。なるほど。

剣のミハタラキは天と地をつなぎ、表と裏をつらぬき、神と人を結ぶものだと教わったが、それだけではなかった。

剣のミハタラキは地と地をつなぎ、神と神、人と人とを結ぶものでもあるのだ。

それが判れば三角形にこだわる必要はないようだ。「26」がテーマのひとつなので“三角”＝「26」を使ってペアを示したのであろう。

そういうのって、相手に合わせて自在にできてしまうのであろうか。だとすると、やっぱり神々の叡智は人智の及ばないところにある。恐れ入りました。

今回の一連の流れ、始まりは遷宮からだったのかもしれない。出雲と伊勢（外宮）の表裏。日程までもが5月10日と10月5日で表裏。そして戸隠と神岡への遷都を経て言納の行が始まった。

シャルマが健太に与えたヒントの“遷宮”“遷都”“対称性”はあらゆるところに当てはまり、今もなお続いている。

そして言納のテーマ、それは日本国の課題でもあることだが、“結び（産霊）”につきるといっても過言ではない。

結び、産霊、ムスビ。それは「2」から始まる。「1」ではなく「2」が始まりなのだ。

天と地と、日と月と、火と水と、陽と陰と、父と母と。西と東、北と南、左と右《みぎり》、「2」から始まる。

核分裂は「1」が「2」になり、核融合は「2」が「1」になる。時間の流れの反転だ。

「2」が始まりとなれば高御産巣日《たかみむすび》と神産巣日《かみむすび》、天之常立・国常立、雷神《いかづちのかみ》・別雷神《わけいかづちのかみ》、天御柱神《あめのみはしらのかみ》・国御柱神《くにのみはしらのかみ》、天水分・国水分、タカオカミとクラオカミ、千手観音と十一面観音、そして祇園祭りと葵祭り、これらはすべてある父子のペアを表す要素を含んでいる。

スサノヲ尊とニギハヤヒ尊だ。

ひとつひとつを解説すると長くなりすぎるので省くが、いま挙げたペアはスサノヲ尊とニギハヤヒ尊を別の姿にして祀った場合が多々ある。

誤解しないようにしていただきたいのは、すべてがそうではないということ。仏像を彫るにあたり、その仏を誰として彫るのかが問題なのだ。

例えば西宮市の甲山神呪寺《かぶとやまかんのうじ》には秘仏として如意輪観音が祀られているが、それは空海が真井御前《まないごぜん》として彫ったものだ。

十一面観音の中には白山菊理媛《くくりひめ》として彫られたものもあれば、ニギハヤヒ尊として彫られたものもある。十一面観音に至ってはキリストとしても彫られているため、すべての十一面観音がニギハヤヒ尊ではなく、ニギハヤヒ尊として彫られた十一面観音やスサノヲ尊として彫られた千手観音もある、ということだ。

さて、この父子ペア、まだまだその名が隠されたままで、言納の“結び（産霊）の行”とも大きく関わってきている。

辰野の三輪神社にはニギハヤヒ尊の名前がなかった。ニギハヤヒでなくとも大歳神《おおとしのかみ》、大物主神《おおものぬしのかみ》、大国魂神《おおくにたまのかみ》、三輪明神《みわみようじん》、天照国照神《あまてるくにてるのかみ》、天火明命《あめのほあかりのみこと》などの名前があれば、それがニギハヤヒ尊であることはすぐに判る。が、どれも由緒書きには出ていない。

辰野三輪神社の主祭神は三柱。

・健御名方命《たてみなかたのみこと》
・大己貴命《おおなむちのみこと》
・少彦名命《すくなひこなのみこと》

健御名方命は諏訪大社の主祭神建御名方神《たけみなかたのかみ》だが、タケミナカタ命は社殿が大神神社からこちらに移された後に加えられたのであろう。

何しろ辰野町はすぐ隣りが諏訪市なので不思議がられることはないはずだ。

教育委員会の事務所で聞いたところによれば、もとは大神神社の地に人々は参拝していたということなのでそちらへも行ってみた。しかし今は小さな祠が残るのみだ。

手がかりは何も残っていないだろうか。

いや、ある。大己貴命と少彦名命の名だ。

奈良県桜井市の大神神社。御祭神は、

・大物主大神《おおものぬしのおおかみ》

・大己貴神

・少彦名神

大物主大神はニギハヤヒ尊のことで、当然といえば当然だ。三輪山はニギハヤヒ尊の本拠地であり陵墓とされているのだから。したがって、大物主だけ“大神”だ。健太はニギハヤヒ尊の命日に生まれている。

長野県の木曽御嶽山、御嶽神社は、

・国常立尊《くにとこたちのみこと》

・大己貴命

・少彦名命

の三柱であり、国常立だけ“ミコト”が尊になっている。ニギハヤヒ尊のことだ。

天之常立はスサノヲ尊として、国常立はニギハヤヒ尊として祀られていることがある実例だ。

北海道神宮へ行くとこうなる。

・大国魂神《おおくにたまのかみ》

・大那牟遅神《おおなむちのかみ》

・少彦名神

・明治天皇

明治天皇は生きた時代が違うので省き、大国魂神はニギハヤヒ尊だ。大那牟遅は大己貴のこと。

どこも主祭神のニギハヤヒ尊を補佐するように大己貴命と少彦名命が合祀されている。大己貴命は出雲の大国主命のことで、神社を調べ始めた当初、この三柱さんたちは出雲の仲よし組かと思っていた。神話では潰されてしまっているが、史実としては出雲から国造りを広めていった仲間なんだと。

ところがである。

北海道神宮は明治になっての創建だが、他はどこも主祭神の一柱だけを祀っていた神社が多かったころ、ニギハヤヒ尊を祀る社は大己貴命と少彦名命も共に祀るようにと全国に御触《おふ》れが出たのだ。

多くはそれに従い、ニギハヤヒ尊の左右を大己貴命と少彦名命でかためた。

さらにあくどいのは、大己貴命が大国主命であるように、大物主大神（ニギハヤヒ尊）まで大国主命としてしまい、民衆を混乱させたのだ。ニギハヤヒ尊の存在を抹殺するために。やらかした主犯格は藤原不比等で、黒幕は……？

事の発端は物部氏が蘇我氏に敗れたことだ。

蘇我氏が当時の物部氏と対等に張り合うための手段として、仏教は最大の武器になった。

しかし大化の改新で蘇我氏も滅び（たことになっており）、その後に勢力を伸ばしてきたのが藤原氏だったため、ニギハヤヒ潰しとしては藤原氏が蘇我氏の跡を継いだような形になった。

不比等は史実を神話化し、無茶苦茶なストーリーを創りあげることで見事に歴史を改ざんした。

古事記は712年に、日本書紀は720年に完成し、その3ヶ月後の720年8月、不比等はこの世を去った。作戦は大成功……したのは明治以降である。

それまではある程度知っていたはずだ。何が史実かを。日本書紀は鎌倉時代までに12回も改ざんされている。奈良時代に書かれた日本書紀の天皇系図は「新羅史」をベースに、平安時代の日本書紀は「百済史」や「扶余史」がベースになって天皇系図が書き換えられているようである。

明治以降だ。国民がこぞってデタラメ歴史書を史実と思い込み、潰された先人（神々）たちにますます封印の念をかけるようになったのは。

古事記を大切にすることと歴史を糺《ただ》すことは矛盾しない。いい加減に神話を史実と思い込むことから卒業したらどうだろう。ちゃんと考えないからこうなるのだ。少なくとも日本国だけだ。先進国の中でいまだに大本営発表的にしか歴史をふり返ることができない国は。

“考える”ことは“神返る”こと。脳を働かせない国民は、政治家にとって操るのが楽ちんだ。

辰野だが、大神神社をその地に勧請したのは、人々が三輪信仰にあこがれてのことのようで、教育委員会の事務所で見せられた資料に残されていた。それで奈良の大神神社からの分霊を自分たちの村に祀った。

なのでニギハヤヒ尊は大物主大神の名で祀られていただろうことは間違いない。

そこへ大己貴命と少彦名命が加えられ、大己貴は大国主、大物主も大国主。ありゃりゃ同じ神がダブってても仕方ないだろう。大己貴さんは少彦名さんとセットだから切り離しちゃいかん。だったらこの大物主とやらを外して、誰か他の神さんを祀ろうかいな、そうじゃ諏訪の神さんがええんじゃなかろうか。

といった訳で、三輪神社からニギハヤヒ尊の名が消えたのであろう。

『……（略）……

イヨヨ　マコトノ　コトハジメ

タツノアマテル　ミノノウラ

……（略）……』

というのがあったが、やっぱり辰野にも天照《あまてる》、それは天照国照彦天火明櫛甕玉饒速日尊がいらっしゃるではないか。

『ミノノウラ』が“美濃の裏”だとすればここでは辰野を指しているだろうし、その美濃が白山中居神社と考えれば、ニギハヤヒ尊の妻神・瀬織津姫が隠されたり消されている地が白山中居神社で、夫婦のペアが結ばれた。

剣を預けた神淵神社も美濃にある。辰野のニギハヤヒ尊、神淵のスサノヲ尊。ここでは父子のペアが結ばれた。

スサノヲ尊は「8」で表されることが多く、八坂、八重垣はその代表例だ。小椋一葉著『消された覇王』『覇王転生』（共に河出書房新社）によれば、大国主命とされる八《や》千《ち》矛神《ほこのかみ》や八《や》剱《つるぎ》大神《おおかみ》＝ヤマトタケルも、スサノヲ尊からすり替えられたようで、さらには八大竜王や八幡大神の中にもスサノヲ尊を見て取ることができるのだそうだ。

ニギハヤヒ尊は三輪や三《み》諸《もろ》、御《み》室《むろ》など「3」に見られる。

言納はその後も店と結び（産霊）の行を両立させていたが、あるとき怜奈がこんなことを言い出した。

怜奈とは、愛媛のあの城マニア娘である。

犬山城の天守閣から眺めた夕日に染まる木曽川があまりにも美しかったため、毎日天守閣へ通ううちに「むすび家　もみじ」でアルバイトを始めたという訳だ。神社にも神様にも興味はない。あるのは城と戦国武将だ。しかしスピリチュアル的な勘はするどいものを持っている。

「へー、コトさんはそんなことしてるんですか。私、目に見えない世界のことはまったく判んないんですけど、大昔の人間にとって男女の交わりほど神秘的なものはなかったんじゃないですか。アニミズムの中でも男性器や女性器の象徴を神として崇めてましたし。だとするとですよ、ペアで結ぶんだったら、まずはそこでしょ」
「たしかにそうね。怜奈ちゃん、お婆ちゃんは何してたの？」
「お遍路さんの先達さんしてます。今でも」
「やっぱり。それとイワナガヒメ信仰もね」
「えっ、何ですか、それ」
「いいの、いいの。何でもない」
　言納は最初からそれを感じていたのだ。イワナガヒメについては。
　さて、怜奈に言われて言納は大切なことを思い出した。
　本当にその通りで、大自然の仕組みについて、人類がまだ知識を得てなかったころの信仰といえばアニミズム＝自然崇拝であり、生命を誕生させてしまう行為や性器そのものが信仰の対象になっていた。
　なのに神（土地）と神（土地）を結ぶことばかり考えていて、もっともスペシャルなペアを忘れていた。
　幸いなことに、というか必然なのか、言納が暮らす犬山にはうってつけの神社がある。男根を御神体とし、天下の珍祭でその名を馳せた田縣《たがた》神社と、対になっている大縣《おおあがた》神社だ。
　田縣神社の珍祭では男根御輿がめずらしいのか、外国人が大挙して押しかけ大喜びしている。
　また大縣神社の境内には姫ノ宮神社があり、やはり女陰が祀られている。

実は怜奈が本州上陸前に大三島で寄った阿奈波《あなば》神社も、本殿の右脇に男根を祀る祠があり、子を授りたい女性が手を合わせに来る。

だが怜奈がその社に導かれた理由は他にあり、連れてきてしまったのだ、イワナガヒメを、犬山まで。もちろん怜奈本人は気付いてないが。

＊

『言納さーん。おーい、言納さーん』

星太郎が来た。

（えっ、誰？）
『ボクでーす。星太郎でーす』
（どうしたの、こんな時間に）

言納が時計に目をやると、午前４時半すぎだった。だからぁ、時間を考えろって。

『あのぉ、雪椿様が帰ってらっしゃいまして、お客さんも一緒なんです』
（お客さんって……）
『そのお客さんが言納さんにお礼を……』
『わたくしの想い、深く汲んでいただきまして、魂《たま》の底から御礼申し上げます』

まだ寝ぼけていた言納だが、声の正体を知ると眠気なんぞは瞬時にふっ飛んでしまった。

（そ、その声……どこかで……）
『メドゥーサにございます』
（メ、メドゥ……え゛———っ）

メドゥーサとは頭髪を蛇にされ、彼女を見た者は石になってしまうと恐れられているギリシャ神話の女神だ。しかし今は解放された。

『本日はあなた様にお礼を申したく参りました。また、お渡ししたいものがございます。どうぞお納めくださいませ』

言納が驚くのは無理もない。あのメドゥーサが自宅へ訪ねて来たのだから。
雪椿ググが訳を話してくれた。
それによると、トルコの炭鉱事故で現場に向かった雪椿は、事故現場になった地下でメドゥーサと出会い、共に永き歳月を地中に封じられてきた境遇のため、すぐに判り合えた。そしてこの出会いは全世界へと広がる流れを生むことになる。
言納がメドゥーサから授かったのは、ほら出た、何と剣だった。トルコ石で装飾が施された鞘《さや》は美しく、真新しくも見えるが、

『これは我が国にオスマン帝国時代から粛々《しゆくしゆく》と伝わる“栄光の剣”でございます。国外に持ち出されたのはこのたびが初のことです』

何かすごいことになってきたぞ。

『この御神宝、これまで手にした者はその霊力の高さゆえ、誰もが権力の璽《しるし》と取り違え、愚かなおこないに利用されてしまいました。あなた様なら剣の使いよう、ご存じのはずです。どうか、どうか世を糺《ただ》してくださいませ。一昨年のハランとアララトでの女神祭り、我が国の神界はあなた様とお仲間に、どれほど感謝していることでしょう。この想い、言葉ではとても言い表すことができないほどでございます』

言納は古き母や少女デニズのことを思い出し、涙があふれてきた。そして“栄光の剣”を素直に受け取った。

また、雪椿ググによれば日本とトルコの女神の間で、世界中の隠された女神を復活させるプロジェクトが発足したという。その発起人、じゃない、発起神が雪椿とメドゥーサなのだ。雪椿はトルコから“怒れる女神”として来日し、日本で“ロックン・ロール女神”へと変身。そして今や白山に宮殿まで持つ身だ。日本とトルコのかけ橋になるにはもっとも相応《ふさわ》しいであろう。

言納屋敷にはイワナガヒメも来ているという。いや、怜奈について来た大三島のイワナガヒメではない。彼女は本体イワナガヒメの分霊だ。分霊イワナガヒメは、本体イワナガヒメを呼び寄せるため怜奈を利用して言納屋敷へ来たのだそうだ。それもこれも怜奈の祖母がイワナガヒメを信仰していたからこその縁つながりであろう。

それで、本体イワナガヒメが雪椿と合流したので、分霊イワナガヒメは瀬戸内海大三島の社へと帰って行った。

本体イワナガヒメとは平成22年8月8日に富士宮でおこなった『二二八八れ十　二ほん八れ（富士は晴れたり日本晴れ)』祭りで縁になっている。

あの祭りでイワナガヒメは“石長《いわなが》”とか“岩長《いわなが》”とか“磐《いわ》長《なが》”なんかではなく、斎王として“斎《いわ》納《な》賀《が》儀《ぎ》媛《ひめ》”だと判明した。ただし、読みとしては“斎納賀儀”と書いて“イワナガ”でいいようだ。“斎”は“祝”のことなので、イワうという意味だ。

イワナガヒメの言葉で印象的だったのは、

『………（略）………
いかに隠され忘られて
踏みつけられし存在も
たれかに知られ認められ
永き不毛の歳月は
ようよう癒され浄《きよ》まりぬ
和睦の人よ　和睦びと
認めることは浄化となるを
つくづく知りてくだされよ
………（略）………』

イワナガヒメもこの日之本で、永く不遇な歳月を耐え抜いてきた女神なのだ。

というわけで、2014年6月21日夏至の早朝、言納屋敷で「日本－トルコ合同女神復活協会」の決起集合が開かれた。そしてネーミングについては長すぎるのと、イメージをソフトにするため「171 rev・ass《リバース》」にしたいとトルコ側から申し入れがあった。

rev・ass の rev はリバイバル（復活）で、ass はアソシエーション（協会）の頭の部分。ただし rev・ass をリバースと読むのは「reverse（逆転・裏）」と掛け合わせてあり、なかなか粋《いき》なことをしてくれる。大逆転で裏を表に出す。

「171」はもちろん日本の国番号「81」とトルコの「90」を足した数であり、“天地大神祭《あめつちだいしんさい》”や“高天原”“白山菊理媛”の言霊数でもある。言納や健太に対してトルコ側が気を遣ってくれたのであろう。トレードマークは両国の国旗を紅白の太極図にしたあれでいい。

あとになって判ったことだが、このとき星太郎はネーミングについて、どうせだったら 48 人集めて「KMG48」にしたらどうかと提言したらしい。隠された（消された）女神軍団 48 人衆で「KMG48」。それは面白いかもしれない。

そうなるとセンターが誰になるか気になる。

まさか CD を販売するわけにはいかないので、神社へ参拝に行くたびに見えない投票券がもらえるとかにして、するとファンは仕事をサボッて神社参りばかり行くであろうから、1 人 1 日 1 神社の 1 参拝限りに規制すべきか、2 神社まで許可するかを迷ったが、心配はいらない。星太郎の提言は満場一致で否決された。

『あなたにお願いがございます。協会の力をさらに強く結束させるため、同じような境遇の女神様をご紹介いただきたいのです』

神が人に縁結びを懇願《こんがん》してきた。ひと口に神界といえどもすべてがつながっているのではなく、いくつもの階層や隔たりがあるのかもしれない。

それで潰されたり封じられて復活した女神だが、おるおる、失礼、ぴったりな神がいらっしゃる。しかも言納の管轄内に超相応しい女神様方が。

まず長野県は戸隠に隣接する鬼無里《きなさ》の“貴女紅葉《きじよもみじ》”。それまではさんざん妖怪扱いされ、“鬼女紅葉《きじよもみじ》”と蔑《さげす》まれてきたが、戸隠の『古き神々への祝福』祭りの際に彼女が才女であり貴女だと判った。

言納の店の「むすび家　もみじ」は貴女紅葉と縁になったことからその名が付けられている。

あの祭りで貴女紅葉は命がけで言納を護った。玉《たま》し霊《ひ》がけと言うべきか。

「171rev・ass」はナイジェリアで集団誘拐された少女たちの守護もするであろうから、貴女紅葉は力強い味方になるであろう。

岐阜にもいる。言納が思いついた相手は飛騨の国の一の宮水《み》無《なし》神社に祀られる高照姫《たかてるひめ》だ。

高照姫は完全に消し去られたわけではないが、西暦 241 年ごろに初代天皇神武を婿養子に迎え入れた初代皇后としては、ほとんど消されたに等しい。

本来なら婿入りして天皇になった神武よりも、迎え入れた側の高照姫が皇祖と崇められてもよさそうなもんだが、そうはならなかった。

なぜなら高照姫のもうひとつの名は御歳。ミトシだ。御歳は大歳の末娘。当時は末子相続だったので、彼女は大歳の後継者になった訳だが、大歳こそニギハヤヒ尊であらせられるぞ。

高照姫は初代皇后であるにも拘《かかわ》らず、ニギハヤヒ尊の娘ということで全国の神社からほぼ消され、国幣社の主祭神として高照姫を祀るのは、飛騨の水無神社が唯一である。

高照姫にとっては自分のことだけでなく父ニギハヤヒは完全に潰され、祖父スサノヲは神話の中で冤罪《えんざい》に歪められ、さらには父ニギハヤヒの妻神瀬織津姫まで隠されてしまっている。

※『日之本開闢』ではニギハヤヒ尊を父スサノヲ、母稲田姫の子として描いた。
父スサノヲの第５子３男であることはともかくとして、ニギハヤヒ尊の母は稲田姫ではない。栲幡《たくはた》千《ち》千《ぢ》媛《ひめ》でもなくどうやら神大市姫《かみおおいちひめ》と呼ばれる女性らしい。
しかし『日之本開闢』執筆当時（2004 年）、今となっては考えられないが、ニギハヤヒ尊の名を前面に出すことがはばかれる雰囲気がまだ残っており、ましてやニギハヤヒ尊の母神ともなるとほとんど素性が判らず、したがってスサノヲ尊の妻神としてはもっとも名の知られた稲田姫を母神とした。
2014 年、「171rev・ass」が隠された（消された）女神復活の活動開始に合わせ、ニギハヤヒ尊の母神は神大市姫《かみおおいちひめ》ではなかろうかと、今ここに明かし、神大市姫の復活を祝う。ただし、この名も実名ではないであろうから、今後さらに解明したい。神大市姫を祀る主な神社は、岡山県備前市の大内神社。

祝　神大市姫神　再立

そんなわけで世界中の封じられた女神を救い出すプロジェクトに参加するのに、これほどの適任者はいないのではなかろうか。

ただし高照姫は、言納より健太の方が深い縁をもっている。なので「171rev・ass」のメンバーには健太宅へ行ってもらったのだが…………。

健太ならセンターを決める選挙は、高照姫か瀬織津姫に投票するであろう。

（投票したかったなぁ…………）

『ですが、残念ながら否決されました』

（ホント、残念だな）

女神たちが去ったあとには、星太郎と健太の虚しい会話だけが残った。こいつらアホだ。神をアイドル扱いするなって、雪椿ググがボヤいてたのを忘れたのか。

第14章　風、吹き　時、移る

　その青年が初めて店に来たのは、梅雨が明けきらぬジメジメとした雨の日だった。ランチの時間をわずかに過ぎていたが、その日は客足が悪く食材が余っている。青年の注文を受けたのはそんなときだった。

　言納は調理場から青年の顔つきを数秒見つめると、白米でおむすびを握った。2つとも白米で、米の隙間《すきま》に空気をたっぷり残してフワフワに。むすび家ランチのおむすびは、言納が客の顔を見てそのつど握り方を決めているのだ。

　塩分は控えめにし、中身は梅や昆布のような刺激があるものを避けたかったので、少し甘みのある大きな卵焼きを包んだ。

　青年は庭に向かって座っているため、言納からは表情が見えない。だが、彼はひと口めをかぶりついた瞬間、肩の動きが止まりおむすびを凝視した。

「よしっ」

　言納はその様子を見て小さくガッツポーズをした。大成功である。

　翌日、ランチの時間が始まると同時にその青年はやってきた。昨日と少しだけ顔付きが違う。注文は同じくむすび家ランチだ。

　言納はやはり白米を選び、具には西野のお母《かん》特製の鉄火味噌を詰めるとしょう油を塗って焼き始めた。ひとつは薄めに、もうひとつは少々辛さを感じる程度に濃く塗って焼いた。
「さぁ、どっちから食べるかな」
　調理場からこっそり観察していると、青年は汁物やおかずに手を付けず、まずは色の濃いおむすびを口にし、ひと口めで「んっ？」と目を見開いて調理場をふり返った。
　言納は２度３度うなずくと、
「そうきましたか。だったらもう大丈夫」とつぶやいた。

　そして３日目、やはり彼はやって来た。今日は小ざっぱりとした服装で、いつもの大きなリュックサックも持ってない。
　この日、言納は初めて彼に玄米を握った。とびきり酸っぱい自家製の梅と、もう一方は西野のお母《かん》から届いたばかりのゴボウの漬け物を具にして。
　今日の青年はこちら向きに座っている。これじゃあジロジロ見れやしない。
　彼は手を合わせ、出されたものにうやうやしくお辞儀をすると、汁物をひと口すすってからおむすびに手を出した。
　冷蔵庫の陰に身を隠して覗いていた言納は
「彼、もう明日は来ないわね」
と、すぐ次の客のおむすびを握り始めた。
「どうして判るんですか」
　怜奈が小声で尋ねると、言納に代わって亜美が答えた。
「プロだからよ」
　いやいや、まだプロとは呼べない。が、確かに“にぎり屋”としては成長した。

青年が立ち上がった。
レジは怜奈の仕事だ。
「ありがとうござ……」
「あのっ」
怜奈が言い終わらぬうちに青年は真面目な顔付きで聞いてきた。
「何で判っちゃうんですか？」
「はいっ？」
「どうして何もかもが判っちゃうんですか？」
彼は言納が予想した、明日来る来ないのことを言っているのではない。それに聞こえてないし。彼の心の状態がどうしてそこまで読み取れるのかと聞いているのだ。
「あのー、コトさーん、ちょっとお願いします」
怜奈が言納を呼んだ。こうなれば直接話してもらうより他ないではないか。

初日、青年は身綺麗とはいえない服装に大きな荷物を持って入って来た。その姿から長旅の途中だとは察しが付く。
が、言納は青年から不安な表情を感じ取った。若者が何かを求めて旅に出たものの、なかなか答えが見つからず、したがって抱み込むような母親的愛情が必要だと思ったのだ。観音さんが“大丈夫ですよ”と抱きしめるような。
それで玄米よりもやわらかく飲み込みやすい白米をよりふんわりと握り、強い刺激は身体を緊張させるであろうから塩分を控え、具には甘味のある卵焼きを選んだのだ。
彼はそれを食べた瞬間、安心感に包まれて、それで肩から緊張が抜けた。

答え求めて旅に出てはいるが、その答えが見つからなくても自分を責める必要はないんだ。見知らぬ町にいても、自分に手をさしのべてくれる人がいるんだ、と。

まさに狙い通りだった。握り加減も味もやわらかなおむすびが、青年を落ち着かせた。

２日目の顔つきに不安さはほとんどなく、むしろ長旅の疲れだけが感じられた。

それでしょう油を塗って焼いたのだが、もし彼が色の薄い、つまり薄味に見える方を先に選んだら、まだ母親的愛情が必要だと判断したが、彼は色の濃い辛そうな方を選んだ。

それで言納が感じたのが、母親的愛情はもう大丈夫だということ。家に帰れば彼のことを大切に想ってくれる母がいるのだと。なので母性愛を求めて旅に出てるのではないとも判断した。

３日目は小ざっぱりとした服装で来たこと自体、言納たち店のスタッフに対して彼流のお礼に感じた。僕はもう大丈夫です。心配をおかけしました、といったような。

それでこの日、初めておむすびの前に汁物をゆっくり啜《すす》った。しかも調理場に向かって座った。これは精神的に余裕がある証拠で、何かコンプレックスを抱えていてはできない。あの人、無職だから長旅ができるんだと思われてるんじゃないかとか、みすぼらしい恰好して、怪しいぞあいつと思われんじゃないかとか。

彼がスタッフ側を向いて座ったことで、求めてるのはむしろ父親的な厳しさだと感じた。生きざま、哲学、動じない心というものを。

なので言納は意図的に、他の客よりも強めに玄米を握った。

しかも梅を多めにして。
　それを食べた青年は、おむすびから受けた力強さ、突き放すような父親的愛情を感じ、それでやぶから棒な質問をぶつけたのだ。
　彼は言納から説明を聞き終えるとこう叫んだ。
「何でもしますから、僕を雇ってください」
　調理場では怜奈と亜美が笑いをこらえるのに必死だった。もう明日は来ないどころか、毎日来たがってるじゃないの、って。

　言納は独立してまだ４年だ。毎回こんなに読みが当たるわけではない。むしろ逆だ。それに店が混雑する時間帯はそこまで一人一人に合わせていられないのが現状だ。
　それでも今回のような出来事がときどきであっても起こすことができるようになれたのは、ほんの小さな偶然からだった。
　あれは去年の冬、健太が北アルプスの写真を撮りに白馬へ行くというので、言納もついて行った。
　早朝に出発し、朝日に照らされる白馬三山や雪に埋れた大出の吊橋、雪原に映える大糸線、八方尾根のジャンプ台などをまわり、気が付くともう３時だ。雪国の冬は３時を過ぎると急激に気温が下がる。
「さぁ、そろそろ帰ろうか」
「うん、ちょっと寒くなってきた」
　ジャンプ台をあとにし、国道へ向かう道を走り出すとすぐに珈琲専門店があった。
「コーヒー飲んでからにしよっか、帰るの」
「いいよ、ここ本格的っぽいね、入ろ入ろ」
　店のオーナーはコーヒー道としての哲学があるらしく、一杯のコーヒーを出すまでに相当な手間をかけていた。
一応は言納も古民家カフェのオーナーなのでコーヒーができあがるまでの手順を気にしていたが、おむすびがメインの店とは次元が違った。
「お待たせいたしました」
言納たちと、隣りの席に座る女性２人組へ同時に運ばれてきた。他の店と比べれば、出てくるまでの時間が長かった。きっとおいしいはずだ。
しかし、健太はひと口飲むと“おやっ”と思った。ぬるいのだ。
（何でこんなぬるいコーヒーが出てきたんだ、えーっ、オレだけ？）
ところがだ、隣り席の女性がひと口飲んで
「わー、ここのコーヒー、ひと口めからちゃんとコーヒーの味がしておっいしー。私、ネコ舌だからいつも怖いの、最初のひと口め」
それを聞いた言納もまったく同感で、言納は少しさめるまで待つつもりだったのでまだ口を付けてなかった。
それですぐにカップを口へ持っていくと、本当にひと口めからコーヒーの味をちゃんと感じられるし、恐る恐るすすらなくてもよかった。
そうなのだ。ぬるいコーヒーが出てきたのではなく、オーナーがベストだと考えた温度がこれだったのだ。
言納はいたく感銘した。この温度で出すことは、客によって誤解もあるだろう。実際に健太は疑問をもった。隣りの女性の意見を聞くまでは。
もし健太が一人でこの店に入り、他に客がいなければ誤解したまま帰った可能性は高い。
「むすび家　もみじ」でおむすびの評判が悪ければ客は来ないように、コーヒー専門店のコーヒーが不評になれば致命傷だ。

しかしこの店のオーナーは自身のコーヒー道を貫いている。

（これだ。私に足りなかったのは）

その人の強さは、誰かを真似ることで手にするものだ。自分が望みつつも出来なかったことを貫いている誰かの真似をすることで。

結局言納はおむすび青年を店の小間使い兼健太の助手として雇い入れることにした。

小田島雄大《ゆうだい》、21才。秋田県出身で、生まれ育ちは神岡。

これには健太が驚いたが、彼の育った神岡はスーパーカミオカンデの奥飛騨神岡ではなく、秋田県仙北郡の神岡町だった。

しかし秋田県の神岡町は平成の大合併によって2005年3月に大仙市神宮寺に変わり、神岡の名は消えてしまっている。

彼が小学校を卒業した3月に住所が神岡から神宮寺に変わり、中学校を卒業した3月に父が他界し、高校を卒業した3月に東日本大震災が起きたのだという。

それで4月から仙台の専門学校へ入学する予定だったのを急拠取り止め、しばらくは被災地へ手伝いに行ったり自宅近くでアルバイトをしたりしていたが、震災から3年が過ぎたこの3月、登山用の大きなリュックサックにテントと着替えと数冊の文庫本を詰め込み、徒歩の旅に出たのだそうだ。なので店のスタッフは彼を“3月の男”と呼んでいる。

犬山城は昨今の歴史ブームで観光客が急増し、城へとつづく通りには次々と飲食店やみやげもの屋がオープンした。

　おかげで言納の店も大盛況で、スタッフが言納の他に亜美、怜奈、それにもう１人パートの主婦がいるが、それでも土日は手が足りず、３月の男は重宝しそうだ。

「これで新しい流れに乗れそうだな」
「だといいんだけどね」
　健太と言納は木曽川に架かる橋の欄干にヒジを付き、ライトアップされた犬山城を見上げながらしみじみと言葉を交わした。
　というのも、今年に入ってからは茜が緊急入院したり祖母が他界したり、亜美と茜は借家へ引っ越し、身内からは結婚を急かされと、言納にとっては激動の半年だった。
　しかも夏至の早朝、言納屋敷での「171rev・ass」決起集会で、

『夏至よりは
　いささかきつい日々なるが
　心おちつけ穏やかに
　過ごすが肝要　いかにても
　心に閉ざした葛藤は
　すべて手放しおきなされ

　澄みきりの
　心なりせば大峠
　難なく越えてゆけるもの
　責むるな　恨むな　すべてを許し
　大円描きて弥栄よ』

こんなことを言われれば、また何か試練や災いが降りかかるのではないかと勘ぐってしまう。人は“不安”に関しては想像力が豊かで、勝手に自分を恐怖の淵へと追いやる。

だが、そう思えてしまうのは決して言納に問題があった訳ではない。

夏至以前も“結び（産霊）の行”は順調だったが、聞こえてくるニュースはどれも対立や混乱を引き起こすものばかり。

マレーシアの旅客機は乗員乗客240人余を乗せたままどこかへ消えてしまうし、ナイジェリアでは200人以上の女子学生が集団で連れ去られたまま行方知らずになっていた。

中国では内陸部の雲南省や新疆ウイグル自治区内で大規模なテロが相次ぎ、政府は国民の不満を他へ逸らすため日本、ベトナム、フィリピンなどへ好き勝手な挑発を続けていた。

タイでは軍によるクーデターが発生し、韓国ではフェリーが沈み地下鉄が衝突してバスターミナルが燃えた。

トルコでもコロンビアでもロシアでも炭鉱の事故は続き、アフガニスタンでは山が崩れて村ごと全部流されている。

ウクライナではクリミアがロシア編入の是非を問う投票をおこない、翌々日にはプーチン大統領がクリミアを我が領土と宣言した。

その際、不法にクリミアへ侵入したロシア軍について質問された大統領は、

「あれはロシア軍じゃないさ」

「しかしロシア軍のユニフォームでしたよ」

「店（ミリタリーショップ）でも同じものを売ってるから、彼らはそこで買ったのだろう。わたしは知らない」

などと平気でうそぶいた。あそこまで世の中をナメ切ることができると、むしろ尊敬の対象にさえなり得る。

クリミアを奪われたウクライナは東部の親ロシア派を空爆し、シリア国内のアサド対反政府勢力の戦いは一向に終わる気配がないし、まわりも本気で終わらせようとはしていない。

一方、国内での動きも与党の反国民勢力がやるわやるわで、中国政府か、日本国与党は。

特定秘密保護法案を強行採決した後も消費税は増税したけど福祉には回ってないです問題、ねぇねぇ TPP ってホントはどこまで妥協させられてるんですか問題、集団的自衛権なんてそんなキレイ事だけで終わるはずがないでしょ問題、「国民の 6 割～ 7 割が望んでいるのにわずかな国会議員が反対することで民意が反映されないのはおかしいです」と憲法改正をしたくて仕方がないのはもうアメリカ政府に約束してご褒美までもらっちゃってるんでしょアベちゃん問題、国民の 84.3%が望んでる脱原発（徐々に減らして将来的にはゼロにすべき 49.3%、なるべく早くゼロにすべきだ 24.7%、すぐにゼロにすべき 10.3%）なのにエネルギー基本計画で「原発ゼロ」方針に決別を閣議決定した反国民勢力の暴走問題。

国民の 6 割～ 7 割が本当に憲法改正を望んでいるのかも不明だが、だったら時事通信の世論調査で 8 割～ 9 割の国民が望む脱原発をわずかな議員で潰してしまうのはどう説明するのだろう。安倍“プーチン”普三さんは。

時事通信の世論調査は「原発ゼロ」決別宣言翌月の数字だが、決別前だってほとんど変わらないはずだ。

それに加え、経済効果が見込めるということでカジノまで導入しようとしている。

『国として
何を望むか代議士よ
自党の富か　権力か
次の選挙の資金かね』
である。

それでも嬉しいこともあり、“結び（産霊）”の行を始めて間もないころのこと。高円宮家《たかまどのみやけ》の二女が、出雲大社の禰宜《ねぎ》さんに嫁ぐことが発表された。

「出雲と伊勢は表裏」なので、ここでは宮家が内宮のミハタラキをしているのか外宮のミハタラキなのか、はたまた内宮外宮を合わせもってのことなのかを詮索することは自粛するとして、出雲と伊勢が結ばれたことはめでたいことだ。それともさらなる出雲封じか？いやいや、このご縁こそが「4191」をカタチにしたものなのかもしれない。だといいのだが……。

健太にも嬉しいニュースがあった。

出雲と伊勢が結ばれると発表された前日のことだが、J-PARKからスーパーカミオカンデへニュートリノを撃ち込む実験が再開されたのだ。

昨年５月、ハドロン実験施設で放射性物質漏れの事故以来、ちょうど１年ぶりの再開だ。

それで大喜びするのだから、こちらもめでたい話だ。

（※その後、高円宮家と出雲大社の若き二人だが、結納にあたる「納采の儀」が７月４日におこなわれた。

何でまたアメリカの独立記念日にと疑問が生ずるが、おそらくは日本皇紀を元にしていると考えられる。

2014年は日本皇紀だと2674年。史実としてはデタラメだが一応そのようなことになっており、皇室としては重要視するのであろう。
なので2014年の皇紀2674年＝「2674」を平成26年7月4日に当てはめ、「納采の儀」にその日を選んだ………と思う。
そして結婚式は10月5日に決定した。1年前、伊勢の外宮で式年遷宮がおこなわれた日であり、出雲の遷宮5月10日の裏返しだ。
やっぱり出雲と外宮は表裏の…………)

「お婆ちゃんがいなくなったらすぐに怜奈ちゃんが来て、でまた雄大も来たんだから、もう始まってるさ、新しい流れはね」
「そうね。私もそう思う。健太流に言えば、負の振動の素粒子を発生させるな、ってことでしょ」
「判ってるじゃん。正確には個体生命場に負の“ゆらぎ”を起こすな、だね。そのゆらぎが素粒子なんだから、判る？」
「お腹すいた。味噌煮込みうどん食べたい」
「…………はーっ」
札幌を離れて丸10年。言納はいっぱしの愛知県人になったようだ。

『人よ皆
いつかは肉体《からだ》　手ばなして
天翔《あまか》けてゆく　そのことを
知りておれども　今ここで
今日の限りのいのちとな
思いて生くる人あらば

かけがえのなきこの日々を
しかりと魂《たま》にきざみつけ
お人にやさしく　お人を助け
和《やわ》す“ゆらぎ”を起こしつつ
生きてゆかんと思わるる

明日を思うな　今日こそが
己れの黄金《こがね》の一日と
ほほ笑み浮かべ　このひと日
この世の万生《ばんしょう》万物《ばんぶつ》に
ご奉仕せんと　生きめやも』

空腹の言納に降りてきたのがこれで、ごく当たり前のことだが、もっとも大切なことではなかろうか。これができてこそ初めて“感謝”だとか“喜び”を命が表現していることになる。

実のところ、これさえできていれば他の行なんてしなくていいだろうし、逆にどれほどの神事や行をしようとて、これができてなければ意味が半減する。つまり不合格だ。

それにしても『和《やわ》す“ゆらぎ”を起こしつつ』って、今までの２人の会話にそのまま乗せてきている。

会話に合わせてくれたのか、素粒子物理学に詳しい神か。

健太はその夜、言納屋敷に泊まった。

それからほんの数日後の夜。

『ケン様、たくさんのことを教えていただきまして、ありがとうございました』

星太郎が改まった態度で現れた。

『ボク、星へ帰ることになりました』
（えーっ、いつ？）
『出発は今日です。途中で北朝鮮というところのお山へ寄りますけど。雪椿さんにもご挨拶したいので』
（今日なの…………それで、北朝鮮のお山って、ひょっとしたら白頭山《ペクトウサン》？）
『そうだと思います。女神様方、みなさん揃ってお出掛けになっていますから』

ということは「171rev・ass《リバース》」は白頭山に集結しているのか。だとしたら菊理媛だ。

菊理媛は「白山菊理媛尊」「白山比売神」「白山妙理大権現」などの名で白山信仰の中心になっているが、元々は高句麗から渡来した高句麗媛。

「171rev・ass」の面々が白頭山へ向かったというのなら、日本神界菊理媛の本体はまだそこに封じられているということか。いや封じられているのだろう。

健太と言納もイスラエルから帰った直後、白頭山へ行けといわれていたが無視した。

いや、無視したわけではなく、調べてみたら北朝鮮側からの入山以外に中国の吉林省から行けることが判った。だが断ったのだ。

無理だって、２人で行くのは。イスラエルでさえ逮捕されかけたんだから。

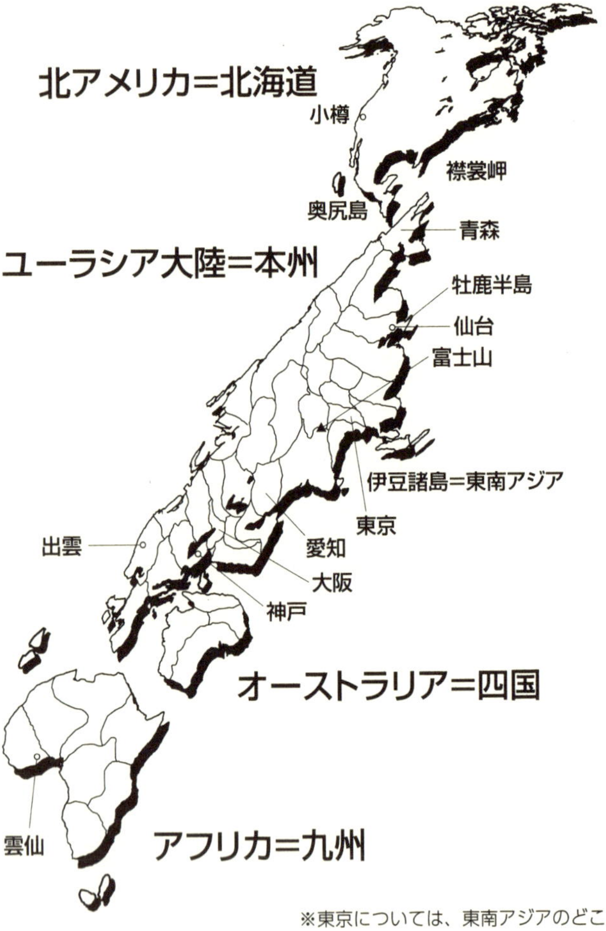

※東京については、東南アジアのどこかに特定するのではなく、ニューヨークやロンドン、北京など大都市の雛形と考えていいのではないだろうか。

雛形日之本は世界の縮図

世界大陸の雛形は日本列島

日本は世界の雛形なので、日本で起きたことは世界で起きる。世界の大陸を並べ替えると日本列島が現れ、富士山の位置には世界一高いチョモランマが、琵琶湖の位置には世界一広い湖カスピ海がそこにはちゃんとある。

阪神淡路大震災後、トルコやギリシャも大地震に襲われているが、神戸の位置は世界でトルコやギリシャあたりになるのだ。

すべての出来事を細かな位置関係まで対比させる必要はまったくないが、3・11で大きな被害を受けた宮城県の牡鹿《おしか》半島は、世界地図の朝鮮半島であり、石巻市や女川町、少し北の南三陸町などで起きたことを考えれば、朝鮮半島にも激震が走るであろうことは予想がつく。

トルコやギリシアで大地震が起きたのは、阪神淡路大震災後4年半経ってからのことだ。すぐに連鎖があったわけではない。

東日本大震災後2年と9ヶ月。北朝鮮で実質ナンバー2の張成沢《チャンソンテク》国防副委員長と側近たちが粛清された。金正日《キムジョンイル》時代の権力構造が終わりを告げる出来事だった。

そして3・11から3年が過ぎると韓国が壊れ始め、北朝鮮にも変化が見られるようになる。

「171rev・ass」がその機を見逃すはずがなく、日本菊理媛のお里である白頭山で菊理媛本体の封印を解除すれば、雪椿やメドゥーサらのレディース軍団は向かうところ敵なしになろう。面白いことになってきた。

（それで星太郎はどうして急に帰っちゃうのさぁ）

『はい、シャルマさんがお迎えにいらして』
（シャルマ先生が来てるのっ）
『お久しぶりですね』

シャルマが健太に声をかけた。相変わらずダンディな声だ。霊体には声帯などないのに一人一人、いや、一神一神声が違うのは何がどう作用してそう聞こえるのか謎だ。

『あなたには大変お世話をかけましたね。お蔭で彼は礼儀、秩序、誠実、謙虚といったことを身に付けることができました。これは地球上でもこの国だからこそ学べることですからね』
（お役に立てたのかどうか……）
『実はときどき様子を見に来ていたんですよ。彼にもあなたにも内緒でね』
（そうだったんですか）
『特に最近の変わりようは著しく、わたくしは彼の父にそれをお伝えしたところたいそうお喜びになりまして、あなたへのお礼を預ってまいりました』
（星太郎のお父さんから、ですか？）
『彼のご両親はなかなか立派なおハタラキをされておりまして、いつか地球に恩返しをしたいと申されておりました』

星太郎はただのやんちゃボウズでなく、しっかりした霊統のご子息だったのだ。そして健太は星太郎の父から贈りものを賜った。

『さぁ、これをどうぞ』

（えっ、何でしょうか）

『“種”です』

（タネ……タネといいますと……）

『あなたは先ほど、この国が世界の雛形であることを想い浮かべましたね』

（はい）

宮城県の牡鹿半島と朝鮮半島を対比させたときのことだ。

『たしかにこの国は世界の雛形としての要素を多分に含んでいます。それならば、この国の雛形はどこにあるんですか』

（それは……例えば淡路島であるとか沖縄であるとか……本州だけに限っていえば新潟県が雛形だとも。新潟県の形は本州に似てますし）

『いえ、地形的なことではありませんよ、お聞きしてるのは』

（あぁ、失礼しました。日本の雛形は自分です。自分の中で起きたことは日本で起きる。自分の内側の状態が日本のどこかでカタチに現れる、ということですね）

『そうです。ひとりひとりがそう自覚してこそ、この国の真価が発揮できるというもの。悪しき想い、醜き争いを我が内に起こせば、雛形で起こったことなのでやがてはどこかでカタチになるでしょう』

（ええ、そうですね）

他へ広がるということは「想念保存の法則」どころじゃ済まないってことだ。

『あちこちでカタチになってほしい素になる想い、あなたはタマシイの“ゆらぎ”と呼んでいますが、その“ゆらぎ”を増幅させる種をあなたは受け取ったんですよ』

（……………）

『その種は、どのような想いであっても増幅させ、四方八方にその振動を持った素粒子という種を放射します。もうお判りですね。タマシイの素材が何であるかといった研究は、タマシイやそれに影響を与える意識がどうあるべきか、どのような状態なら自らを神そのものだと認めることができるようになるか。そのための研究であり、あなたはその自覚があるからこそわたくしはヒントを与えました』

（タマシイの素材が“波”でもなく“粒子”でもない「第３の状態」についてのことですね）

『そうです。どのような結果になりましたか。さぁ、話してみてください。お聞きしましょう』

（まだ判ってないことだらけですが、今のところの考えとしては、…………）

健太は自分が感じ、そして考えて出した途中結果を頭の中でまとめ、シャルマに報告した。

素粒子は“波”としても“粒子”としてもふるまうが、第３の状態として“場”と考えてみたこと。

ただし、物理学での“場”はすべての空間に遍満しているため、個として存在するタマシイを「個体生命場」と呼ぶことにしたこと。

通常の“場”はそこに何らかのエネルギーを受けて“ゆら

ぎ”が発生するが、個体生命場に発生する“ゆらぎ”は人の意識である。

もともと個体生命場自体が素粒子の集合体で、素になる素粒子が何なのかはまだ判ってないが、素粒子がギューっと凝縮され、臨界点を超えるとそこに意思が発生するのではないのだろうか。

もし人の意識が素粒子化しているとすれば、神を生むのも悪魔を生むのも人の意識が発する素粒子次第であり、生みの親は人間であるということ。

個体生命場が物理学の場と異なるのは、個体生命場は素粒子が集まってできているという点であり、共通するのはどちらの場もそこに起こる“ゆらぎ”が素粒子であるということ。

個体生命場の場合、より高エネルギーの素粒子を発生させるのは、その人の“決意”と“覚悟”である。

発した素粒子は、元の意識の振動を持つので、怒りから発した素粒子は怒りの振動を持ち、喜びから発せられた素粒子は喜びの振動を持つ。神や悪魔の生みの親が人間であるのはこのためだ。

ただし、星太郎やググ（当時）が加速器で加速されたことについてはまだ判ってないので報告しなかった。

加速器で加速する粒子は電荷を持っており、中性子やニュートリノのような電荷を持たない粒子では加速できない。

星太郎たちは加速器で陽子（プラス）とも電子（マイナス）とも一緒に加速された。

たしかに人間は地球の磁場を感じ取ることができる。肉体で感じているのかタマシイが反応するのかさえ判断できないが。

もしタマシイが地球の磁場に何らかの反応を示すのなら、個体生命場が電荷を持つことも可能かもしれない。
　それだとしても、もし陽子と一緒に加速されたければ個体生命場もプラスにならないといけない。マイナスだと陽子とは逆方向へ加速されてしまうので。
　しかし個体生命場が陽子と同じプラスになった場合、プラス同士で反発してしまうだろうし、電子を加速する加速器の場合、個体生命場が電子と同じくマイナスになればやはりマイナス同士で反発してしまいそうだ。
　その矛盾を解決してくれるのが“場”という考え方なんだろうが、健太はまだそ自分自身を納得させるほど理解できてない。
　加速器で加速させる粒子は陽子であっても電子であっても、ものすごく大量の粒子をごくごく小さく絞りこんだ超極小サイズのビームにするが、同じ電荷同士の粒子でそれができるので、個体生命場が粒子と同じ電荷であっても反発せず一緒に加速されることは可能であろうけれども。
　つくば市の KEK（高エネルギー加速器研究機構）で改造中の加速器「SuperKEKB」は粒子の絞り込み度で世界一の技術が用いられている。運用開始は 2015 年の予定だ。

　話を戻して健太の報告だが、個体生命場についての考えがそれなりにまとまりつつあるが、肝心なニュートリノがどう関わってくるのかはまだ判らない。
　ニュートリノについてはさらなる科学的解明が進むことと、全宇宙のエネルギー中で 25.7％を占めるダークマターや 69.3％もあるダークエネルギーの正体が判るまでは、個体生命場や意識の素粒子化とニュートリノの関係は明らかにできないのかもしれない。もちろん重力波の検出も必要だ。
すべては新高天原の「神岡大神宮群」に懸かっている。

（そして、たとえ肉体に宿ってない個体生命場であっても、必ずしも自由に動けるわけではないということ。人の想いや呪術、念の入った物質をもってして個体生命場を閉じ込めることも可能で、それを雪椿ググさんは『そっちが表世界なんだから』と強く申されました）

『タマシイの素材や神の原材料を究明していく中で、あなたが気付いたもっとも大切なことは何でしたか』

（はい。先ほど先生もおっしゃいましたが、究明・解明よりも成長・進化が大切なんだと思いました。成長し、進化するために解明するのだから、素粒子的に神仏が解明できたら、自分自身が同じ振動になること。それが最大の目的なんだと気付きました）

『ある意味では宗教家や信仰者よりも神秘主義者なのは科学者ですからね』

なるほど。

スピ系の人や信仰者は不思議なことや神秘的なことが大好きであることは間違いない。

しかし、その不思議で神秘的な現象に対してすぐに答えを出す。出して自分を喜ばせる。

“ほら、神様からのメッセージよ”

“きっと神様も喜んでいらっしゃるのね”

“この光、コノハナサクヤヒメよ”って。

いえ、その写真、ただのハレーションかレンズの特性です。

太陽方向にシャッターを押せばそうなるんです………とはなかなか言いづらいし、光のシャワーなんかが写れば写真としては美しい。なので大自然の美しさに喜ぶことは何も悪いわけではない。

ところが科学者は納得するまでその不思議で神秘的な現象を解明し、宇宙の性格や地球の生きざまを判ってあげようと努力する。

ということは、科学者の方が神秘的な現象に対して真面目な態度で接しているともいえる。

言い換えると、安易に神を持ち出すのは不真面目なのだ。大自然の神秘に対して。

しかしである。

科学はすべての人に同じ結果をもたらすよう、大自然の叡智（宇宙の性格や地球の生きざま）を数式化したものだ。「大自然の言語は数式によって翻訳される」ことを大前提にしているのだから。

対して信仰とはすべての人にそれぞれ必要な答えを与えてくれるので、答えを画一化すればその損失は莫大なものになる。

まぁ、どちらも至らぬところがあるということ。だから融合が急がれるのだ。

『さぁ星太郎。最後にもう一度、お別れの挨拶をしなさい』

『はい。…………ケン様。ボクは星へ帰りますけど、ケン様やコトさんから学んだことは決して忘れません。地球に来られて本当によかったです。物質次元でこんな美しい星は他にありません』

（そんなに美しいの、地球って）

『北極星で聞いた噂では銀河系でもトップ10に入るそうです、この地球は』

銀河系には約2000億の恒星（太陽のように自ら光る星）と、その数倍の惑星がある可能性があるが、地球のような条件が整った星はごくわずかと考えられる。

星太郎が続けた。

『地球の美しさは銀河中の生命体がうらやむほどです。ボクは星に帰って一番自慢できることは、地球でいっぱい過ごせたことなんです』

健太は星太郎の話を聞いてたら涙があふれてきた。

絶対にお金では買うことができないけどもすべての人に無料で与えられている超高価かつ貴重なもの。それが地球の大自然なのだ。

しかも四季折々がそれぞれ素晴しく美しい環境って、宇宙で買おうと思ったらいったいいくらする。教えを受けたのは星太郎だけではない。健太も学んだ、星太郎から。

言葉として相手の想いが伝わり、理解できた分だけ相手の振動が自分の個体生命場で発生する。そうやって絆が深まり、阿《あ》吽《うん》の呼吸というものが生まれるわけだが、それは同じ振動をどれだけ個体生命場で共有しているかということなのだ。

『どうかその種で喜びや成長の“ゆらぎ”をたくさん放射してください。またお会いしましょう』

『ケン様。本当に本当にありがとうございました。さような

　ら。さようなら。さようなら。さようなら…………』
（星太郎、星太郎、さような、うーっ……）

星太郎は去って行ってしまった。何度も何度も別れの言葉を叫びながら。
今となってはあのムチャクチャな言葉遣いもなつかしい、健太は北の空を見上げながら出会ったころを思い出していた。
『今日の火事は危のうございましたなも』
『違うがや。北極星から来たんだがや……』
星太郎は初めて名古屋弁を喋った宇宙人かもしれない。
そんなことを思ったら、笑いと涙が一緒に出てきた。

これまでに健太は多くの個体生命場を見送ってきた。
諏訪の豆彦は、明星天子《みようじようてんし》133番目の眷族だと称する桜《さくら》子《こ》と共に土星へ行った。
こと座のM56球状星団からやって来たメラクとミルクは、メラクに惚れた一《かず》火《ひ》を伴っててんびん座のグリーゼ581gへ星開きの仕事をしに旅立った。
そして北極星の星太郎も。
ハチメチャな連中がこの地球上で学び、成長した。この地球だからこそ学べることがある。そしてこの地球でなければ学べないこともある。
いつか彼らはこの地球をなつかしみ、再びやって来ることがあるのだろうか。
それがあるのだ。
彼らは示し合わせ、ある計画を練っている。そのときあの愛しき連中は地球上で一堂に集うことであろう。

エピローグ

店の新たなスタッフ体制が固まったため、言納は“結び（産霊）の行”を再開した。

脳細胞のどこか片隅が受信していた

『ヤマトヤマトムスビ』

は、『大和、大和、結び』だと思っていたため奈良まで行く覚悟をしていたがそうではなく、『山と山と結び』でいいことが判った、今のところは。そう、今のところは、だ。

灯台もと暗し。長野と岐阜ばかりに気を取られ、地元を忘れていた。まずは言納の暮らす犬山市内で山と山とを結んだ。

大宮浅間神社が麓に鎮座する標高 275 メートルの尾張富士と、女陰が祀られる大縣《おおあがた》神社の奥宮が山頂に鎮座する標高 293 メートルの尾張本宮山。この 2 座はライバル関係にあり、標高が低い尾張富士では毎年「石上げ祭り」なるものをおこなって少しずつ標高を上乗せしている。

人々が祭りを楽しむ分にはそれもいいだろうが、言納はこの 2 座が強く互いを尊重し合えるようにとの想いで「天《あめ》の祝歌《いわいうた》」を納めた。するとすぐにお返しがあった。

『ようやく登りて来られしか
　人々に
　真《まこと》を伝えるそのたびに

己れますます真《しん》となる
ますぐに立ちて　澄みきりて
伝えよ真《しん》を　神なる真言納《まことの》

人々の
輝き増し増し　ますますに
己れの真《まこと》　伝えるたびに
日之本の人　くもりは晴れて
富士は晴れたり日本晴れ』

『ようやく登りて来られしか』ということは、もっと早くに来るべきだったのであろう。地元、これが地固めの元なんだから。
　そのまま尾張本宮山へ向かうため、登りとは反対側へ山を降りる。舗装された道路に出るとそこは明治村だ。NHK の連続テレビ小説で「ごちそうさん」や「花子とアン」など、あの時代のロケ地として明治村は頻繁に登場する。
　一般道を 15 分ほど歩くとヒトツバタゴ、別名ナンジャモンジャの木の自生地があり、そこから山道へと分け入った。
　本宮山山頂の大懸神社奥宮は、さすが姫ノ宮で女陰を祀るだけあって、母としての覚悟と慈愛の念が伝わってきた。

『いとし子よ
痛みさえ
我が子救わむと思ほえば
すべて引き受け我が命
さし出すことさえいとわぬと
それこそ慈母の心なり

いとし子よ
痛みに耐えて苦しみの
日々を送りておるお人
ますます増えおる　悲しやのう
救い求めておるお人
己れのそばにおられたら
やさしき笑顔　やさしき言葉
慈愛の心　忘るるな

観音の
心　お胸にいだきつつ
日々を過ごせや　いとし子よ』

愛知県の、特に尾張の国には標高の高い山はほとんどなく、長野県人は「2000メートル以下なんて“山”とは呼べないね。“丘”だよ“おーか”」と言うが、神々の世界は低山でも決して貧弱ではないのだ。

苦しんで日々を送る子の姿が親としてはいたたまれないように、神々は苦しんで生きる人々の姿が一番つらい。

秩序を乱しているのでなければ、少々外れたっていいではないか、そんなに何もかも世間に合わせなくったって。どうせ、必死に合わせて常識人ぶってる人ほど、自分の心の叫びやタマシイの本願よりも世間体を優先しているだけなんだから。落ちこぼれと思われるのが怖いので。

翌週は健太の地元が舞台になり、雄大が一緒について来た。

雄大は怜奈と同じ家に居候している。

怜奈の居候先は言納の店から徒歩で３分。もともと借家で、そこには30代半ばの女性と小学５年の息子が暮らしていたが、何しろ家がバカ広い。

築40年は経っているであろうその家は、入り口を入ると軽自動車なら２台入るほど縦に長い土間があり、脇のふすま間を開けると縦に８畳間が２部屋、その奥にだだっ広い台所、渡り廊下の途中にトイレ、渡った先にお風呂と続いている。

２階へ上がればこれまた縦に６畳間が４部屋も並んでいるため、まず怜奈が２階に、そして雄大は１階の１番手前の部屋に居候することになったのだ。雄大が来たため小学生の息子はいたく喜んでおり、彼らはその不思議な借家を「メゾン一本柳」と名付けた。中庭に１本の大きな柳の木が生えているからだ。

健太の地元の山といえば他でもない東谷山《とうごくさん》だ。山頂は天火明《アメノホアカリ》ニギハヤヒ尊を祀る、熱田神宮奥宮たる尾張戸《おわりべ》神社だ。

しかしこの日は東谷山と対になる山、春日井市の高座山《たかくらやま》が先だった。

現在は高座山と書く桜の名所だが、古くは高倉山《たかくらやま》であり、タカクラジ尊の山だ。

この山は自衛隊の基地になっており、近年になって山頂の巨大レーダーは取り外されたが、今でも駐屯地としては機能しており、また弾薬庫でもある。

ところがこの山は水晶がいくらでもころがっていたため、健太は小学生のころ同級生たちと自衛隊の柵を乗り越えて水晶を拾いに来ていた。今はもう無理だ。立ち入り可能な地域で小さなものを拾うしかない。

　ところで、宮家のお嬢様と結ばれることになった出雲大社のご子息は、記者会見でこんなことをおっしゃっていた。

「うちの先祖はアマテラスオオミカミの次男が始まりで……」

　アマテラスの次男とは、記紀に基づいてのことであろうから「天《あめの》穂《ほ》日命《ひのみこと》」だ。日本書紀には

「天穂日命、此《これ》出雲《いずも》臣《おみ》武蔵《むさし》国造《くにのみやつこ》土師《はじ》連《のむらじ》等《ら》遠祖《のとおのおや》也《なり》」

と書かれているため、おそらく間違いない。

　しかしそれは神話の話だ。霊体アマテラスの次男がなんでいきなり肉体を持つのかがよく判らない。

　不比等が歴史を改ざんする以前のアマテラスといえば、誰あろうニギハヤヒ尊であり、次男がタカクラジ尊、別名天《あめの》香《か》久《ぐ》山神《やまのかみ》・天《あめの》香《か》山神《やまのかみ》である。

　タカクラジ尊は熊野連《くまののむらじ》や尾《お》張連《わりのむらじ》の祖ともされているため、熊野の民と尾張の民は兄弟だ。

　和歌山県新宮市の神倉《かみくら》神社もタカクラジ尊の山である。記紀で伝えられるアマテラスの次男とは、史実ではタカクラジ尊に他ならない。

　自衛隊が占拠する高倉山には古代に祭祀がおこなわれたであろう磐座《いわくら》が、入山可能な地域に残っている。３人はまずここへ行った。

　お神酒を供えて鈴を鳴らし、磐笛を吹いた後に弓の弦を強く弾くと、グウォウォウォー。その瞬間、突風が木の枝をいっせいに激しく揺らした。

　『太古の魂《たま》の者たちよ

混沌の中に秩序あり
すべてのすべてに浸透し
互いに響き合うておる
地べた這《は》う虫　空飛ぶ鳥も
草花たちも木々たちも
互いに響き合うておる

育み合うて互いがあると
自然は知るや　日の民も
互いの響き　健やかに
楽しく明るくあれかしと
大地は願いておることと
今こそ感じてほしきもの
しばし神返《かんがえ》ほしきもの』

ここの磐座で祭祀を執りおこなっていた時代、おそらく神に個の名前などつけられてなかったはずだ。大自然の虫にも葉にも花びらにも神の息吹が宿り、すべてが信仰の対象になっていたのだろう。伝えてきた想念体は太古からこの地を鎮める古き神なのだろう。

最後の『しばし神返ほしきもの』は『しばし考え（て）ほしきもの』だ。「考える」は「神返る」である。

その一行前は『今こそ感じてほしきもの』になっている。

これは太古の昔から「感じる」ことと「考える」ことは共に大切なことであり、シャルマの伝える“対称性”には「感じる」と「考える」の使い分けやバランスを取ることも含まれているのだろう。どちらか一方を優先していてはいけないのだ。

　山を降りる途中、ほとんど黙ったままだった雄大が、小さな声で健太にささやいた。
「健太さん。さっきの風ですけどね、秋田にも同じニオイの風が吹く場所があるんですよ」
「同じニオイ？　判るの、そんなこと」
「はい、なつかしかったです」
「どんな場所なの、そこは」
「唐松《からまつ》神社っていうんです。家からだと車で20分くらいですが、僕は唐松神社の近くに友達いるのでよく自転車で……」
　健太は小関《こせき》の言葉を思い出した。
　小関は出羽三山の山伏で、木曽御嶽の祭りでは法螺貝を吹いてくれている。(『臨界点』の第６章と終章に登場)
（たしか小関さんはこう言ってたはず。唐松神社にはいろんな神さんが祀られてるけどね、あそこはニギハヤヒさんだよ。特に境内の「唐松宮天日宮《あまつひのみや》」なんてさ、ニギハヤヒさんのニオイがプンプンするぜって………)
「健太さん。……健太さん。どうしたんですか」
「いや、何でもない、ごめん」
「それでですよ、境内に天日宮っていうところがありまして、そこで吹くんです。さっきと同じニオイの風が」
　雄大は小関と同じことを言った。
　霊統ニギハヤヒ系。
　雄大が犬山へ引き寄せられたり健太のアシスタントになったのも、高倉山や東谷山について来たのも、どうやらそこにある。何か個体生命場に共通する振動があるのだろうか。

３人は朝ごはんも後回しにして、その足で東谷山へ向かった。

東谷山尾張戸神社。健太の先祖は関ヶ原の合戦で石田三成側についたため犬山城を追い出され、岐阜県美濃加茂市へ逃れた後、東谷山の麓に移り住んでいる。元禄13年、西暦1700年のことだ。なので健太の血筋はこの地に300年以上暮らしていることになる。

しかも健太の４代前は尾張戸神社の宮司をしていたことも判っているため、健太は久しぶりに社の前で祝詞を読みあげた。もちろんこの日のためのオリジナル祝詞だ。

「熱田の杜《もり》の東北に
尾張の国のかなめあり
古《いにしえ》の
東谷の峰の項《いただき》に
天《あめの》火《ほ》明《あかり》降臨す
永《なが》きに渡りこの国に
いくたの恵み　もたらすは
朝日に輝く尾張戸の
人々想う神の御こころ

ありがとうございます

しかしいつしか人々の
心はすさみ　和は途絶え
奪い合うこと幾星霜

…………………………」

長い祝詞が終わると、現れたのはニギハヤヒ尊でもなければタカクラジ尊でもなく、お久しぶりです、ヱビス様。

『ますますに
天保《あほう》を極めよ　亀仙人
天保の道を人々に
説いて聞かすはこれよりの
大山《たいざん》越ゆる糧となる

囚《とら》われはずし　はめはずし
己れの解放できるかのう
まずは足枷《あしかせ》はずすかのう
何が己れを留めるか
よくよく調べてみるがよし

天真爛漫　あな愉快じゃ』

真面目に祝詞を読みあげたことがアホくさくなるような対応だ。きっと退屈なんだと思う。今日ここに集った神々は、つまらない神事が。
それでいの一番にヱビスさんがお出ましになったのだろうが、『天保の道を人々に、説いて聞かすはこれよりの……』って、どんな道なんだか。
囚われを外すのは判らんでもないし、ハメを外すのが神々からの御墨付きならばどんどん外してしまおう。

そして足枷《あしかせ》。社会的な地位や名誉、世間体や他人の評価、隣人との生活の差異や子どもの成績や進学先……。

いつまでしがみついとんねん、そないなことに、ということなのであろう。さすが七福神。

なんだ、なんだ。ヱビス神に続いてまた仙人のような爺さんが出てきた。

『おい、亀仙人
　胆力《たんりき》そだてよ　イヨヤヤヤ
　ここぞというとき胆力が
　ものいうことになるのぞよ
　下腹《したはら》に
　力を込めて　しかりと立ちて
　眼力《がんりき》つよき人となれ
　目をカカカと見開いておれ
　何事が
　起こるというてもひるむでないぞ
　逃げず　進んで立ち向かう
　胆力そだてる　イヨヤヤヤ

　イヨムスビ
　マコトニコトノトタマムスビ
　目出たきかな　芽出たきかな』

健太の仕事とも結びつきそうな内容で、自分も人々にも胆力を育てよとのことだ。胆力が抜けたままでは腰砕けになってしまい、イザというときオロオロするばかりだ。やっぱり何かが起こるのか。

最後の

『イヨムスビ

マコトニコトノトタマムスビ

目出たきかな　芽出たきかな』

については少し解説が必要だ。

以前、健太と言納は一緒に暮らすのなら2014年の8月が指定されていた。それまでは祖母の四十九日などであわただしいため、新しい生活をスタートさせるのに適切な時期でないと。

そして今回。

『イヨムスビ』は『14116』。

『イヨ』はそのまま「14」で考え、“結び”“産霊”は「116」になるし、今回の行に深く関わる“剣”も「116」だ。

『マコトニコトノトタマムスビ』はそのまま『誠（真）に言納と魂結び』で、『14116』からつながる。

ということは（20）14年11月6日、健太と言納の婚礼、または言納が懐妊する日なのではなかろうか。いずれにしてもあまり時間はない。

『目出たきかな』が『眼力つよき人となれ　目をカカカ……』に掛かっているのかは不明だが、『芽出たきかな』は芽が出ることを祝っている。いろいろな芽が出そうだ。

なお、『14116』の日付けをすでに以前から知っている者がたくさんあり、それは星太郎やメラク、ミルクに豆彦たちだ。

彼らはその日、地球に集結する。

日付けを伝えてきた仙人は最後まで名乗られなかったが、どうやら東谷山からその奥に広がる山々に、4世紀ごろから暮らす薬師《くすし》のようである。名付けて“尾張の薬《くす》仙人”だ。

雄大が健太と霊統同じくする者と判明したが、それでも健太は雄大が２年かせいぜい３年でここを出て行くであろうと感じていた。

別にそれでもかまわない。その間に言納や健太から学べることを吸収し、秋田へ帰るなり、次の居場所を探してさらに高まるなりすればいい。言納もそう考えていた。彼はやがて母の元へ帰るのだと。それが運命だ。

しかしだ。それが運命であったとしても、今のところはそれが運命であっても、未来が絶対的に決定しているわけではない。

運命に逆らうことと運命を恨むことはまったく違うのだ。

運命に逆らったって、個体生命場から発する素粒子が運命を動かし、決意と覚悟によってどれだけでも運命など変化させられる。

命の運び方は自らで決めろ、だ。

言納だってタマシイの大きな課題があったので、北海道へ戻ることが運命だった。あの日までは。

しかし木曽御嶽での祭りの日、言納のおこないと健太の覚悟が言納の運命を変えた。逆らったことで新たな運命を手に入れたのだ。変えた運命こそが本当の運命だったと考えるのはよそう。本気で何かに挑戦している人は、そんなこと言わない。

だが、運命を恨んでいるうちは何をやってもうまくいかない。３万円払って神社で正式参拝してもだ。

恨んでいれば個体生命場から負のエネルギー振動の素粒子しか発せられない。

それらは同じ振動数の素粒子と同調して次から次へと“恨み

たくなるような出来事”ばかりが身に振りかかるのだ。
　決して間違えてはいけない。運命が気に入らなければ決意と覚悟をもち、それまでの運命に逆らってでも新しい運命を手に入れろ。しかし、運命を恨んではいけない。
　雄大にしたって「メゾン一本柳」で何が起こるか判らない。若き雄大青年の運命やいかに。

　怜奈は休みのたびにバイクで城をめぐり、人生初の自由を楽しんでいた。
　彼女は見えない世界には興味ないため“結び（産霊）の行”についてくるようなことはないが、だからこそスピ系が気付かない角度で物事を分析していた。
　健太が「メゾン一本柳」で雄大と話していたときのこと。このとき健太は、人の病気についてその原因を肉体的な問題に重きをおきすぎると心の問題点が見えてこず、かといって心のあり方だけに原因を絞ると肉体的な問題点を見失う、という話をしていた。
　ただし、雄大にはその両方を同時に探るよりも、まずは一方からだけで考えるようにと。
　両方ともが中途半端になることを防ぐために。
　できることなら“体《たい》・心《しん》・霊《れい》”の３方向からその病気を捉えることができればより興味深いが、雄大にそれを話すのはまだ早い。
　すると芋焼酎をロックで飲みながらNHKの大河ドラマを観ていた怜奈がつぶやいた。
「それって不確定性原理みたい」
　健太はしばらく意味が判らなかった。

「不確定性原理」とは量子力学に登場する物理法則で、ものすごーく簡単に説明する。
　素粒子の世界で、例えば電子を観測したとしよう。まず電子がどこにいるのかを決めてしまうと、電子がどのような運動をしているのかが判らなくなってしまう。
　そこで運動量を測ってみると、今度はその瞬間に電子がどこにいるのか判らないのだ。
　つまり、電子は「位置」と「運動量」を同時に観測することができない。
　他にも素粒子は「時間」と「エネルギー」はどちらかを決めるともう一方が判らなくなり、同時に両方は決められない。
　また、「粒子数」と「位相」の関係もそうらしく、これはむつかしくて説明できないのだが不確定性原理とはまぁこのようなものだ。
「それは、“体”と“心”の関係を言ってる訳？　病気の原因を探るときの」
　健太はようやく気付いた。
「ええ。だって病気は両方から原因が考えられるんだから、どちらかだけでしか考えないなんて不確定性原理みたいって思ったんです」
　たしかにそうだ。それにしてもよくそんなこと知っているなぁ、この娘《こ》。
　そして健太は気付いた。
　例えばニュートリノはニュートリノ振動により電子ニュートリノ、ミューニュートリノ、タウニュートリノの状態に変化する。
　が、電子ニュートリノがミューニュートリノに変化する瞬間、あるいはミューニュートリノがタウニュートリノに変化するその瞬間を観測すると、ちょうど変わる瞬間でも２種類のニュートリノの中間状態というのがまったくないのだ。どれほど変わる瞬間を調べようが、絶対にどちらかの状態であり、２種は混ざらない。きれいさっぱりきっちりと切り替わる。

肉体の病気は原因を復合的に考えることができるため、ひとつひとつの原因にあいまいさや幅を持たせることができる。

しかし、人の運命を左右するのが個体生命場から発せられた素粒子のふるまいによるのならば、ひとつひとつの素粒子の振動には「ほどほどに成功」とか「まぁまぁうまくいく」状態はないのかもしれない。

成功状態で振動する素粒子が何％で、失敗状態の振動が何％。はっきり分かれているのだ。

結果として70％の成功は、70％成功レベルで素粒子が振動しているのではなく、多くの成功振動と少なめの失敗振動が混ざった結果、70％の成功になるのではないかと。

だったら、「ちょっと決意」の振動とか「覚悟を決めようかな」的振動状態の素粒子はない。その程度は全部ダメ振動だ。

素粒子ひとつひとつは、成功するかしないかがはっきりしている。なので、望みが叶う振動の素粒子が、無理かもしれない振動の素粒子を圧倒的に上回るだけ個体生命場から発生すればいい。発生するのはタマシイからだが発生させるのは意識だ。

怜奈のひと言で健太はまたひとつスピリチュアル・サイエンスへの理解が深まった……つもりになっていたが、怜奈はそんなことどうだってよく、大河ドラマが終わると今度は戦国大戦のカードゲームで新しい戦略を練るのに夢中だった。

星太郎がいないので雪椿や「171rev・ass」の動きはつかめないが、彼女たちはすでに白頭山から他へ移動したようだ。そしてどうやらイランやイラクなど中東に向かったらしいと風の便りに聞いた。
どこにそんな風の便りがあるのか。
生田にあった。
「171rev・ass」には鬼無里の貴女もみじも参加している。そして生田は鬼無里や戸隠の天狗遣いだ。天狗ネットワークは日本とスカンジナビア半島を結んでいるし、中国の奥地や南米とも結ばれている。それでイランやイラクの情報も入ってくるのであろう。健太は生田からのメールで知った。
世の中にはいろんな風の便りがあるものだ。
イランなどの中東ともなれば、イスラム教が広まった７世紀ごろからすでに封じ潰されている女神が大勢いるはずだ。
封じているのは人の念だが、イスラムの国でそれを破るのは時間がかかるであろう。しかし、それでもやらねばならないのだ。地球開闢のために。

＊

健太の荷物が言納屋敷に運び込まれ、ようやく整理がついたころ海外から小包みが届いた。
「何かしら」
「知り合いじゃないの、この人」
「知らないわよ、チャーリー・ブラウンなんて人」
「本名じゃないのか。ふざけた人だなぁ」
「どうする？」
「どうするって、宛名はコトになってんだから、開けてみるしかないでしょ。軽いから爆弾ではなさそうだし」
「やめてよ、ちょっとぉ」
　中から出てきたのはＴシャツとブレスレットだった。そして少し大きめの封筒と。
“コングラチュレイションズ、ミスターケンタ＆ミセスコトノ”
　封筒にデカデカと書いてある。
「ロバートだ。これって結婚祝いなんじゃないのか」
　ブレスレットはトルコ石のモザイクが美しいアンティーク物だ。これは言納へのプレゼントであろう。
　ならばＴシャツは健太へだろうが、何でＴシャツなんだ。イタリア製のそれは生地が最高級の綿であることは判るが、どうしてまたＴシャツなんか……。
「あれ、何か書いてある。誰かのサインだぞ、これ。えっ、まさかロバートのサインじゃないよなぁ」
「手紙とかは入ってないの」
「そっか」
　健太が急いで封筒を開けると、航空チケットが２枚出てきた。それはエールフランスのジュネーブ行きオープンチケットだった。
「げっ、ファーストクラス」
　健太も言納もエジプト、イスラエル、トルコ以外は海外へ行ったことがなく、しかもそれらはどれも神事でのこと。それでロバートはヨーロッパ旅行をプレゼントしてくれたのだ。結婚のお祝いに。
「あれ、まだ何か……」
　封筒には写真が１枚入っており、ロバートの隣りにはＶサインをした男が立っている。

健太はＴシャツのサインがその男のものだと判り、大爆笑してしまった。
ロバートの隣に立つ男は、ウィキリークスのジュリアン・アサンジ氏だったのだ。
ロバート。何物だ、お前。
笑いがおさまってから健太はロバートにお礼のメールを打った。そして最後にこう付け加えた。
“次はエドワード・スノーデン氏のサインをたのむ”

『遷都高天原』完。　続くかもしれない。

エピローグ＋（プラス）

飛騨神岡大神宮群

奥飛騨の素粒子研究施設群をそう呼んでいるのだが、池の山の地下は今や世界最大級の一大コンプレックスを形成しつつある。コンプレックスといっても劣等感のことではない。集積地である。

どんな施設で何を観測しているのかを最後に紹介しておく。

◎スーパーカミオカンデ神宮

プロローグでも紹介したが、カミオカンデのパワーアップバージョンで、太陽ニュートリノや宇宙から飛来するニュートリノを観測している。

高さ41メートル、直径39メートルのタンクを5万トンの超純水で満たし、壁一面を埋めつくした光電子増倍管で、ニュートリノと水分子が反応した様子をチェレンコフ光として捕えている。なのでスーパーカミオカンデは「大型水チェレンコフ宇宙素粒子観測装置」という。

この研究は東京大学宇宙線研究所の神岡宇宙素粒子研究施設がおこなっており、研究者はスーパーカミオカンデを“SK”と呼ぶ。

茨城県東海村のJ-PARCでは加速器で加速した陽子を破壊

し、人工的につくったニュートリノをSKに向けて1秒間に1000兆個撃ち込む実験をしている（T2K実験）。それにより1998年にはニュートリノ振動が発見され、ニュートリノにはわずかだが質量があることも判った。

◎XMASS（エックスマス）神社

XMASSは宇宙の全エネルギーの約26％を占めるダークマター（暗黒物質）の検出が目的の、SKと同じく東京大学宇宙線研究所がおこなう研究施設だ。

ダークマターは電荷を持たず、重くそして安定した物質であり、検出に成功すれば宇宙の成り立ちの究明にもつながると期待されている。

神岡鉱山の地下1000メートルに設置され、ということはSKのすぐお隣りさんで、装置の中はマイナス100℃の液体キセノンで満たし、まわりを642本の光電子増倍管が取り囲んでいる。

ダークマターがキセノンの原子核と反応すれば液体キセノンが発光するので、その光を光電子増倍管でキャッチする仕組みだ。

◎KamLAND（カムランド）神社

東北大学のニュートリノ科学研究センターがおこなうニュートリノの研究施設で、以前カミオカンデがあったその場所に設置されている。

直径20メートルのステンレス製タンクの内側には1879本の光電子増倍管が配置され、中央に液体シンチレーターを詰めたバルーンを置いている。

ニュートリノがバルーン内の原子核にぶつかると発光するのはSKと同じだが、水を使ってニュートリノを検出しているSKよりも液体シンチレーターによる発光量は約100倍も大きい。そのため、ごく低いエネルギーでも観測が可能だ。

ニュートリノがマヨラナ粒子かどうかダブルベータ崩壊を調べる「カムランド禅」実験では、液体シンチレーターのバルーン内にもうひとつ小さなミニバルーンを設置する。

ミニバルーン内には放射性同位体のキセノン136を含む液体シンチレーターを注入。

ダブルベータ崩壊で飛び出したニュートリノ同士が対消滅していることが観測されれば、ニュートリノはマヨラナ粒子であることが証明される。

SKとXMASSとKamLANDは、地下でお向いさんとお隣りさん同士なのだ。

◎CLIO（クリオ）大社

東京大学宇宙線研究所と国立天文台、KEK（高エネルギー加速器研究機構）が中心になって取り組む、重力波を検出するための重力波天文台である。

天文台といっても望遠鏡で空を覗くのではなく、神岡池の山の地下1000メートルに建設された地下天文台だ。

一般相対性理論によると、連星を構成する中性子星同士が衝突・合体する際や超新星爆発では周囲の重力場が激しく変動し、その揺らぎが重力波となって光速で全方位に伝わると考えられている。

その重力波が地球を通過する瞬間は、地球が少しだけ歪む。その歪みを検出して重力波の存在を証明するのだが、CLIOは全長 100 メートルの真空パイプ２本をＬ字形に接続して、パイプ両端に付けられた鏡の間を赤外線レーザー光が往復する。

重力波を受けて地球が歪めば、２本のパイプを行き来するレーザー光に誤差が出る。

CLIO は 1000 京分の１の誤差まで検出できる能力を持つ。

CLIO は SK と XMASS の中間あたりにある。

◎ KAGRA（カグラ）神宮

大型低温重力波望遠鏡で、CLIO の巨大版だ。本文でも紹介した。

アームの長さは 3km にもおよび、なおかつ感度は 300 核分の１まで測定してしまうという超すぐれものだ。300 核分の１の誤差というのは、クリオの限界のさらに 3000 分の１までを測ることができる性能だ。

そのため、観測装置そのものをマイナス 253℃まで冷す。

重力波が検出されることでブラックホールの謎がどれだけかは解けるであろうし、重力波は宇宙誕生直後の姿も教えてくれるらしい。時間としては宇宙が始まった 10^{-36} 秒後のことで、それは１秒の１兆分の１を１兆分の１にしてもう一度１兆分の１にすると 10^{-36} 秒だ。んー、すごいということは判った。期待している。

エピローグ＋＋（プラスプラス）

本書を読んで素粒子に興味を持ったので少し勉強してみようと思ったけど、私は学生時代から理系科目が苦手なので本を読んでも理解できるのかが不安だし、どんな本を読んでいいのかも判らない。そもそもこの著者は数霊について詳しいし量子力学についてもよく知っていそうで、きっと数学や物理が得意で大学も理系だったんだろうけど、私は数学や物理なんて世の中からなくなってしまえばいいのにと思っていたので、素粒子のことなんてむつかしすぎて私にはムリかもしれないわ、と思っている人へ。

大丈夫です。

たしかに著者は数学が大好きだったころがありました。テスト前でもないのに毎日難しい問題集を解いたりして、高校1年の3学期、テスト範囲が1年間全部の実力テストで、数学2科目の合計点が学年450人中で1番でした。

しかし勉強について自慢できることはこれが唯一で、2年生になって微分・積分やsin《サイン》・cos《コサイン》・tan《タンジェント》などが登場してからは数学への興味を失い、成績も平均点以下に落ちました。そして著者の心が数学から遠ざかった最大の原因は「虚数i」の出現です。何だ、2乗してマイナスになるってのは。

微分・積分にしろsin・cos・tanにしろ、それが何に役立つのか、生徒が興味を持つように話してくれていればもっといい成績を残してやったのに。

理科に関してはさらに酷く、10段階評価での成績は生物が「1」、物理が「2」、化学は「3」といったありさまでした。10段階評価でですよ。

ついでにですが、日本史は「2」、世界史に至っては「1」で、要するに興味がない授業はいっさい聞かず、ローリング・ストーンズの曲の歌詞を暗記するのに労力を費していました。

大学へは理系の学部へアルペンスキーのスポーツ推薦で入学しましたが、勉強もスポーツも嫌になり1年の12月で中退。なので高卒です、著者は。

どうですか。素粒子の本を読んでみようという気分になりましたでしょ。

ですが例えば、ニュートリノやクォークが素粒子で、陽子や中性子は素粒子でないことがよく判らないし、そもそも何それ、という人が本屋さんでタイトルに惹かれて『ワープする宇宙　5次元時空の謎を解く』（リサ・ランドール著）や『パラレルワールド　11次元の宇宙から超空間へ』（ミチオ・カク著）を買ってみたところで退屈してしまうでしょうし、本書に出てくる$E = mc^2$とか“対称性”といった言葉を憶えていて『なぜ$E = mc^2$なのか』（ブライアン・コックス＆ジェフ・フォーショー著）とか『対称性　レーダーマンが語る量子から宇宙まで』（レオン・レーダーマン＆クリストファー・ヒル著）を買っていただいても、おそらく期待されていることは書かれておらず、それら4冊はどれも面白いんですが、素粒子初級講座としてお勧めできるものではありません。

著者は前作『時空間日和』を発表後（発行は2011年10月10日）から2年半で約200冊、素粒子物理学関連の本を読みました。もとい。買いました。

うち約1割は途中で挫折しているため、実際に読んだのは180冊程度でしょうか。

その中から素粒子の世界への第1歩として、これならばという初心者向けの書をご紹介しておきます。

・『宇宙までまるわかり！　素粒子の世界』
　　秋本祐希著　洋泉社
・『すべてイラストとマンガでわかる！　ヒッグス粒子から読み解く宇宙の謎』　宝島社

そしてこれぞ決定版。

・『高校生にもわかる素粒子物理の最前線　すごい実験』
　　多田将著　イースト・プレス

著者の多田将さんは本文中にヘヴィメタ物理学者として登場していただいていますが、J-PARC見学で初めてお会いしたときはブロンドのロングヘヤーにテカテカサテンのシャツ、足もとはウェスタンブーツといったいでたちで、ガンズアンドローゼズのメンバーでもいるのかと思いました。

その翌年、施設案内をお願いした際に、多田さんは軍服姿で迎えてくださり、世界広しといえどもヘヴィメタで軍服姿の物理学者は他にいないでしょう。つくば市のバス停でお会いしたときは、遙か遠くからひと目で多田さんだと判りました。

どうやら多田さんファンの女性は“ショウ様”と呼ぶらしく、仏教界の“アシュラ様”に対し、科学界では“ショウ様”がその地位にあるようです。

2冊目はこれなどがよろしいかと。

・『だれでもわかる最近・素粒子の世界』
　　　京極一樹著　じっぴコンパクト新書 128
・『ニュートリノと宇宙創生の謎』
　　　佐藤勝彦著　じっぴコンパクト新書 103
・『ビックリするほど素粒子がわかる本』
　　　江尻宏泰著　サイエンス・アイ新書
・『現代素粒子物語』
　　　中嶋彰著　講談社ブルーバックス B1776

その次ぐらいになると、

・『ヒッグス粒子とはなにか』
　　ハインツ・ホイラス、矢沢潔著　サイエンス・アイ新書
・『超ひも理論とはなにか』
　　　竹内薫著　講談社ブルーバックス B1444
・『ヒッグス粒子と素粒子の世界』
　　　矢沢サイエンスオフィス著　技術評論社
・『ポケット図解　宇宙線と素粒子がよーくわかる本』
　　　伊藤英男著　秀和システム
・『放射性物質の正体』
　　　山田克哉著　PHP サイエンス・ワールド新書
・『ニュートリノで輝く宇宙　カミオカンデから始まった物理学の
　　　革新』　別冊日経サイエンス 164　日経サイエンス社
・『素粒子論の一世紀　湯川、朝永、南部そして小林・益川』
　　　別冊日経サイエンス 165　日経サイエンス社

これらが面白く感じたら、もう次はご自分で判断できるはずで、新たな世界が大きく広がることでしょう。

最後に、もしよろしければこれを。素粒子に限っての書ではなく、スピリチュアルファン必見の科学書籍です。

・『2100年の科学ライフ』
・『サイエンス・インポッシブル　SF世界は実現可能か』
　共にミチオ・カク著　NHK出版

第2章で説明した累乗の数10^8とか10^{-15}について、ものすごく判りやすい本がありまして、一家に一冊常備していただくとよろしいかと。

宇宙の大きさからDNAのサイズまで、ビジュアルでご覧いただけます。お子様への贈り物にもどうぞ。

・『パワーズ　オブ　テン　宇宙・人間・素粒子をめぐる大きさの旅』　日経サイエンス社
・『宇宙の地図』
　朝日新聞出版　※こちらは人間～宇宙の大きさのみ

■参考文献

『ワープする宇宙』　リサ・ランドール著・塩原通緒訳　NHK 出版

『ヒッグス』　ショーン・キャロル著・谷本真幸訳　講談社

『マヨナラ』　ジョアオ・マゲイジョ著・塩原通緒訳　NHK 出版

『137』　アーサー・I・ミラー著・坂本芳久訳　草思社

『反物質』　G・グレーザー著・澤田哲生訳　丸善

『超常現象を科学にした男』
　　　　ステイシー・ホーン著・ナカイサヤカ訳　紀伊國屋書店

『すごい実験』　多田将著　イースト・プレス

『現代素粒子物語』　中嶋彰著　講談社

『超ひも理論とはなにか』　竹内薫著　講談社

『ヒッグス粒子と宇宙創成』　竹内薫著　日系プレミアシリーズ

『ニュートリノと宇宙創生の謎』　佐藤勝彦著　じっぴコンパクト新書

『ニュートリノ天文学入門』　小柴昌俊著　講談社

『重力とは何か』　大栗博司著　幻冬舎新書

『強い力と弱い力』　大栗博司著　幻冬舎新書

『宇宙は何でできているのか』　村山斉著　幻冬舎新書

『ニュートリノ』　東京大学総合研究博物館

『ほがらかな探求』　南部陽一郎　福井新聞社

『ニュートリノで輝く宇宙』　別冊日経サイエンス　日経サイエンス社

『素粒子論の一世紀』　別冊日経サイエンス　日経サイエンス社

『ヒッグス粒子』　東京大学大学院理学系研究科監修　Gakken

『図解　素粒子物語』　京極一樹著　技術評論社

『放射性物質の正体』　山田克哉著　PHP サイエンスワールド新書

『放射線利用の基礎知識』　東嶋和子著　講談社

『宇宙になぜ我々が存在するのか』　村山斉著　講談社

『宇宙は本当にひとつなのか』　村山斉著　講談社
『宇宙に外側はあるか』　松原隆彦著　光文社新書
『宇宙最大の爆発天体　ガンマ線バースト』　村上敏夫著　講談社
『宇宙をひらく望遠鏡』　別冊日経サイエンス　日経サイエンス社

『100年予測』　ジョージ・フリードマン著・櫻井祐子訳　早川書房
『消された覇王』　小椋一葉著　河出書房新書
『覇王転生』　小椋一葉著　河出書房新書
『神社と古代民間祭祀』　大和岩雄著　白水社
『日本の神様読み解き事典』　川口謙二著　柏書房
『八百万の神々』　戸部民夫著　新紀元社
『天皇系図の分析について』　藤井輝久著　今日の話題社

■著者紹介

たまにはちゃんとした著者紹介。

深田剛史（ふかだたけし）

1963年生まれ、名古屋人。

宮司としての血を受け継いだためか、日本古来より連綿と伝わる精神文化の尊さを、徒党を組まずに説いている。

ただし、本人は古事記・日本書紀を史実としては激しく否定しているため、今後も神職に就くことはあり得ないし、神社庁側に完全拒否をするであろう。

「べつにいいけど」（本人談）

数霊と言霊の講演が評判を呼び、全国各地を巡礼中。また、日本国内だけでなく、2007年春分にはエジプトのアスワンで、2010年の冬至にはイスラエルのエルサレムで、2012年の秋分にはトルコのトルコのタガーマ・ハランで“古き神々”に向けた神事を執り行う。

最近は数霊講演の他に「神と人の意識と素粒子」を結びつけたスピリチュアル・サイエンス講座や、主婦が家庭にしてあげられる整体教室も各地で開催中。

自称、スーパーカミオカンデ親衛隊隊長。

ホームページ「数霊屋総本家」

http://kazutamaya-souhonke.com

主な著書

『数霊』　たま出版

『宇宙一切を動かす数霊の超メッセージ』

（はせくらみゆき共著）ヒカルランド

『数霊　日之本開闢』

『数霊　臨界点』

『数霊　天地大神祭』

『数霊　弥栄三次元』

『数霊　ヱビス開国』

『数霊　時空間日和』　以上、今日の話題社

など。

数霊《かずたま》　遷都《せんと》高天原《たかまがはら》

2014年9月24日　初版発行

著　者　深田剛史《ふかだたけし》
装　幀　江森恵子（クリエイティブ・コンセプト）
発行者　高橋秀和
発行所　今日《こんにち》の話題社《わだいしゃ》
東京都港区白金台3-18-1 八百吉ビル4F
Tel 03-3442-9205　Fax 03-3444-9439
印刷・製本　ケーコム

ISBN978-4-87565-621-0　C0093